對他別有居心
無聊種子——著
ALOKI——繪

第一章

燠熱的夏日使位於頂樓的小套房熱得像是三溫暖，熱氣蒸騰的室內交織著曖昧的水聲、浪蕩的喘息聲和富有節奏的啪滋聲。狹窄的床上，兩個男人正不顧一切、大汗淋漓地交纏在一起。

唐奕生的手緊握住莫武的腰窩，汗水流淌而下，在那凹陷處形成水窪，很快又隨著唐奕生凶猛的進出而灑溢。唐奕生那如長棍般的性器一下又一下地在莫武穴內搗弄，莫武跪趴在床上的身體不停搖擺，嬌喘連綿，汗水和體液沾溼了被褥。

「嗯啊……不、不行了……」莫武一邊喘氣，一邊用低啞的聲音討饒。

唐奕生忍耐到了極限，眉頭一皺，忽地開始猛烈衝刺，將粗長的肉棍盡數深埋進莫武體內。莫武被撞得激烈，身體一下子支撐不住，手一軟，胸膛便整個貼在床上。他感覺唐奕生的那樣東西進到了身體的最深處，忍不住從喉間發出劇烈的呻吟，渾身顫抖地射出稀薄的精水。唐奕生被夾得受不了，腰一挺將滾燙的精液全部射了進去。

「熱死了……」射了個盡興後，唐奕生大喊一聲。他甩了甩滿頭的汗水，隨後整個人像精疲力盡般地趴在莫武背上，而他剛射完的老二還在享受最後的餘韻，痴戀著裡頭的美好，不願馬上離開。

莫武同樣熱到滿身是汗，像剛從水裡撈出來一樣。他緩過氣後，伸手推了推還在他背上的唐奕生，「嫌熱就別趴在我身上，快起來啦！」

唐奕生不爲所動，低頭親吻莫武溼答答的肩胛，手在他柔韌的腹腰間流連，愛不釋手，不願離去，「可我還想再來一次……」唐奕生一邊吻他，一邊將手往下探，試圖再次撩起莫武的慾望。

莫武臉色大變，感覺到唐奕生還滯留在他體內的東西又動了下，嚇得趕緊起身推開唐奕生。

「一大早發什麼情！你今天不是還要去地方法院？再做會來不及，你別鬧了！」

唐奕生猝不及防地被推倒在床，他翻身坐了起來，拉掉陰莖上掛著的保險套，臉上是明顯的欲求不滿，以及被拒的不高興，「誰叫你一大早穿那麼少勾引我？」

莫武下床撿起散落在地上的衣服，聞言後翻了個大大的白眼。

「天氣那麼熱，我穿件背心怎麼就是勾引你了？大家在工地裡還不都是這樣穿？」明明是他亂發情，還敢理直氣壯地把錯怪到他身上？

唐奕生下了床，從莫武的背後抱住他，啃咬他的肩肉，說道：「就是在勾引人……」他順著莫武的肩頸一路咬到肩胛骨的位置，留下一排細細淺淺的齒痕。

「這裡這麼性感，眞捨不得放你走……」

「不是嫌熱嗎？別黏著我了。」莫武被咬得起了一身雞皮疙瘩，連忙將他推開，「我要去洗澡，再不洗眞的要來不及了。」

「那我們一起洗？」唐奕生跟了上來，一副不想放棄的模樣，下身隱隱又有抬頭的趨勢，叫莫武感到一陣膽顫心驚。

「我不要！」他一溜煙跑進浴室，快速地將門鎖了起來。開什麼玩笑，如果唐奕生也進來的話，那絕對不是一起洗澡就能了事。

被莫武甩在原地的唐奕生，傻眼了一會，不滿地哼了哼，才回頭收拾滿床狼籍。

✦

一輛有點老舊的摩托車在城市裡疾速行駛，車上坐著兩個外表相差極大的男人，一個穿著卡其色工地制服，握著摩托車把手俐落地穿過無數車陣，另一個則穿著相當正式的西裝坐在後頭，戴著和西裝不搭調的半罩式安全帽，整個人貼在前座的人身上。

「這天氣沒冷氣眞的是要命……」唐奕生的頭靠在莫武肩上，懶洋洋地說。

炎炎夏日裡，住在頂樓加蓋的小套房，冷氣機又剛好壞掉，唐奕生覺得自己就像一片被反覆翻烤的肉，非常煎熬。

「我這次的業主剛好有要淘汰的冷氣，晚上我請我老闆幫忙把冷氣搬回來裝，你放心，今晚就有冷氣吹了。」莫武安慰道。

「太好了！」唐奕生歡呼一聲，抱著莫武說：「這樣今晚做愛就不會再做到滿身汗了……」

莫武嚇得使車頭歪了一下。

「你還做不夠啊？昨天都做兩次了，今早又一次……」是禽獸嗎？只想著做愛。

莫武感覺自己的腰正隱隱作疼。

「誰叫你老是勾引我……」

幸虧安全帽擋住了唐奕生的臉，否則一旁的路人們若是看見他那好色大叔般的表情，肯定會對他指指點點，甚至考慮報警。

「你別亂說。」明明是唐奕生隨便就發情，怎麼能說他在勾引？再說了，像他這樣一個做水泥工程的師傅，整天弄得灰頭土臉，長得又凶悍，是能勾引誰？也就只有唐奕生會對他有反應了。

「我才沒有亂說……都你在勾引我。」唐奕生的手不安分地伸到前面，在莫武的胸腹間摩娑。

莫武正在騎車，既抓不住那雙騷擾他的手，又無法閃躲，簡直拿唐奕生沒輒。唐奕生明明做的是律師這樣的文職工作，每晚卻精力絕倫，連他這個泥作師傅都應付不來，到底怎麼回事？

「別玩啦……」莫武無奈地求饒。

「好不想上班啊……」唐奕生這才停手，環抱莫武的腰，哀怨地嘆了口氣。「好想跟你窩在房間裡整天做愛……」

莫武的心跳停了一拍，他真的怕自己會被操死在床上。

八點半，摩托車準時停在地院門口。唐奕生脫掉安全帽，站在車旁利用後照鏡整理被壓亂的頭髮。莫武接過他脫下的安全帽，並收進車廂裡。

「你工作結束後再打電話給我。」莫武說。

「好。」

整理好儀容後，唐奕生看起來就像個精明幹練的王牌律師，一點也沒有方才耍廢的無賴樣。

莫武的目光不自覺地黏在唐奕生身上，他穿著剪裁得宜的西裝，顯得腰細腿長，姣好的容貌、菁英的氣質，整個人就像從電視裡走出來的明星一般，叫人移不開眼。

即使已經和唐奕生朝夕相處快十年，莫武還是會因他而感到心動。

就如同他國中那年，初見上台領獎的唐奕生一樣。

「全國作文競賽，第一名，一年七班唐奕生。」

「全國數學競賽，第一名，一年七班唐奕生。」

「期中考校排名，第一名，一年七班唐奕生。」

唐奕生升上國中不久，他的名字就傳遍了整座校園，所有大、小競賽的得獎名單上都有他的名字，每一次的朝會，就像是他的個人頒獎典禮似的。久而久之，就連對學校漠不關心、成天蹺課的莫武都知道唐奕生這個人。

某天一大早，莫武被班導逮住，難得去參加了朝會。升旗結束後，便是頒獎的環節，而唐奕生毫無意外地上台領獎。

台上和台下隔著重重人海，然而只是遠遠的一眼，莫武便被那精緻漂亮的容貌所驚豔。那是他第一次見到唐奕生，也是他第一次發現，世界上竟有那麼完美、好看的人。

那天和唐奕生一起上台領獎的明明還有其他學生，大家都穿著相同的制服，但是在莫武的眼中，卻只有唐奕生看起來像來自不同世界般的閃閃發亮。

「學長！」遠處傳來年輕女子的聲音，打斷了莫武的思緒。

一名穿著西裝的女子朝唐奕生揮手跑來。女子剛考上律師執照，目前正在實習。她看起來才二十歲出頭，臉上還有著剛出社會的青澀。

唐奕生轉過頭，朝她點了下頭，再回頭想和莫武道別時，只見莫武早已騎上摩托車離開。

居然連個道別吻都不給他，唐奕生有些遺憾地看著莫武離開的背影。

「學長，好巧，我剛停好車上來就看到你了。」個子嬌小的林郁青是今年事務所招進來的實習生，目前是由唐奕生負責帶她。

「喔。」唐奕生心不在焉地回應，滿腦子想的都是回去要怎麼處罰莫武的不告而別。

「學長也是開車來的嗎？學長的車子停哪？我好像沒看過學長把車子停在地院的停車場，這附近哪裡還有好停的停車場？」林郁青自顧自地說個不停。

莫武走得太快，林郁青沒看見，就算看見了也不會想到，她所憧憬的學長居然是被人用摩托車載來的。

「我沒有開車，是人家送我來的。」唐奕生回過神來，簡單地回應林郁青，然後轉身走向地院。

「原來有人接送啊，難怪我從來沒看過學長開車。學長家有司機嗎？是誰在接送學長？」林郁青長相甜美，性格開朗，工作時也積極主動，事務所的長官很看好她，缺點就是聒噪了點。

唐奕生看起來漂亮又親切，嘴角總是隱隱帶著笑，因此林郁青打從一開始就對他心生好感，面對他的時候，也不像對其他人時一樣戰戰兢兢。

「她在你身邊像個小麻雀一樣吱吱喳喳的。」事務所的老闆曾這麼調侃唐奕生。事務所的老闆是他大學時的學長，也是所內的大律師。至於這句話究竟想暗示什麼，唐奕生不得而知。

如果早個十年，唐奕生面對眼前女子的聒噪，或許會感到不耐煩，但在經過了十年的社會歷練後，他的性格早已被打磨得十分圓滑。聽見林郁青唐突的問題，他禮貌地笑了笑，直接將話題轉開：「今天的案子妳都熟讀了嗎？」

林郁青心中一凜，頓時明白自己不小心問過頭，學長這是要抽考了。她在心中一邊爲自己方才不受控的提問感到懊悔，一邊嚴陣以待，「是的，學長。」

「那好，趁還有點時間，妳現在邊走邊跟我說明今天的案子，然後我再問妳幾個問題……」

唐奕生的嘴角仍掛著笑，但林郁青卻有股背上涼涼的感覺。早知道就不多嘴了……她邊走邊後悔地想。

莫武今天要去的工地離地院不遠，是一處新開發的住宅區。

近年來房價起飛，本來地院附近乏人問津的地段一躍成爲豪宅區的首選，彷彿住得離地院近點，就能多吸收一些法學人文氣質，培養出個法官、律師、檢察官之類的人才。

正因如此，這裡的房價硬生生地比其他區的房子高了百分之十，也讓住在這裡的人自我感覺比別人要好一點。

這個案子從簽約開始，住戶和大樓的管理委員便憑藉這股自視過高的氣勢，百般刁難。首先是嚴格規定施工時間，工人們只能在上午九點到下午五點施工，而且中午必須休息兩個小時，就算在趕工也只能做不發出噪音的工程，此外，若要使用會發出高頻噪音的機具，都必須事先申請使用時段。然後是高規格的保護工程，爲了不讓施工的物料傷及大樓豪華的裝潢，所有施工時可能會經過的地面和壁面，全部都要用層板好好地包起來保護。

除此之外，就連運送物料的車子進場的時間、停放的位置，以及廢料的丟棄都有一套嚴格且詳細的規範和懲處。

這些對施工的人來說完全是綁手綁腳的規定，既辛苦又麻煩。工人們甚至有可能在拿到酬勞之前，就先因爲違反規定而賠一大筆錢。

一般的泥作師傅看到這種單都不願接，現在缺工缺得凶，莫武的老闆的工單都排到半年後了，實在也不缺這一筆，只是承接這案子的設計公司和老闆合作多年，彼此間有一定的信賴關係，因此莫武的老闆才勉爲其難地接下，然後安排莫武去做。

莫武入行七、八年，是老闆陳火言手把手帶起來的人，幾年前便已經可以獨立作業，現在也開始帶新人。陳火言對莫武很放心，爲了鼓勵和支持莫武，他也會把一些案子直接發包給他。

莫武九點準時抵達住宅區，發現自己帶的兩個後輩居然還站在社區門口，車子上的工料也沒搬下來。

「你們站在這裡幹麼？我不是交代早上一來就先把工料搬上去嗎？」莫武走到兩個後輩面前，面露慍色地質問。

因繁瑣嚴格的規定和作業，他們已經推遲許久才開工，加上工時又被限制，導致莫武必須抓緊每一分每一秒的時間來工作，除了擔心無法在時間內完成這個案子之外，還怕會拖延到下一個案子的時間。

兩個後輩都十分年輕，只有十八、九歲，看見莫武像看見救星一樣，一左一右地包圍莫武，開始訴苦。

「師傅，他不讓我們上去啊！」

「他說電梯不能給我們用！」

「蛤？」莫武不理解他們的話，「昨天不是還好好的嗎？」

「不知道啊，今天來就說什麼規定改了……」

「說施工的人只能走樓梯……」

「什麼？」兩個後輩沒頭沒尾地說話，搞得莫武一頭霧水，但看兩個人急得滿頭大汗的樣子，也只好先安撫他們，「好啦，我先去了解狀況再說。」

莫武問了負責人以後才知道，有住戶表示工人使用電梯會破壞大樓的格調，還嫌棄電梯包起來的樣子很難看，地板的保護層讓他們很難走。

「因爲你們裝潢的關係，把電梯、大廳弄得醜得要命。你們工人還在大廳這邊進進出出，我朋友來都不相信我住的是高級社區，還以爲我住工地。」大樓的管理委員站在大廳櫃檯前向莫武抱怨。

「裝潢本來就是這樣，而且我們都有依照你們的規定做啊！」莫武皺著眉頭說。其實這不是莫武第一次收到住戶的抗議，但這麼誇張地妨礙施工，甚至講出帶有歧視的言論，他還是第一次遇到。

莫武從一開始的忿忿不平，到最近已變成了無言以對。這些抗議的人好像都忘了，自己的房子也是靠他們這樣的工人去裝潢、施工的。

「所以我們的規定改了啊！」管理委員理直氣壯地回答。

「哪有這樣說改就改的？昨天明明不是這樣的。」

「我們有經過住戶同意。」

「什麼？」莫武覺得頭痛，「那你現在要我們怎麼辦？那些工料、器具我要怎麼搬上去？」

「你們可以走樓梯！你們施工的那一間不是在五樓而已，不需要用到電梯吧？」

莫武氣笑了，說道：「那些工料都不輕耶，水泥一袋有二十斤重，你要我們搬到五樓？你要不要自己來扛一袋看看？」

管理委員揚起下巴，完全沒有要處理的意思。

櫃檯的社區經理受雇於管委會，不敢得罪管理委員，只好勸莫武：「你們可以把車子停到地下室靠樓梯那側，這樣你們搬東西比較輕鬆。」

莫武在心裡翻了個白眼，不予置評，索性打電話給設計師何沐雪。

何沐雪找來屋主，接著一群人便在大廳櫃檯前吵了起來，但管理委員始終不為所動，不願讓步。

屋主是一對年輕夫妻，為了給孩子更好的環境，因此搬來這裡。面對老奸巨猾的管理委員，他們總是小心翼翼地應對，就怕得罪未來的鄰居。

然而儘管屋主試圖委婉地說服管理委員，對方卻仍舊置若罔聞，甚至反過來把他們唬得一愣一愣的。

何沐雪很努力地居中協調，但屋主明顯不願得罪管理委員，受雇於人的她，也很難再多說什麼。

莫武雖然看起來一副凶惡的模樣，但他其實是個很容易心軟的人。眼看時間一分一秒地浪費在這種無意義的爭執上，又見熟識多年的設計師被刁難，還有屋主夫妻為難的表情，即使前一秒還在因住戶對工人的歧視感到氣憤，但下一秒看到設計師和屋主苦惱的樣子，他很快就妥協了。

「算了，搬就搬了。」

「不好意思啊，莫武，這個案子我再多貼點紅包給你，辛苦你了。」設計師何沐雪和莫武相識多年，知道莫武是看在她的面子上才妥協，心裡愧疚不已，只好主動說以紅包的方式來慰勞莫武。

「我是沒關係啦，但我那兩個後輩才是眞的辛苦，他們沒這樣搬過東西，就不要搬了這一趟之後，回去就跟我說不做了……」莫武無奈地說。他現在就怕兩個沒吃過這種苦的後輩，做完這趟被嚇到辭職。他們這行會缺工，很大的原因就是年輕人怕吃苦不肯入行。

「我也會給他們紅包的，放心。」何沐雪拍了拍莫武的背。

儘管何沐雪這麼說，但莫武還是怕兩個後輩累到，也怕他們沒經驗傷到，二十斤重的水泥袋，莫武一次背兩袋，卻叫他們一袋一袋拿。

來回搬了五、六趟後，每個人都腰痠腿軟到不行，規定的施工時間也差不多到了，如果可以搭乘電梯的話，這些東西一兩趟就能搬完，還可以馬上開工，但現在因爲爭執和搬運，硬生生地浪費了一天的時間。莫武實在不明白，難道這些抗議的人，就不擔心將來自己要裝潢、修繕時，會因爲這些規定而找不到工人嗎？

莫武看了看車子上剩下的一些工具和一塊較大塊的板材後，便叫其中一個後輩來和他一起搬那塊板材，另一個後輩拿工具。

「最後一趟了，這趟搬完，整理好東西，我們就走吧！」莫武說完話，兩個後輩喘吁吁地歡呼一聲，一邊苦笑，一邊開始動作。

板材不重，但面積很大，因此必須由兩個人各拿著一邊才不會摔到。後輩走在前面，莫武走在後面支撐著大部分的重量。搬了幾趟的重物後，每個人都有些手腳發軟，因此走得不快，莫武也沒催促。

就在快搬到五樓時，走在前面的後輩因爲高興而鬆懈，結果腳軟了一下，手沒拿穩，板材就這麼脫離他的手中。

「啊……」

「武哥！」

板材的重量瞬間全落到莫武身上，莫武雖然很想穩住，但腰、腿卻在這時突然使不上力。

碎！

糟糕！莫武在心裡驚呼一聲，接著連人帶板材摔下樓去。

✦

砰！

不知道是誰在圍牆那邊發出聲響，十五歲的莫武看了過去，驚訝地發現在圍牆旁的不是別人，居然是唐奕生？

那個資優生在幹麼？

莫武此時正打算蹺掉下午的課，他沒想到會在學校無人的圍牆邊看見唐奕生。

憑藉著對唐奕生的好奇，他遠遠地看著唐奕生，只見對方一而再，再而三地爬上圍牆，然後跌落，卻一點也不死心，像是和那片圍牆槓上了一樣。

他到底在幹麼？直到上課鐘響，唐奕生仍沒有離開圍牆的打算，因此莫武才突然意識到——他該不會想蹺課吧？

怎麼會選在這裡呢?莫武心想。

不能怪他一開始沒看出唐奕生想蹺課的意圖,像他們這種蹺課慣犯都知道南棟工藝教室後頭圍牆很矮,旁邊又有廢棄的課桌椅可以踩著爬上去,那裡才是最好偷偷離校的地方。

唐奕生現在爬的這堵圍牆雖然人跡稀少,但牆面光滑毫無著力之處,加上他們學校位於山坡地,圍牆內外有極大的落差,牆內看起來只有一公尺多的高度,牆外則有近三公尺的落差。

要從這堵牆翻出去,除了要身輕體健外,還要有足夠的勇氣,才能克服那將近一層樓的高度,簡而言之,這裡根本不是蹺課的首選。

但這顯然不是一個不曾蹺過課的資優生會知道的事。

怎麼辦?要告訴他嗎?但他從來沒和唐奕生說過話,唐奕生會理他嗎?莫武在心裡斟酌著。

他和唐奕生雖然同樣就讀楓林高中附設國中部,但兩人所處的環境卻截然不同。楓林高中附設國中部分成南、北兩棟樓,升學班位於北棟,國中部所有的好學生都集中在這裡,南棟是技職班,美其名是培養技職體系的學生,但實際上就是所謂的放牛班。

莫武是南棟赫赫有名的不良少年,服裝不整、蹺課、違規都是小事,時不時頂撞師長和逞凶鬧事才是他出名的原因,再加上他身材高大、眼神凶惡,因此很多人都不敢接近他,甚至有人說他和黑道混在一起。

莫武明白自己在別人眼中的形象，更明白唐奕生之於他而言，是天上遙不可及的星星，所以這兩年多的時間裡，他一直是遠遠地注視他，從未想過要靠近他。

在莫武猶豫的時間裡，唐奕生又再次從牆上摔了下來，莫武在心裡默默地爲他著急，他知道晚一點教官就會巡查到這一塊，他被抓到蹺課無所謂，但這肯定會成爲唐奕生的污點。

他看著唐奕生在小小的助跑後，再一次攀上牆頭，這一次跳得夠高，只差一點點就能成功，偏偏唐奕生的手臂不夠有力氣，無法支撐他再往上爬。

頓時莫武不再猶豫，衝上前去托住唐奕生，將他推了上去。

「快點，我幫你上去！」

被莫武這麼一推，唐奕生順利地爬上牆頭，他想知道是誰幫助他，好奇地回頭往下看，然後露出驚訝的表情。

看樣子是認出他了，莫武對唐奕生笑了笑，試圖表現出友善的樣子，並朝他伸出手，「拉我一把，快點！」

可惜他的笑沒有化解唐奕生對他的戒備，唐奕生明顯愣了下，看著莫武朝他伸出來的手，猶豫不決。

莫武自己也明白，身爲全校人人唯恐避之不及的不良少年，最好不要和全校第一名的資優生扯上關係，但沒辦法啊！唐奕生如果想從這堵圍牆出去，接下來還會需要他的幫助，畢竟牆頭距離外邊的地面有將近三公尺的高度，資優生又是一副弱不禁風的樣子，跳下去肯定會受傷。

「快啊！你別自己上去了就不幫我！」莫武現在沒時間和唐奕生解釋，見對方遲遲沒有動作，再次伸出手催促。

唐奕生遲疑了一下，最後還是伸出手抓住莫武，將他拉了上去。

「謝啦！」莫武跨坐在牆頭，拍了下唐奕生的背，卻一時忘了拿捏力道，差點把人拍下牆。

唐奕生嚇了一跳，莫武趕緊伸手抓住他，卻換得他冷冷的一眼。

莫武帶有歉意地笑了一下，他忘了唐奕生不是他那群狐群狗黨，怎麼承受得住他的力道？

「嗶——」不遠處，尖銳的哨音響起，莫武和唐奕生同時變了臉色。

「那邊那個是誰？快下來！」宏亮且具有威嚴的聲音在哨音落下後響起，正朝他們呼喊的是莫武再熟悉不過的人——全校最凶的侯教官。

侯教官是出了名的嚴厲，只要被他抓住，不管是誰，也不管學生如何求饒，他都照樣把人訓得狗血淋頭，記大過、小過從不手軟。

莫武不知道全校做事最一板一眼的侯教官，遇見全校第一名的唐奕生，會不會有放水的可能，畢竟他從未見過唐奕生被師長罵，甚至連聽都沒聽過。唐奕生是師長的寵兒，所有老師都誇他、捧他，每個老師見到他都和顏悅色的，所以莫武心想，就算被侯教官抓到，或許唐奕生能憑著資優生的身分逃過責罰。

但莫武不想賭，他不想見到唐奕生被責罵，或被記上一絲一毫的污點，所以他不顧近三公尺的高度，毫不猶豫地跳了下去，再回頭朝唐奕生張開雙手。

「快下來！」

唐奕生遲疑不決，他顯然未曾料想到自己會距離地面這麼遠。

「別怕，下來，我會接住你。」莫武再次催促。

唐奕生冷淡、漂亮的眼睛朝他看了過來，評估他話裡的可信度。

莫武堅定地看向唐奕生，像是在說「我一定會接住你」。

教官的聲音逐漸逼近，迫使唐奕生不得不馬上決定，他是要被教官抓走，還是相信一個不良少年說的話。

唐奕生盯著莫武，雙腳用力一蹬，朝莫武跳了過去。

莫武張開手，穩穩接住唐奕生的同時，右腳踝也傳來一陣劇痛。

爲了不讓唐奕生發現，莫武隱忍著不適，勉強地對他笑了下，「瞧，這不就下來了嗎？」

跳下圍牆後，唐奕生明顯鬆了口氣。

但危機還沒過去，侯教官氣急敗壞的聲音從牆內傳了過來，「你們兩個，站住！」

「糟了！快跑！」莫武不顧腳上傳來的陣陣疼痛，拉著唐奕生的手，在那條滿是楓樹的林蔭大道上跑了起來。

青綠色的楓葉掩蓋了他們的背影，等侯教官終於攀上牆頭往外查看時，牆外早已不見兩人的蹤影。

「痛……」莫武囈語著。他做了一個夢，夢見他和唐奕生第一次有交集的時候，夢中右腳踝受傷的疼痛感清楚地傳遞過來，將他痛醒。

「醒了？」那聽了十幾年，再熟悉不過的聲音從他身邊傳來，莫武眨了眨眼，看見唐奕生坐在他身旁，頭髮有些凌亂，還穿著早上那套西裝，看起來有幾分陰沉，明顯心情不好的模樣。

莫武不知道唐奕生在生氣什麼，只覺得他連生氣的樣子都令人著迷。

記憶漸漸回籠，莫武想起自己在案場中搬運板材跌倒的事，當時他從樓梯上跌落，板材直接壓在他身上，造成他右腳骨折。見兩個年輕的後輩慌了手腳，還是他指揮他們叫救護車和聯絡老闆。

到了醫院又是一陣兵荒馬亂，他的老闆兼師父——陳火言，脾氣暴躁又出了名的護短，一看他受傷就生氣地抓著兩個後輩開始罵人。

從後輩口中了解原因後，陳火言又對隨後趕來的何沐雪痛罵了一頓，讓他一個受傷坐輪椅的人還要忙著安撫勸和，免得陳火言被醫院請出去。

接著又是看診，又是檢查、等報告、等開刀房、簽一堆醫院的單子……因爲太過混亂，他沒時間聯絡唐奕生，直到現在在病房醒來後，才發現不知道是誰告訴了唐奕生，讓他過來陪他。

現在其他人似乎都離開了，病房裡只剩他們兩個。

唐奕生平常話很多，但生氣的時候反而不愛說話，讓莫武很難知道他生氣的點在哪裡。

「你怎麼過來了？」莫武不安地看著唐奕生。

唐奕生沒好氣地看了他一眼，彷彿他問了個蠢問題似的，隨後將一個大包包放在他身上，「看看還缺什麼，我明天再拿過來給你。」

莫武打開包包，裡面是毛巾、盥洗用具和內衣褲。唐奕生將住院需要用到的東西都帶了過來，自己卻因爲太過匆忙，連衣服都沒換就趕來了。

莫武爲自己總是麻煩到他而感到愧疚。

「這些就很夠用了，謝謝。」

「嗯。」

唐奕生神色冷冰冰的，看起來還在生氣，卻沒有馬上離開，這讓莫武想起兩人還不認識的時候，那時的唐奕生總是一臉冷漠，對什麼都不感興趣的樣子，但自從那天他們一起蹺課後，唐奕生便開始莫名其妙地黏著他。

對莫武而言，唐奕生像隻高貴的貓，神情冷淡，卻是到哪都跟著，讓人完全不知道他在想什麼。

「會餓嗎？」唐奕生一邊從便利商店的袋子裡拿出麵包和飲料，放到莫武面前，一邊說道：「時間太晚，很多店都關了，只剩便利商店還開著。我不知道你什麼時候開完刀，也不知道你開完刀能不能吃東西，所以買麵包比較方便。」

唐奕生的表情還是不太高興，但行爲一如往常的體貼。

「謝謝，又麻煩你了……」莫武接過麵包，滿懷愧疚。

唐奕生彎下腰，親了親莫武的臉頰，「我說了好幾次，對我不用那麼客氣。」

親暱的舉動讓莫武紅了臉，他隨即緊張地看向周圍，擔心有人看見方才的情景。幸好同病房的人似乎睡了，莫武沒有聽到任何聲音，而且簾子也被拉起來，除非被人打開，否則不會有人知道他們在裡面幹麼。

這讓莫武鬆了口氣。

唐奕生注意到莫武的舉動後，眼神略有不快，但沒說什麼，只是要他快點吃麵包。

莫武打開袋子，咬了一口麵包，然後以眼神詢問唐奕生要不要吃。唐奕生湊了過來，就著他咬過的地方咬了一口。

唐奕生從以前就很喜歡吃他吃過的東西。

莫武想起他第一次和唐奕生說話的時候，天知道那時他有多緊張，一直以來只能遠遠看著的人，突然間有了接近的機會，他整個心臟都怦怦地跳個不停。

那天他們在楓林大道上不斷地向前奔跑，他多希望那條路沒有盡頭，可以和唐奕生一起跑下去，可是右腳踝傳來的劇痛讓他無法忽視，即使他努力想忍耐隱瞞，身體依舊不聽使喚，最後竟然還摔成了狗吃屎，模樣十分狼狽。

他不想讓唐奕生看見，他希望唐奕生最好繼續往前跑不要回頭，這樣一來，就不會發現逞強又自食惡果的他。

可唐奕生卻停下腳步，回頭拉了他一把，「你們平常蹺課都去哪？」

莫武很快地舉出許多他蹺課時會去玩的地方，但唐奕生都不爲所動，只是冷眼地看著他的腳，莫武這才後知後覺地會意過來，唐奕生拐著彎要他找地方休息。

莫武想了想，決定邀唐奕生去他認識的大哥家裡。

在莫武很小的時候，那位大哥曾住在他家的隔壁。莫武不知道他的名字，但大家都叫他力哥，他也就跟著喊了。

莫武的母親很早便因爲遭受丈夫的家暴而拋下他，導致他在父親發酒瘋打他的時候，根本沒有人可以依靠，也無處可躲。

直到他遇見住在隔壁的力哥，力哥會在他沒東西吃的時候分他一口飯吃，也會在他父親喝酒的時候，提供他一個躲藏的地方。那時的力哥還只是二十出頭的少年，自己的日子過得也沒多好，卻還是對他這個鄰居的孩子伸出援手。

後來力哥有了更好的工作機會，於是搬離他家隔壁，一直到他上了國中後，兩人才在偶然的情況下重逢。

某次莫武蹺課在外遊蕩時，被介紹到力哥開的電子遊樂場，這時的力哥已經相當能幹，管理五、六間店面，還有幾十個手下，走到哪都有人尊敬地喊他一聲力哥，看著十分威風，讓他崇拜不已。

後來莫武才知道，這就是所謂的黑道。

但莫武在力哥身上沒感受到像黑道一樣恐怖壓迫的氣息，相反的，因爲從小就認識的關係，他對力哥自然而然產生一股親切感，而力哥對他也像小時候一樣照顧。

「我去適合嗎？」唐奕生知道要去力哥家後，懷疑地問。他並不害怕黑道，只是覺得自己和對方不熟。

「力哥人很好，誰都歡迎。」莫武對著唐奕生大力點頭。

力哥就像電影裡講義氣的大哥一樣，非常懂得照顧人，尤其是像莫武他們這種問題學生或中輟生。力哥把自己的家裝潢得像網吧一樣，收留不想回家或是不能回家的國高中生，讓他們可以待在一個安全的地方。

因此莫武理所當然地將唐奕生帶到力哥家，他們在力哥家裡和其他人一起玩電動，肚子餓了就拿力哥家存放的泡麵來吃。

從小養尊處優的唐奕生從沒吃過泡麵，他的母親只給他吃天然、養生的食物，導致他對泡麵的味道十分敏感。

唐奕生的母親總說「這些化學調味料吃了對你不好」、「有人工色素的東西你不能吃」，這些話言猶在耳，像是一道束縛著他的枷鎖，讓他拿著筷子遲遲無法下箸。

身旁的莫武呼嚕呼嚕吃得極香，彷彿人間美味一般，讓唐奕生懷疑起自己手中的泡麵是否和莫武手中的不一樣。

莫武發現唐奕生沒有動筷，一直盯著他瞧，一時不明白發生什麼事，直到唐奕生把自己手中的泡麵推到他面前，他才知道唐奕生想交換。

雖然不知道為什麼，但莫武還是和他交換了。

兩碗泡麵明明長得一樣，但唐奕生卻覺得莫武吃過的那碗感覺比較好吃，也因此嘗試了他人生中的第一口泡麵。

往後的日子裡，唐奕生便養成了跟莫武搶食的習慣。

小小的麵包，兩個大男人分著吃，很快就吃完了。

吃完麵包，唐奕生解開幾顆衣釦，讓自己輕鬆一點，接著整個人屈身躺在小小的陪睡床上準備睡覺。

「你要睡了？」

「嗯。」

莫武看著唐奕生好一會，總覺得委屈他了，「你要不要回去睡？這裡床太小不好睡，我一個人可以的。」

「回去很熱。」唐奕生看了他一眼，意有所指地說。

「啊……」莫武懊惱地嘆了一聲，他都忘記他們房間的冷氣壞了。本來今天陳火言會幫忙把一台工地業主不要的冷氣帶過去裝的，偏偏……

「我明天聯絡我老闆和阿榮，請他們幫忙把冷氣載到我們家安裝。」莫武有很多不同專業的師傅的聯絡資料，阿榮是其中一個認識許久的水電師傅。

「嗯。」唐奕生閉著眼睛，輕輕地點下頭。他沒有很在意冷氣什麼時候裝，那不過是他想留下來的藉口。

莫武躺在病床上，見唐奕生彆扭地縮在陪睡床上，長腳一半懸在外面，頓時覺得罪惡感叢生。莫武的床上像是爬滿了小蟲，讓他怎麼也躺不下去。

「奕生……」

「嗯？」唐奕生沒睜開眼睛，用鼻音小聲地回應，表示自己還醒著，但也快要睡著了。

「你要不要睡床上，讓我睡下面？」莫武覺得這樣他心裡比較過得去。

唐奕生睜開眼睛，看了莫武一眼，眼神有些冷峻，像是在斥責他的荒唐，接著便挪動身子爬上病床。

莫武見狀，趕緊起身想挪到底下的陪睡床上，卻發現他上完石膏的腳根本無法移動。

「唉……我的武哥都這麼大了，還要人哄睡覺……」唐奕生嘆了口氣，將莫武圈在懷裡，輕輕摸了下莫武的頭，又拍了拍他的背，像哄小孩一樣，語氣輕柔地說：「好了，我就抱你一下，你趕快睡。」

莫武愣了一下，隨後便被唐奕生的舉動弄得哭笑不得，「我不是那個意思。」

莫武扭著身體想掙開唐奕生的環抱，唐奕生卻把他抱得更緊，低聲警告：「別動，不然我不敢保證我會不會從單純哄你睡覺變成什麼……」

唐奕生咬著莫武的耳朵，在莫武耳邊悄聲說道：「你知道很多片都喜歡在醫院裡拍……」

莫武一聽，果然不敢再動，唐奕生已經多次以實際行動證明，他隨時隨地都能對他發情，他可不敢惹這頭容易發情的猛獸。

莫武的乖巧讓唐奕生笑了，他親了親莫武的額頭，又拍了拍他的背，說：「快睡。」

莫武很快閉上眼睛，在唐奕生溫暖氣息的包圍下，本來已經因爲麻醉而睡了很久的莫武又漸漸有了睡意，在唐奕生懷裡悄悄打了個呵欠。

「我會……你什麼都不用擔心。」

唐奕生說了些什麼，但睡意漸濃的莫武聽不明白，只聽清楚「不用擔心」四個字。在唐奕生身邊，他本來就不太擔心會發生什麼事，於是莫武很放心地讓自己陷入睡眠之中。

隔天一大早，唐奕生就匆匆離開了。

沒多久陳火言便趕過來照顧莫武，還帶來一堆食物。

「老闆，你還有很多事要忙吧？不用特地過來照顧我，我一個人沒關係的。」

陳火言敲了敲莫武打上石膏的腳，「你這樣怎麼就沒關係了？老是逞強！」

「沒有，唉，我現在覺得很抱歉，因爲我受傷，很多工作都不能做了，給老闆你添麻煩了……」莫武嘆了口氣，腦子裡想的淨是那些排到年底的工作要怎麼辦。

如果那時小心一點就好了，其實一塊板材也沒多重，就算後輩突然鬆手，自己應該也能撐住，怪就怪在那時腰腿突然沒力，才會整個人摔下樓梯。

「說這什麼話？又不是你的錯！你儘管休息，工作我會處理，大不了推掉一兩個，讓別人去做也沒什麼！」陳火言拍了拍胸脯，「身體健康最重要，你放心休息吧，明天我會叫我老婆來看你。」

莫武苦笑，他哪有心情休息呢？他們這行放假就等於沒收入，推掉工作就會失去客戶的信任。早上聽醫生說，他的腳要兩三個月才會康復，等於這兩三個月都不能工作。雖然他和唐奕生的經濟狀況已經變得寬裕許多，但那麼久沒收入，還是會讓他心慌。

見莫武一臉擔心，陳火言也覺得無奈，做工的人一旦受傷，便會迎來無可計量的損失。雖然他們都知道莫武是因爲管委會不合理的規定而受傷，但又如何？那些人不會反省，而他們也不可能得到賠償，出事只能自己吞掉，怪自己倒楣。

「別想太多，會好的。」陳火言拍了拍莫武的背。

會好的，莫武只當是一句安慰的話，他沒想到當天下午，管委會的主任委員、社區經理還有昨天態度囂張又強硬的管理委員，居然一起來探望他。

「師傅，不好意思餒，打擾你休息，你的傷怎麼樣了？」五十歲的主委先開了頭後，緊接著社區經理和管理委員也在一旁表達關心。

管理委員一改先前高傲的態度，突然變得謙卑又討好，不斷地噓寒問暖，弄得莫武和陳火言一頭霧水。

一陣關心後，主委才切入正題說：「這次的問題說到底都是溝通不良，其實我們的規定裡，沒有不能用電梯這種事啦！是經理他誤會了。」

「是啦，都是我不好，沒有確認清楚，讓你受傷了眞的很抱歉……」社區經理攬下過錯，恭敬地將手上那一大盒水果禮盒遞給莫武。

「對啊，一切都是誤會，我昨天不是那個意思，你們施工當然可以用電梯，我們也都理解，只是我們是高級社區，住戶對出入的人比較謹慎，會怕啦……所以我們才建議非住戶是不是走樓梯比較不會引起糾紛。」管理委員緊張地解釋。

莫武和陳火言面面相覷了一會，昨天管理委員明明狂妄自大地強調這是社區規定，沒有通融的可能，現在卻來跟他說一切都是誤會？

莫武不是第一天出社會的年輕人，他知道他們大陣仗地來探病，是想要和解，想以溝通不良爲藉口，掩蓋他們不合理的施工規定，但莫武不懂的是，前一天還擺高姿態的人，怎麼突然間就轉換態度了？看起來就像是在害怕什麼。

莫武和陳火言都覺得事有蹊蹺，也隱隱明白這些人在害怕他向他們究責，所以先來示好並推卸責任。

面對他們三人的解釋和道歉，還有意圖讓事情就這麼過去的說法，莫武和陳火言也以一種不傷和氣但不輕易允諾和接受的態度，像打太極一樣推回去。

表面上看起來一團和氣，但最後誰也沒得到什麼。

待他們三人離開後，陳火言才奇怪地問：「那些人是怎麼了？」

莫武搖搖頭，他和陳火言一樣不清楚對方轉變態度的原因。

第二章

工人在工地受傷的事並不少見，有時是工人自己做事馬虎而導致，有時是像莫武這樣，因爲住戶或社區的要求而受傷。

工人通常都只是摸摸鼻子自認倒楣，他們的學歷不高，向來不太懂得爭取權益，再加上平時也不會有人特別關心他們的狀況，所以莫武壓根沒想到自己受傷的事會被管委會重視。

後來莫武還接到屋主的電話，對方表達了關心和慰問，並約了時間要過來探病。莫武感覺更奇怪了，怎麼大家像是約好了一樣，突然間都來對他表達關心？

而這一切在傍晚何沐雪來探病時有了答案。

何沐雪是一個和莫武差不多年紀的女生，目前在森活室內設計公司上班，該公司的負責人黃連森和陳火言相識多年，也經常合作，彼此間有著相當程度的信賴。

一得知莫武受傷，黃連森第一時間就打電話關心他，何沐雪昨天也趕到醫院挨了陳火言一頓罵。讓莫武和陳火言沒想到的是，黃連森和何沐雪會再次過來醫院探病。

「莫武，你沒事吧？醫生怎麼說？」黃連森一來就趕忙關心莫武的傷勢，和管委會的人相比，語氣、態度都真誠不少。

「靠北啊，你還敢來喔！看看你們接的什麼案子！」面對認識多年的黃連森，陳火言說話就沒那麼客氣，直接拔高音量罵人。

「火言啊，那個屋主來的時候，人就客客氣氣的，我怎麼知道他們社區有那麼多問題？」黃連森也是接了案子之後才發現問題重重，和同業打探後，才知道那個社區刁難工人不是一天兩天的事了。

對於莫武受傷一事，黃連森覺得抱歉，他也知道陳火言只是嘴上抱怨，於是便一邊配合地討饒，一邊把準備好的禮物塞到陳火言手中。

「這什麼？」陳火言邊問邊打開袋子，「韓國紅蔘喔？這麼高級！」

「給莫武補身體的啦！」

「轉性喔？這麼厚禮！是發生什麼事？」陳火言收下禮物，開玩笑地問。

「你們都要告我們了，我怎能不趕快來巴結一下。」黃連森半認眞半開玩笑地回答。

「啊？」陳火言被黃連森的回答嚇得合不攏嘴。「我們什麼時候說要告你們了？」

黃連森看見陳火言和莫武吃驚的表情後，說：「我就知道這肯定不是你們的意思。」

「發生什麼事了？」莫武著急地問。

「今天早上一個自稱是你的律師的人帶著警察到工地，對著我們家設計師和大樓的管理委員洋洋灑灑地列舉一堆法條，說我們要是不跟你談和解，就等著法院見。」

黃連森邊說邊看向莫武，想從他身上打探出什麼。

「啊……是唐奕生嗎？」莫武一聽就知道是誰去幫他討公道了。

「對，他給了我一張名片，上面寫的名字就是唐奕生。」何沐雪用力地點頭，臉上浮出兩朵紅雲，眼神像情竇初開的少女一樣閃閃發亮。

「他……是我的室友。」莫武不情願地說道。

「你跟那個律師是室友？」黃連森吃驚地問。

莫武看了看眼前的幾個人，緩緩地點了點頭。

「難怪他會為你出頭……」黃連森拍了拍腦袋，大聲地說：「你有那種室友你要早說啊！你早點把你室友的名字抬出來，那社區的管委會就不會那麼囂張了。」

「你室友這麼厲害啊？」陳火言知道莫武有一個很照顧他並同居多年的好朋友，聽說兩個人是為了省錢才住在一起，就連通勤都是共用一台摩托車，平時由莫武接送他室友上下班。

莫武很少提到自己的事，他帶了莫武七、八年，從沒見過他室友一面。陳火言看他們為了省錢住在一起那麼多年，還以為莫武的室友和他一樣都是做工的人，因此他從沒想過對方居然是律師。

律師不是都很會賺錢嗎？陳火言心想。

「唐律師超厲害的，他一來就搬出法律條文，口齒清晰、言詞鋒利，管委會的那群人被講得回不了嘴。說實話，我實在受夠他們社區的管理委員了！唐律師今天這樣做，眞是大快人心。」何沐雪藏不住崇拜的眼神，整個人像迷妹般冒著粉紅色泡泡。

黃連森見狀，忍不住搖頭，「唐律師連妳老闆我都喊著說要告了，妳還一臉崇拜是怎樣？」

「他就眞的很帥啊！」何沐雪一副無奈的樣子，把黃連森氣笑了。

「你看看這吃裡扒外的傢伙，才見了人家一面，就整個迷上，眞是……」黃連森誇張地搖頭嘆氣，半開玩笑地說：「我說莫武，你那個律師室友有沒有女朋友？沒有的話，幫我們小雪牽線一下。」

莫武臉色一僵，吶吶地答道：「我、我也不……」

「老闆，我只是開玩笑的，莫武，你別當眞，我沒那個意思！」何沐雪打斷莫武的話，紅著臉連忙否認。

「我知道。」莫武笑了下，笑容有些苦澀。儘管何沐雪否認，但他還是看得出來她很欣賞唐奕生，只要見過唐奕生，任何人都無法不被他的魅力所吸引。

他是如此，昨天早上在地院看到的女律師也是。

那位和唐奕生打招呼的女律師年輕又漂亮，莫武猜想，她應該就是唐奕生曾提過的那位新帶的實習生。

她和何沐雪一樣，都流露出了崇拜唐奕生的神情。

跟唐奕生相處得愈久，就愈容易深陷於他的魅力之中，莫武就是那個深陷其中無法自拔的人。

眞是糟糕，莫武想，他怎麼配得上唐奕生？

在莫武眼裡，唐奕生像寶石一樣閃耀，也像他小時候曾擁有過的一枚戒指。那枚戒指的銀色戒身上鑲著一顆小小的碎鑽，在日光燈下轉動會折射出不同的光芒，明亮耀眼。那是他離家出走的媽媽留下的東西，被他悄悄收了起來。

媽媽離開家的那天，沒有來幼兒園接他，因此莫武只好自己走回家。家裡一個人都沒有，只有那枚戒指被留在桌上。莫武當時的年紀很小，但他馬上就知道媽媽走了，而且可能永遠都不會回來了。

他收起媽媽的戒指，因為他知道如果爸爸看到這枚戒指，一定會拿去賣掉，家裡值錢的東西都是這樣一點一點不見的。

那枚戒指就這樣陪了莫武很久很久，甚至比他媽媽陪在他身邊的時間還久。對媽媽的記憶已然模糊，但莫武始終記得那枚戒指折射出的七彩光芒。那是他黯淡無光的家中唯一美好的東西，也是他童年回憶裡僅存的美好。

但就像他留不住童年的幸福快樂，留不住離家出走的母親，他也同樣留不住那枚漂亮的戒指。

戒指後來被父親拿走，換了酒精下肚，接著又成了拳頭回到他身上。

他能留下的只有那些不美好的記憶和滿身的傷痕。

最後……連父親也因為意外猝死離他而去，他成了孤兒，輾轉寄居在姑姑家中。他在姑姑家中看見了何謂幸福快樂的家庭，但那並不屬於他。他一直以來都留不住生命中重要的東西，像是他的媽媽、住在隔壁會照顧他的大哥哥、那枚戒指……最後還有他的爸爸。

莫武想，或許總有一天，唐奕生也會離開他，因為他並不值得那樣的美好。

「是是……這次的事都是我們的錯，回去我會教育我家所有的設計師，跟他們說遇到不合理的要求就要堅定拒絕，尤其關於工地安全的事，絕不容許妥協！」黃連森看向莫武，「這樣可以吧？莫武，你記得跟你律師室友拜託一下。」

「啊？」莫武沉浸在過往的思緒裡，聽見黃連森叫他的名字才回過神來，卻沒聽清楚黃連森剛剛說什麼，只捕捉到要他去跟唐奕生拜託。

拜託什麼？莫武有點緊張，還在說要幫何沐雪牽線的事嗎？

他看向何沐雪，剛剛還要他別當眞的何沐雪，現在也一臉懇求他的樣子，讓他感到更慌了。何沐雪和他同年，正値事業的顚峰時期，是黃連森底下的得意門生，長相雖不夠突出，卻也是小家碧玉型，不論條件和背景都是足以和唐奕生匹配的，他怎麼能拒絕？

莫武的手指輕顫，一個「好」字在他口中糾結千百回就是吐不出口。

「莫武，你不舒服嗎？怎麼臉白成這樣？」陳火言率先注意到莫武的異常，擔心地問。

莫武搖了搖頭，壓下心頭的苦澀，開口道：「我……我會跟他說的。」

「這件事有那麼難以啟齒嗎？你不會是眞的想要告我吧？」黃連森這才發現莫武的不對勁，心裡發怵。

「什麼？」莫武看著何沐雪，後者也是一臉擔心。

「告！當然要告你們！」陳火言誤以爲莫武心裡委屈，想要提告又說不出口，趕緊握著莫武的手，對黃連森大聲地說：「平常都不把我們工人放在眼裡，在那邊要求東、要求西的，給你方便你給我當隨便，就告到你怕，看你以後還敢不敢？」

「師傅！你認眞嗎？不要這樣啦！我們都認識那麼久了……這次莫武的醫藥費我也會負責到底，你不要這樣啦……」黃連森方才還一派輕鬆的樣子，現在整張臉都垮了下來，不停求饒。

「武哥……」何沐雪同樣一臉緊張。

見兩人緊張害怕的模樣，陳火言馬上就心軟了，但莫武是他最心愛的徒弟，他當然要站在莫武這一邊。

「沒有用啦！莫武如果想告，我一定站在他這邊！」

莫武這才發現自己誤會黃連森和何沐雪的意思，嚇得趕緊搖頭，「沒有啦，沒有啦！我不是這個意思！沒有要告誰……眞的！」

「嚇死我了……莫武，你說眞的喔？」黃連森拍著胸脯，一臉劫後餘生的表情。

「眞的嗎？」陳火言雖然暗自鬆了口氣，但也擔心莫武是不是又習慣性地把話憋在心裡，便道：「你想討回公道的話，就儘管做沒關係，我一定站在你這邊，不用擔心喔！」

「沒有，我眞的沒有，黃老闆對我那麼好，我怎麼會因爲這種事告他？」

「沒有嗎？沒有就好。」陳火言仔細地看著莫武的表情，確定他沒有一絲一毫的委屈和隱忍後才放心。當了他的師傅這麼多年，他自然知道莫武的忍耐力很高，很多事情莫武寧願放心底也不肯說出來，工作時也是一個勁地逞強，總是忍到身體受不了倒下為止，這次會受傷也是同樣的原因。

「眞的不要嚇我……我想說這告下去，要是你們以後都不接我的案子怎麼辦？」黃連森不怕被告，他怕的是以後找不到專業的師傅。現在工人短缺，年輕人不願從事這又累又辛苦的泥作工程，於是市場上出現許多跨領域、只學皮毛就出來接案的泥作工人，素質參差不齊，令人頭痛。

像陳火言他們師徒一樣專業、細心、肯做事又好配合的泥作師傅，根本是鳳毛麟角，也難怪黃連森說什麼都要巴著他們不放。

「呵呵呵——」陳火言見莫武沒有要提告的心思，心裡的石頭頓時放下，再加上難得見到黃連森求饒的模樣，被逗得樂不可支，講話也輕鬆了起來，「說要告你就會怕了！惡人就是要有惡人治……」

「師傅……」

「老闆，唐奕生不是惡人啦！」儘管知道陳火言只是開玩笑，莫武還是忍不住為唐奕生反駁，接著又對黃連森說：「黃老闆，你的話我會跟唐奕生說，他只是想幫我討公道而已，沒有要為難老闆的意思。」

「你們感情很好耶……」何沐雪很是羨慕，這兩個人既住在一起，又會為對方出頭，這樣的好朋友眞的相當少見。

莫武耳根一紅，故作鎮定地點點頭。

「你們怎麼認識的？認識很久了嗎？」何沐雪問道。

不怪何沐雪會好奇，陳火言和黃連森同樣好奇得緊。畢竟一個是律師，一個是做泥作的工人，天差地別的兩個人湊在一起，自然會引起大家的注意。

這三人當中，最對此感到好奇的人是陳火言，因爲在場除了當事人以外，只有他知道莫武是有重傷害前科的人。

會來做這份工作的年輕人，不是要繼承家業就是本身有些故事。陳火言自己也是有過去的人，因此當年看到莫武的時候，他就有種同病相憐的感覺。他本著幫助他人的善念拉拔莫武，沒想到如今莫武反倒成了他的好助手，對他來說也是意外的收獲。

其他人不知道莫武有重傷害前科，是因爲事發當時莫武還未成年，根據相關法律，他的前科紀錄早已被塗銷，在大家眼裡，他只是個勤懇工作的老實人，誰都看不出來他有段不堪的過去。

儘管如此，莫武還是會因爲那段過往而避談自己的事，這幾年來陳火言也盡量不觸及莫武的過去和探究他的隱私，因此直到現在，他才知道莫武的室友是一名律師。

聽黃連森提到唐奕生時那尊敬的樣子，陳火言猜測，對方可能還是個厲害的律師，這樣的人爲什麼要爲了省錢和莫武住在一起？他實在不明白。

莫武見大家都好奇地盯著他，一時間有些苦惱。他不喜歡昭告他和唐奕生的關係，總覺得和他這種人在一起，有損唐奕生的形象，所以他總是小心翼翼，盡量不讓他們的關係曝光。

但這次唐奕生主動出現在他的工作場合裡爲他出頭，讓他很難迴避大家的好奇，只好回答：「他……他和我是國中同學。」

「國中同學會這麼要好嗎？」

莫武簡單地給出了他們是國中同學的答案，卻回答不出何沐雪抛給他的問題。

其實他和唐奕生的關係也不是馬上就變那麼好的，只是自從那天一起蹺課之後，唐奕生三不五時就會跑到南棟來和他們鬼混在一起。

那時他身邊的好友都覺得奇怪，不明白爲什麼他會突然和北棟的資優生好起來。南棟和北棟的學生從來是井水不犯河水，南棟的學生嫌北棟的學生驕傲自大、目中無人，北棟的學生也看不起南棟的學生成日只會打架鬧事、不學好。莫武自己也覺得唐奕生常跑來南棟找他很奇怪，可是能和唐奕生接觸的機會實在太難得了，莫武壓根不想拒絕唐奕生，任他想來就來，連蹺課也會帶著他一起。

這讓他的好友曹思康特別不爽。

在莫武的朋友之中，曹思康是唯一一位從小就認識莫武的。莫武因爲家庭背景的關係，本來就沒什麼朋友，再加上他發育得比同齡人好，長得又高又壯，高大的身材和天生凶惡的長相，使他時常受人誤解、排擠，因此上國中前，他的朋友只有曹思康一個。

曹思康也來自單親家庭，他的母親靠著酒店的工作獨自扶養他。某次她上班時，認識了偶爾來喝酒的莫武父親，發現對方也有個兒子，還和曹思康同年齡，因爲這一層關係，兩人不知不覺玩在一塊。

兩個同樣因爲家庭關係而受到歧視的孩子，自然而然變得要好起來。

因此見唐奕生突然黏在莫武身邊，而莫武又特別照顧他時，曹思康不免覺得十分吃味。可他不敢表現得太明顯，他是在酒店裡長大的孩子，很早就學會看人臉色、抓乖賣俏，從中獲取好處。

雖然曹思康不爽唐奕生搶走莫武大部分的注意，但他更怕莫武不高興，所以決定先假意和唐奕生交好。

實際上，他心底總想著有天要來整整唐奕生，給自己出氣。

這天莫武因爲違規，被侯教官叫進辦公室裡處罰。

唐奕生來找莫武時撲了個空，正打算走人，卻被曹思康叫住。

「你來找武哥嗎？他被老猴抓住了，一時半刻回不來，要不要跟我們在這裡等他？」

「老猴」是南棟的學生對侯教官的稱呼，因爲侯教官老是喜歡找他們南棟學生的麻煩，因此他們便以他的姓戲稱他爲老猴。

唐奕生聞言，看了他們一會，和曹思康在一起的還有沈德文和余鵬，都是常和莫武混在一起的人。唐奕生和他們一起蹺課過幾次，雖然不熟，但也都是認識的關係，想了想就點頭留了下來，反正他本來就打算蹺掉下午的課，在哪等莫武其實沒差。

曹思康見唐奕生留下，鬼鬼祟祟地湊到他身邊，遞出某樣東西給他看，「資優生，這個試過沒？」

唐奕生低頭一看，發現是一根香菸後，狐疑地看向曹思康。

「這好東西啦！我媽的客人給我的。客人說是國外來的高級貨，不是隨隨便便在便利商店就能買到的。」曹思康得意洋洋地說。

曹思康從小跟著媽媽在酒店裡玩，跟幹部、小姐們混得極熟，有時候會幫忙打雜，送毛巾遞水什麼的。他長得眉清目秀，又機靈乖巧，很得一些酒客的喜歡，常常可以從酒客那裡得到一些小東西。

不過這次的香菸其實是曹思康從喝醉的客人身上偷來的，他偶爾會做這些偷雞摸狗的事，覺得反正那些喝醉的人不會記得這些小東西是用完了還是弄丟了。

唐奕生看著香菸不動，他並不是擔心未成年抽菸犯法，之前在力哥家中，他也曾和莫武一起偷嘗過高粱酒，說實話，那並不好喝，但做壞事的刺激感卻讓他的心情很好。

可抽菸和喝酒不一樣，他本身有氣喘病，生活環境一直都是全面禁菸，他媽媽為了改善他氣喘的體質，利用爸爸是醫院院長的方便，帶他看遍各個中、西名醫，又從飲食開始嚴格地控管，才讓他的氣喘不再發作。

他搖頭，拒絕了曹思康。

「拿去啦，我就拿到這半盒而已，只分給你們還有武哥，這麼好的東西，別人跟我要我還不給呢！」曹思康又更用力地勸說。

「武哥也抽菸？」唐奕生驚奇道，他沒看過莫武在他面前抽菸。

莫武因為一些原因晚了一年入學，所以年紀比他們大一歲，曹思康他們喊他哥，唐奕生便也跟著這麼叫了。

「抽啊，武哥好像滿早就會抽了。」沈德文晃了晃手中的香菸。

余鵬不會抽菸，很自覺地跑到前面去幫他們把風。

唐奕生有些動搖，曹思康趁機將香菸塞到他手上，然後熟練地拿出打火機，爲唐奕生、沈德文還有自己點上。

白色的煙霧冉冉上升，沈德文和曹思康心滿意足地享受吞雲吐霧的快感，唐奕生拿著菸還在猶豫，他現在已不像小時候那樣對菸味敏感，但對於要他抽菸這件事，還是有些遲疑。

「試試看啊！別浪費了！」曹思康用力地鼓吹，心裡等不及要看資優生被菸嗆得狼狽的樣子。

此時，莫武突然出現，一把抽走唐奕生手中的香菸。

「你們在幹麼？怎麼給資優生這個東西？」莫武語氣嚴肅，像個正在抓違規的教官似的，嚇了所有人一跳。

「武哥！」曹思康被嚇得手裡的菸差點掉下來，但轉念一想，他其實也沒做什麼，不過就是給唐奕生香菸而已，頓時又覺得理直氣壯了，「我們沒幹麼啊，你那麼凶做什麼？」

「對啊，不過抽菸而已，我們之前也常做，不是嗎？」沈德文其實隱約知道曹思康的計畫，他雖沒有像曹思康一樣因爲莫武的注意力被唐奕生搶走而吃醋，但他不喜歡北棟的人，所以選擇配合曹思康那無傷大雅的惡作劇。

「你們抽就算了，怎麼可以給資優生？而且現在還在學校，如果被教官抓到怎麼辦？」

眼看莫武氣急敗壞地就要把菸往地上丟，曹思康立刻心疼地阻止了他。

「武哥你火氣也太大了吧？」曹思康不滿地瞪著莫武，心裡爲他的話而不高興。

「什麼叫我們抽就算了？資優生就不行嗎？武哥，你是在排擠資優生嗎？」沈德文本來對莫武特別照顧唐奕生的事無感，但聽見莫武話裡特別維護唐奕生的意思，心裡頓時也不高興了。

聽見「排擠」兩個字，唐奕生也敏感起來，盯著莫武問：「爲什麼不能給我？」

莫武的話被沈德文刻意扭曲，又被唐奕生誤解，不擅言詞的他，陷入有理說不清的膠著，只能生氣地重覆：「資優生怎麼可以抽菸？被老猴抓到怎麼辦？」

他只是想保護唐奕生而已，唐奕生是北棟成績最好的資優生，怎能染上違規的污點。平常帶他蹺課，是因爲現在已經到了國三下學期，學校大部分是睜一隻眼，閉一隻眼的狀態，但像抽菸這種事可是大違規，絕不可能被輕易放過，莫武實在不想看到唐奕生那滿是大功、嘉獎的紀錄單上，有著被記過的污點。他覺得唐奕生就該在台上被人表揚，而不是留下難看的紀錄。

「也是，資優生怎麼能抽菸？資優生跟我們又不一樣。」

「對啊，人家可是師長捧著的資優生，虧我還以爲我們是朋友了，都忘了我們和資優生是不同種人。」

「我不是這個意思！」莫武看著眼前一搭一唱的兩個人，不明白他們爲什麼要這樣說。

「那不然你是什麼意思？不就是心裡覺得我和你們不一樣，才不讓我抽菸的嗎？」唐奕生伸手搶回莫武手中的菸，在莫武面前晃了下，像是在說「你能奈我何」，又道：「聽你們在那邊講資優生、資優生的，是在諷刺人嗎？我跟你們能有什麼不同，你們能做的，我怎麼不能？」

唐奕生趕在莫武搶走他的菸前，把菸放到嘴裡裝模作樣地吸了一大口，很快就被嗆得咳嗽不已。

曹思康計謀得逞，忍不住訕笑：「資優生，別逞強啊！沒人逼你抽。」

「咳……少、少囉嗦……咳咳咳……」

「你抽那麼急做什麼？慢點、慢點呼吸……」莫武被唐奕生咳嗽的樣子給嚇了一跳，連忙拿走他的菸，丟到一旁，拍打他的背。

沈德文見唐奕生被嗆到的樣子也覺得好笑，勾起嘴角，「誰第一次抽菸不會咳那麼一下？習慣就好，武哥你不用那麼緊張吧？」

「咳咳咳……」唐奕生咳到眼角含淚，完全說不出話來。

莫武知道第一次抽菸難免會被嗆到，但有人會咳得像唐奕生那麼久嗎？唐奕生的樣子明顯就不對勁啊！

「唐、唐奕生，你還好嗎？」看唐奕生咳到冒冷汗，莫武急得像熱鍋上的螞蟻。除了幫唐奕生拍背外，他完全不知道還能做什麼。

「哈哈哈……資優生，你也太誇張了吧？哪有人咳得像你這個樣子？」曹思康幸災樂禍地指著唐奕生大笑。

沈德文本來也跟著笑，但他的笑聲卻隨著唐奕生愈來愈蒼白的臉色，和不尋常的呼吸節奏而慢慢停下。

「咳咳……哈嘻、哈嘻……」唐奕生痛苦地抓住莫武的手，張大嘴巴呼吸，卻覺得怎麼樣都吸不到氣。

完蛋了！唐奕生心想。他太熟悉這種喘不過氣的感覺……明明已經好幾年沒發作了，上次去力哥家聞到菸味也沒事，他還以爲自己已經痊癒，看來他還是太低估菸對自己的影響……

「喂、喂，唐奕生，你喘不過氣嗎？」莫武見唐奕生一副無法呼吸的樣子，連忙解開他領口的鈕扣，希望能幫助到他。

唐奕生喘到說不出話，只能緊緊抓著莫武的手，像抓著救命的繩索一樣。

「欸……不會吧？資優生那個樣子不會是要死了吧？」曹思康看著唐奕生喘不過氣的樣子，慢慢收起笑容，一臉不安地問。

「不要亂講話！」沈德文小聲地斥責曹思康，接著看向唐奕生，猶豫地說：「他這個樣子，要不要、要不要送他去保健室啊？」

「沈德文你瘋啦！送他去保健室，我們在抽菸的事不就被發現了嗎？你想害死我啊？」曹思康馬上反對，畢竟菸是他帶進來的，被記過事小，他最怕的，是被發現這些菸是從客人身上偷來的。他害怕又嫌惡地看了唐奕生一眼，試圖說服大家：「只是抽根菸而已，沒那麼嚴重吧？資優生會不會是裝的？」

「阿康！」莫武瞪了曹思康一眼，他的手被唐奕生抓得隱隱作痛，蒼白的臉色、喘不過氣的樣子，怎麼可能會是裝的？

曹思康被莫武一瞪，不情願地閉上嘴。

這時負責把風的余鵬揮著手朝他們跑了過來，「快走，老猴來了！」

一群人頓時緊張了起來，趕緊將菸踩熄後用沙土掩埋，但空氣中還是有揮之不去的菸味。幾個人面面相覷，很有默契地想跑，只要不被當場抓到，之後老猴也沒有證據證明菸是他們抽的。

可是唐奕生喘成那樣，根本不能跑。

「把他丟著吧！」曹思康率先說。

「不行！」莫武堅決地搖頭，他怎麼能放下看起來快不行的唐奕生自己離開？

「就把他放著，反正老猴很快就過來幫他了！」沈德文也跟著勸莫武離開。

「快點，老猴很快就會走到這邊來了！」余鵬焦急地說。

「嘻、嘻、嘻……救……嘻嘻……救……」唐奕生的呼吸聲愈來愈急促，感覺愈來愈痛苦。他想求救，卻連救命都喊不出口。

「我會救你，我會救你，你別擔心。」莫武顧不得其他，蹲下身背起唐奕生，然後道：「我不能放著他不管，老猴年紀大，根本背不動他。」

「那也不需要你去送死啊！」沈德文氣得拉住莫武，「老猴找你麻煩那麼久，你以為你這樣救人，他會對你另眼相看嗎？屁啦！到時候他一定又把錯怪到你身上！」

「武哥，你別去，你這樣會害到我啦！」曹思康也急了，恨不得把唐奕生從莫武背上拉下來。

唐奕生這時已無暇顧及周遭發生的事，他像沉到水裡的人，周圍的人聲模模糊糊地傳進耳裡，胸口的疼痛和瀕死的恐懼讓他緊緊抓著莫武。

「救人要緊，放心，我不會把你們拱出來。」唐奕生沉沉地壓在莫武背上，他尖銳的呼吸聲讓莫武無法丟下他不管，只好對著其他人道：「你們快走，我之後會說這都是我一個人做的。」

曹思康聽見莫武的話後，一溜煙地跑走了。余鵬動作慢，看了看莫武，又看向曹思康跑走的方向，遲疑了一下也跟上曹思康的腳步。只有沈德文猶豫不決地看著莫武，似乎正準備要和莫武同進退。

莫武見狀，卻輕輕地推開他，然後催促：「快走。」

沈德文咬了咬牙，只好走了。

他不知道這一走，也暗示了他們和莫武的未來。

✦

晚上，唐奕生拖著疲倦的身子走進病房。

莫武的病房在下午時被黃連森升級成單人房，換好病房後陳火言才和黃連森他們一起離開。

「吃晚餐了嗎？」唐奕生脫下西裝外套，拉下領帶，邊走邊問。

「吃了。」莫武心疼地看著唐奕生，他今天又是連衣服都沒換就直接趕來，但這次他還帶上了自己的東西，看起來大有在病房住下的打算。

「嗯。」唐奕生點點頭，坐在陪病床上，打開自己買的晚餐，吃了起來。

莫武看著他的樣子，實在不忍，「我這又不是什麼大病，你不用一直過來，醫院的護理師會照顧我，我師傅他們也會過來看我。」

當律師忙得很，唐奕生大可在家裡休息就好，現在卻爲了他在事務所和醫院之間奔波，莫武過意不去。

「你師傅不用工作嗎？」唐奕生很快地吃完晚餐，一邊收拾垃圾一邊問，「你不是說你們案子排到年底了？少了你一個，他現在應該忙翻了吧？」

莫武沒說話，他對此無法反駁。

「你就眞的不要我陪你嗎？」唐奕生坐到莫武的床上，傾身將他困在自己的雙臂之間，威脅感十足地凝視著他，一副「你敢說是，給我試試看」的模樣。

莫武的身體無法克制地熱了起來，無論過了多久，他還是無法在這麼近的距離下直視唐奕生的臉。

唐奕生的那張臉，那個眼神，那麼近的距離，對他的心臟來說還是太過刺激了。

「奕……」莫武不安地移開視線，想開口讓他離開些，但才一張口，唐奕生的唇就貼了上來，直接讓他把想說的話吞回口中。

唐奕生的舌頭時而靈活地舔拭莫武上顎敏感的地方，時而與他的舌糾纏，交換口中的唾沫。

「嗚嗯……」莫武張嘴配合，不時發出如小貓般嗚咽的聲音，順從得叫人憐惜，讓唐奕生更加放肆地侵略。

唐奕生的手探入病人服中，和式款的病人服被輕輕一拉便整個敞開，露出莫武結實的胸膛，兩點茱萸如任君採擷的花朵在冷空氣下挺立。

唐奕生的手掌不客氣地撫上莫武的胸肌，直接朝小小的乳頭揉捏愛撫。

「呃啊……」莫武嚇了一跳，因爲突如其來的刺激而忍不住呻吟。

唐奕生稍稍離開了莫武的唇，因爲莫武的反應低低笑了幾聲，隨後更加惡劣地揉捏他的胸部，看著莫武的胸部在他手裡被擠壓變形。

「奕生……」莫武因爲腳傷而被限制了行動，難以逃脫。

房門隨時有可能被打開，莫武心裡害怕，但身體卻止不住對快感的追求。他在矛盾和羞恥間不斷拉扯，急得滿頭大汗，又不敢推開唐奕生，眼眶漸漸溼潤，求饒似地看向唐奕生。

唐奕生原本只是想欺負一下莫武，誰知莫武的反應讓他差點克制不住自己。

眞要命。唐奕生停下動作，將臉貼在莫武的胸膛上，聆聽他強而有力的心跳聲。

怦怦、怦怦……規律的心跳慢慢地緩和了他的衝動。

怦怦、怦怦……在他因爲氣喘而覺得眼前一片漆黑時，就是這個熟悉的心跳聲，安撫了他。

那天，還是國中生的他，憑著年少的衝動、無知和不顧後果的叛逆，從莫武手中搶走了菸，吸了一大口，導致氣喘嚴重發作。

後來，他的意識逐漸模糊，卻隱約記得莫武和曹思康他們的爭吵，他知道莫武原本是可以丟下他不管的，他沒必要爲他的魯莽負責。

唐奕生還記得他貼在莫武背上時，那潮溼的溫暖，還有那強而有力的心跳聲，他很高興，莫武沒有在他需要他時，離開他。

怦怦、怦怦……

這麼多年了，這個心跳聲仍舊安撫著他，帶給他平靜和滿足。

莫武知道唐奕生喜歡貼著他的胸膛，但他的胸部明明硬邦邦的，躺起來到底哪裡好了？只是他也喜歡唐奕生貼著他的模樣，私心希望他能躺在他身上久一點。

「奕生……」莫武沒有推開唐奕生的打算，繼續維持這個姿勢和他說話。

「嗯？」

唐奕生哼了一聲，鼻息噴在莫武赤裸的胸膛上，莫武覺得有點癢，但還可以忍受。

「今天辛苦你了。」莫武低頭看著唐奕生的頭頂，他有兩個髮旋，聽說這樣的人聰明、固執又脾氣大，而唐奕生完全符合這樣的說法。

即使如此，莫武還是覺得他很可愛。

「嗯。他們今天都來找你了？」唐奕生很快就知道莫武在說什麼。莫武的胸部太舒服，他懶得起來，因此就這樣貼著說話。

「社區管委會那些人，還有承包的設計師和她老闆，都來了……」莫武說完，頓了下，略微不安地問：「你不會眞的要告他們吧？」

「我已經報警備案了，要不要告看他們誠意如何。」

果然，今天那些人的態度突然轉變，都是因爲唐奕生。

「可以不要告嗎？我不想鬧上法院……」莫武想起黃連森的請託。

唐奕生在莫武懷中喬了一下姿勢，還是沒有起來，繼續聽著讓他感到安心的心跳聲，感受莫武溫暖的熱度，藉此撫平他昨天受到的驚嚇，同時也讓他一整天爲這件事奔波的辛勞，慢慢地得到舒緩。

「他們找你求情嗎？」

「……嗯。」莫武尷尬地點頭，在唐奕生爲他四處奔忙討公道的時候，他卻因爲人情和心軟而決定不追究，這樣算不算扯唐奕生後腿？

「你是當事人，你決定就好。」唐奕生毫無遲疑地點頭。

莫武原本以爲唐奕生會生氣，不料對方卻輕描淡寫地帶過，讓他感到更加不安和愧疚。

「對不起，你幫了我這麼多，我卻……」莫武不喜歡上法院，那會讓他想起一些不好的回憶。何況他只是腳受傷而已，嚴格來說是自己不小心，怪不得別人，實在沒必要爲這點小事上法院告來告去。

「嗯，沒關係。」唐奕生早就料到，依莫武的個性，最後一定是無償和解。他去警告那些人，只是要讓他們知道，莫武是有靠山的，有他可以依靠，不是隨便任人欺負、揉捏的工人。如今他嚇唬人的目的也達到了，告不告其實沒那麼重要。

「你是當事人，你決定就好。」唐奕生重覆了一次，意思是不管莫武的決定是什麼，他都一定支持他，站在他身邊。如果莫武要告，他就一定幫他告到他想要的結果出來爲止。這才是他放棄當醫生，選擇當律師的目的。

「反正你有我，想做什麼都可以。」唐奕生閉上眼睛，輕聲地說。

怦怦、怦怦……

✦

怦怦、怦怦……

唐奕生回想起國中那年他初次抽菸的事。當時他因為抽菸導致氣喘發作而住院，等到身體沒事，回到學校上課後，抓著空檔的時間，便立刻往南棟的工藝教室跑，不料人還沒到工藝教室後頭，就先聽到一聲大吼，嚇得他的心跳險些落了一拍。

「老猴這是什麼意思？」

唐奕生停下步伐，站在離聲源不遠處的轉角觀望。

方才大吼的人是沈德文，唐奕生有點詫異，因為沈德文在莫武那群好友之中向來是比較冷靜、從容的，是發生了什麼事，讓他一副氣急敗壞的模樣？

「我那天就說應該丟下資優生不管的！」曹思康說道。

聽見「資優生」三個字，唐奕生有點疑惑，他們似乎是在說和他有關的事？

「跟唐奕生沒關係啦！」莫武還在為唐奕生說話，更加引起兩人的不滿。

「怎麼跟他沒關係？抽菸的是他，搞不清楚自己能不能抽的也是他，為什麼最後被記過的卻是你，他一點事都沒有？」沈德文難得那麼生氣，而他最氣的是，莫武那副被冤枉了也要為唐奕生說話的樣子。唐奕生、唐奕生……唐奕生到底有什麼好的？

「你們不也沒事？」莫武無奈地看著他們，見他們臉上同時閃過心虛的神色，又好脾氣地笑說：「這樣不是很好嗎？本來要記三個人大過，現在只記我一個就解決了，說起來還賺到呢。」

「哪裡好了？」沈德文因爲心虛，聲量降低了幾分，但仍然忿忿不平道：「那個老猴居然捏造事實，把錯都推到好心救人的你身上。記過就算了，居然還不准你銷過……媽的！」

抽菸的是他們和唐奕生三個人，但所有的處罰卻落在當時什麼也沒做、好心救人的莫武身上，叫沈德文怎忍得下這口氣？他一邊氣學校的不公，一邊氣當時自己的一念之差，就算留下來可能也不能改變什麼，但至少不會讓他在看見莫武時感到愧疚。

「那也沒辦法，誰叫我素行不良，何況不管是誰看到唐奕生那個樣子，都會以爲是我逼他抽菸，害他氣喘發作的。」莫武聳了聳肩，早已習慣旁人對他的偏見。

「你沒跟教官解釋嗎？」唐奕生明白了眼下的狀況後，從轉角走出來問。

「唐奕生，你沒事了嗎？」莫武一見到唐奕生，就笑容滿面地關心他。

在工藝教室後頭的三人因唐奕生的出現而嚇了一跳，臉上各自有著不同的表情。反之，沈德文和曹思康一見到唐奕生就沉下臉，冷冷地盯著他，明顯散發出不歡迎他的敵意。

「我沒事，那天謝謝你救我。」唐奕生先向莫武道謝，然後又問了一次：「那天你沒跟教官解釋嗎？」

「解釋有屁用啊？老猴又不會聽。」曹思康首先發難，走上前猛地推了唐奕生一把，「既然你沒事就滾吧！這裡不歡迎你！」

「阿康！你怎麼推人？」莫武趕緊伸手扶住唐奕生，轉頭對曹思康生氣地斥喝。

「我推他又怎麼了？你幹麼那麼護著資優生？你被他害得還不夠慘嗎？」見莫武又護著唐奕生還對他發怒，曹思康的不滿瞬間爆發，完全忘了那天是因爲他心懷惡意想整唐奕生，才會導致後來發生的事。在他心裡只覺得，莫武會被記過，全都是唐奕生的錯。

「阿康，我就說了這不是唐奕生的錯，你幹麼對他動手動腳？」莫武擋在曹思康和唐奕生中間，防止曹思康再次對唐奕生動手。

「怎麼不是他的錯？如果不是他，你會被老猴誤會嗎？你還沒學到教訓嗎？他這樣一直來找你，只會害你被老猴盯上而已！」沈德文之前對唐奕生的態度一直都很平淡，但這次連他也看不下去，站在曹思康身邊對莫武罵道。

明知道唐奕生是全校師長捧在手心的寵兒，像他們這樣的人就該自覺地離唐奕生遠點，以免無端惹出是非，他不懂爲何莫武要放任唐奕生一再地靠近他們。

「阿文，閉嘴！」向來好脾氣的莫武難得横眉豎目地瞪人，就算是已經和他認識兩年多的沈德文都下意識倒退三步。

「什麼意思？」唐奕生聽出點不對勁，盯著莫武問。是他害的嗎？他不能來找莫武嗎？

「沒事，」莫武搖搖頭，試圖粉飾太平，「老猴看我不順眼也不是一天兩天的事，跟你無關。」

「到底發生什麼事？教官找你麻煩嗎？那天抽菸的事，你沒跟教官說是我自作自受嗎？」唐奕生不喜歡莫武和他拉開距離的態度，執意要問個清楚明白。

那天唐奕生意識模糊，醒來時人就已經躺在醫院裡，到學校後，也沒人跟他提起抽菸的事，所以他不知道後來發生了什麼，還以為抽菸的事就這樣過了，根本沒想到被處罰的竟是救了他的莫武。

莫武繼續搖頭，露出無可奈何的表情說：「沒關係，不過就是被記過而已。」

「因爲教官不相信你說的話嗎？那我現在就去跟教官說，讓他撤銷對你的處分。」唐奕生說完，轉身就要去找侯教官，卻被莫武一把拉住。

「你去幹麼啦？到時候換你被記過。」

「記就記！我本來就該承擔這樣的後果。」

「這件事我一個人被記過就結束了，沒必要多你一個，何況你還要上那個第一志願，多這個紀錄，萬一被取消資格怎麼辦？」莫武耐著性子勸他。

唐奕生最近才以優異的成績推甄上第一志願，這件事還被貼在校門口的榮譽榜上，所有師長都因此眉開眼笑的，總不能因爲抽菸而被第一志願取消資格吧？

「記個過而已，不會因爲這樣就取消我的資格，再說，我還有很多大功可以抵銷。」唐奕生一點也不把被記過的事放心上，對他來說功過不過就是成績單上的一筆，根本不會有什麼影響。他不知道，對他來說微不足道的懲罰，卻能夠影響一個人的未來。

莫武嘆了口氣，繼續勸道：「就算這樣，能少一個人被罰不是很好嗎？」

「沒道理是救人的你被記過，而做錯事的我完全沒事啊！至少也該讓教官給你銷過，還你清白。」

唐奕生一臉正氣凜然，但除了莫武，其他人都是一副嗤之以鼻的表情。

「就算你去，老猴也不會給我銷過。」莫武仍拉著唐奕生。

「爲什麼？」

莫武一臉苦惱，不知道要如何跟唐奕生解釋關於偏見的問題。唐奕生出生在優良的家庭裡，又天資聰穎，從小到大接獲數不清的讚美和追捧，大人們看重他、稱讚他，不管他說什麼、做什麼都是好的，就算有錯，大人們也會爲他找理由。這樣的他，又怎麼能明白這世界上有和他完全相反的人——從小到大不被重視，光是存在就受大人們厭惡，就算什麼都沒做，也會有人將錯扣在他身上。

莫武早就習慣那些人的偏見，也不覺得自己能改變什麼。如今唐奕生用直率又理所當然的態度問他「爲什麼」時，他竟答不上話。

「要去就給他去，武哥你攔著他幹麼？」沈德文一臉不屑地接話。

莫武瞪了他一眼，想用眼神阻止沈德文，但顯然沈德文已經決定豁出去了，他開始滔滔不絕地說：「反正人家資優生被記一個過又沒差！他還是有學校可以念，不像你！老猴現在是鐵了心不讓你升學才給你記過，你居然還覺得這沒關係？」

「爲什麼？這跟升學有什麼關係？」唐奕生嚇了一跳，沒想到事情這麼嚴重。

「阿文，你別說了！」莫武沉聲制止，他不想讓唐奕生知道這些事。說他虛榮也好，愛面子也好，他眞的不想在唐奕生面前展露不堪的一面。

偏偏連曹思康也接著回答：「還不是因爲那個臭老猴不讓武哥銷過，根本存心要讓武哥操行不及格，操行不及格的話，他就沒辦法直升我們學校的技職班。」

對南棟大部分的學生來說，直升楓林高中技職班是他們最好的出路。莫武原本也和其他人一樣想靠直升升學，但如今因爲操行成績的關係，恐怕無法達成。

「不是還有會考嗎？不能直升的話，用考的不就行了？」唐奕生直覺地問。

沈德文和曹思康聽到他這樣狂妄的說法後，都笑了。

「你以爲人人都跟你一樣是資優生嗎？」沈德文說。

「拜託，以武哥的成績用考的怎麼考得上學校？」曹思康毫不留情地揭露莫武的短處。

「這是眞的嗎？」唐奕生懷疑地看著莫武。

對北棟的學生而言，楓林高中是用來保底的高中，所以唐奕生從來就不在乎楓林高中的錄取分數，也從來沒有意識到，對他而言輕而易舉的事，對別人來說有多麼的困難。

莫武一臉難堪，這是他最不想讓唐奕生知道的事。

唐奕生是第一志願的榜首，而他是操行和學業成績爛到連一間學校都沒有的混混。他們是如此的截然不同，是連走在一起都讓人覺得不配的距離。

莫武臉色漲紅，索性破罐子摔到底道：「是眞的那又怎樣？反正我也沒有想要念書啊！沒學校就沒學校，那又不重要！」

「你之前不是還很開心說力哥要幫你出學費，所以才一直去老猴那裡銷過？怎麼現在又覺得不重要了？」沈德文說。

因爲寄人籬下的關係，莫武原本打算國中畢業就直接去工作，但力哥知道後，主動說要幫莫武負擔學費，讓他不用擔心好好念書。這讓莫武很是高興，爲了直升，這陣子都乖乖去做愛校服務來銷過。

所以沈德文才會那麼生氣，氣他爲了資優生而被記過，明明只要再忍一下就能直升了。

唐奕生整個愣住了，他沒想到記過對莫武而言竟是這麼嚴重的大事。

「那就更應該跟教官解釋清楚！」唐奕生反過來抓著莫武的手，要拉著莫武去找教官，他怎麼能讓莫武因爲他的錯而承受如此嚴重的後果。「去講清楚，一切都是我的錯，你是救我的人，怎麼可以因爲這樣記你大過害你沒學校念，太沒道理了！」

唐奕生氣憤難當，拉著莫武的手想往教官室走，莫武卻死死地站著，動也不動。唐奕生的力氣本就不大，用力拖了幾下，發現莫武聞風不動後，轉頭氣呼呼地瞪他。

「沒有用的，或許在你的世界裡大家都會聽你說話，跟你講道理，但那是因爲你是唐奕生，是資優生，你跟我們不一樣。我們說得再多，他們也不會覺得我們是對的，只會覺得我們又在找藉口，又在狡辯，或許甚至會覺得是我逼你去認罪……」莫武對唐奕生解釋。

唐奕生以爲他沒有試過嗎？他以爲他沒有爲自己辯駁過嗎？但那些根深蒂固的偏見早已深植在師長心中，哪怕是明顯的誤判，他們也寧願相信是證據出了問題，誰叫他平常素行不良，被冤枉也是理所當然。

從小到大，他在世人的偏見中撞得遍體鱗傷，所以現在的他才會選擇放棄掙扎，才會選擇接受一切不合理的對待。

況且，他也不想讓唐奕生看見這樣狼狽又不堪的他，他希望在唐奕生面前他是個正常、平凡、沒有一堆大過小過、沒有難看紀錄的普通人。這樣至少他會有一種他也能站在唐奕生身邊的錯覺。

「他們不會相信的……」莫武撇過頭，面色不佳地啞著聲說。

唐奕生從未看過如此無可奈何、放棄一切的表情。他看著莫武，心裡微微顫抖，他認知中那公平、正義的世界正在崩塌，而從未深入探究的眞實世界，從崩塌的一角中慢慢顯露。

與他的生活截然不同的那個人，所存在的世界裡充滿歧視、偏見、不公平，那裡是那樣的黑暗，令人恐懼。他應該停止揭開這一面，轉身離開，這樣至少他能相信這世界依舊陽光美好。

可是莫武臉上絕望的表情，卻讓唐奕生移不開腳步。

他覺得他應該將莫武拉出來，畢竟莫武不是傳聞中那樣凶惡的不良少年，畢竟從他們認識以來，莫武對他一直很好，畢竟在那個明明可以丟下他不管的時刻，莫武還是伸手救了他。

唐奕生再次堅定地拉起莫武的手，「如果教官不信，我們就去找校長，如果校長也不行，我們就告到教育部……總有人能解決這件事！」

莫武愣住，看向唐奕生拉著他的手，有些動容，幾乎就要答應唐奕生，再爲自己爭取一次，可當他抬起頭看見曹思康和沈德文時，突然間又想到什麼，甩開了唐奕生的手。

「不用了，如果你去解釋的話，勢必會把他們兩個扯進來，他們本來沒事的，這樣鬧大變成他們也要跟著被記過，如果老猴只盯我一個人就可以讓事情過去，那就這樣吧！」

「可是……」唐奕生還想說什麼，卻被莫武打斷。

「別說了，這件事就到此爲止，誰都別再提了。唐奕生，如果你要再提這件事，以後就別來找我了。」莫武說完，轉身就走了。

✦

唐奕生的家一直都是外人稱羨的模範家庭，爸爸是醫院院長，年輕有爲、風評極佳，媽媽是醫院理事長的千金，溫婉賢淑、進退有度，而他則是品性端正、天資過人的高材生。

出生在上流醫生世家的唐奕生，從小得天獨厚。他從不需要費心去得到什麼，任何東西在他想要之前就有人會爲他準備好。他的人生就像是早已架設好的鐵軌，從小學、國中、高中再到醫學院，他只需順著軌道就能繼承爸爸的地位，得到一般人難以達到的成就。

在他蹺課之前，他從不懷疑自己的人生道路。

然而就在一個月前，他完美的世界裡出現了裂痕。

有人匿名舉發父親唐元實外遇，拿出數十張唐元實和一名陌生女子的親密照片。這些照片成了鐵一般的證據，重重打擊了唐奕生的母親，也破壞了他完美的家庭。

後來唐奕生才知道，照片裡的小三嚴格來說不是眞的小三，她比他的媽媽——馮心薇，還要早認識他爸爸，那名女子和唐元實甚至有一個年紀比他還大的兒子。

唐元實和馮心薇結婚只是爲了得到馮理事長的支持，好讓他坐上醫院院長的位置，爲此照片裡的女子甘願退出，成就唐元實達成他的野心。

這些全都是馮心薇跟他說的，馮心薇早就知道照片中那名女子的存在，但是爲了維持外人眼中的完美家庭，她選擇吞下這些事，默許唐元實的婚外情，條件是不得曝光。

然而，這些照片卻毀了她精心製造出來的假象，也讓唐奕生發現，自己一直以爲的幸福家庭，原來是一齣演給外人看的狗血劇。

照片曝光後，他的父母不是選擇離婚，而是選擇一起把這齣戲演下去。

馮心薇不止一次告訴唐奕生，她不離婚是爲了他，她要維持兩人的婚姻關係，以免將來繼承醫院的是外面那個女人的兒子。

「媽媽只有你了，你會站在媽媽這邊吧？」馮心薇對著唐奕生說道。

馮心薇柔弱無助的樣子，激起唐奕生的保護慾。他想，除了他，這個家還有誰能保護媽媽？

外遇的事看似平息了，但他父母爭吵的次數卻愈來愈多，家裡的氣氛讓唐奕生感到窒息。他心疼馮心薇，對唐元實的虛僞感到氣憤，也不明白自己爲什麼要在充滿謊言的家庭中扮演他們的好兒子。

憤怒和不平充斥在他的心中，漸漸積累，釀成了他蹺課的念頭。

那一天，他遇見了莫武——全校最惡名昭彰的不良少年。

因緣際會下，他們混在了一塊，他曾以爲在全校最可怕的不良少年身邊，他也能成爲不良少年，澈底地破壞幸福家庭的假象。

他模仿莫武做過的事，讓莫武帶他去他常去的地方，然而，莫武卻只是帶著他去玩樂，在天黑後送他回家。

他依舊每天準時上課，偶爾在他的要求下，莫武才會帶著他蹺掉一兩堂不太重要的課，有時甚至還會攔著他，不讓他蹺太多課……

除了他們常去的力哥家看起來像黑道外，他們做的事就和一般國中生沒兩樣。做過最不符合他們現在這年紀的事，也不過就是在力哥家喝了一點高粱而已，而且那還是唐奕生逼莫武喝的。

唐奕生有時會想，莫武到底算哪門子的不良少年？

莫武的外表看起來高大又凶惡，但相處起來聽話又溫和，像隻大狗狗似的。那麼，他那些惡名昭彰的傳聞究竟是怎麼來的？

漸漸的，唐奕生開始偏離本來的目的，對和他來自不同世界的莫武感到好奇。

從別人還有莫武口中，他慢慢知道莫武來自一個破碎的家庭，他的母親在他小的時候就離家不知去向，父親又是個成日無所事事的酒鬼。

有一段時間，莫武的父親喝醉後就打他，幸好那時還是鄰居的力哥在莫武的身邊，保護了幼小的莫武。

後來力哥搬走了，國小六年級時莫武的父親也過世了。莫武渾渾噩噩地過了好一陣子，輾轉被不同的機構收留，最後才被姑姑家收養，但這時莫武已經錯過了入學時間，只好晚一年升學，所以他的年紀才會比他們大。

因爲天生長得高大凶惡，國小時又因爲家庭背景的關係而有許多不良紀錄，像是偷竊、打架……因此一上國中，莫武就被侯教官盯上。

隨著兩人相處的時間愈來愈多，唐奕生發現，莫武最常被侯教官念的，是服儀不整。莫武的制服太小，害他總是扣不上釦子，因而被侯教官記了無數次。

唐奕生那時就問莫武：「爲什麼不買大一點的制服？」

莫武只是聳肩回道：「沒錢。」

唐奕生覺得奇怪，一套制服才五、六百塊，莫武怎麼寧願每天被教官罵，也不買新制服？

後來他才知道，莫武說的「沒錢」是眞的沒錢，他的姑姑並不是眞心想收養莫武，莫武身上的制服是撿以前表哥留下的，但表哥國中的身材和他差太多，因此制服總是過於小件。每當莫武提起想買新制服的事，都會被姑姑以「衣服還能穿」以及「國中穿沒幾年就要畢業」爲由打發。

久而久之，莫武便逐漸知道，自己在姑姑家是多餘的人，姑姑一點也不想在他身上浪費一毛錢。

唐奕生這才察覺，原來關於莫武的傳聞，很大的一部分是來自於大人們的誤解和偏見。

起初，唐奕生覺得這是與他無關的事，畢竟他光自己的事就煩惱不完了，哪裡還有時間在乎別人的事。

他和莫武待在一起，只是想藉此對父母表達他的不滿，他們想要一個好兒子來成全他們的面子，他就偏要和不良少年混在一起。

然而，令唐奕生出乎意料的是，莫武比他想的還要看重他們之間的關係。

在氣喘發作的當下，他很清楚知道是自己自作自受，比起救人，當下選擇保護自己才是一般人會有的反應，所以當曹思康和沈德文丟下他逃跑時，他並不感到意外。

讓唐奕生感到驚訝的是，莫武沒有丟下他，而是選擇背著他往保健室跑。

他以爲他和莫武只是湊在一起玩的朋友，至少他自己是這麼看待莫武的，所以明知他身上有很多被人誤解的偏見和傳聞，他也不曾想過要插手或幫忙。

可在他遇到危險時，莫武卻毫不猶豫地選擇救他，甚至還因此被冤枉，被記上大過，進而影響升學。

明明被他害得這麼慘，但莫武在見到他的那一刻，卻是毫無埋怨，眞心歡喜。這讓唐奕生覺得心裡似乎被什麼觸動了，莫名的愧疚感爬上心頭。

他想起曹思康那天對著莫武說「你幹麼那麼護著資優生」。

其實唐奕生也很想問莫武，爲什麼要對他那麼好？

仔細想想，從認識的第一天起，莫武就對他很好，只要是他的要求，莫武幾乎都會照做。

只是唐奕生太習慣別人向自己示好，所以自然而然地把莫武的好視為理所當然。

現在他才像是被打醒一樣，他到底憑什麼讓莫武對他那麼好？

對莫武的歉疚像螞蟻一樣噬咬著他的內心，唐奕生躺在床上不斷地回想今天發生的事，整個人翻來覆去無法入睡。

莫武那副放棄反抗、無奈接受的表情不斷出現在他腦海中，揮之不去。

莫武說了，之後不可再提起這件事，那他升學的事怎麼辦？難道眞的要放棄嗎？

這是唐奕生第一次認眞地思考，他能為莫武做什麼。

莫武把他當成重要的朋友看待，唐奕生想，他也應該拿出同等的態度，否則他和家裡的那對假面夫妻有什麼不同？

何況他再也不想看見莫武臉上出現無可奈何、無從選擇的絕望感。

第三章

「武哥，我想跟你商量件事。」

「嗯？」

「等你出院後，我們搬家吧。」

「咦？」

莫武入院第三天，唐奕生突然這麼說。

說是商量，但其實唐奕生早已找好新的房子和理由，就等莫武點頭。

「醫生說你的腳要兩個月才能完全好，我們現在住的頂樓加蓋套房又沒電梯，我一直在想這段時間你要怎麼辦。」

「師傅說我可以暫時住在他家，而且……」而且拆掉石膏之後就可以慢慢爬樓梯，不需要等到兩個月，但莫武話還沒說完便漸漸收聲，因為他看見唐奕生在瞪他。

「總不好意思叨擾別人兩個月吧？」唐奕生冷冷地說，「而且當初只是因爲房租便宜才一直住在那裡，現在以我們兩個人的薪水，不至於負擔不起更好的房子。」

兩個人……意思是唐奕生未來也打算繼續和他在一起嗎？莫武看著唐奕生，不禁猜想。

「可是……我們那邊不是剛續約嗎？」

他們住了十年的頂加套房，雖然屋子有點老舊，還有沒電梯、日曬……等種種問題，房租也從十年前的六千漲到現在八千，但相較於市區內其他房子，住在這裡還是非常划算的，而且再怎麼不方便，住久了也習慣了。

最重要的是，莫武是特別戀舊的一個人。唐奕生不是第一次提出要換房，但都被莫武拒絕了，於是今年年初又和房東續了一年的約。

「我跟房東談過，房東知道你的情況，也說因爲我們租了很久，想何時解約都沒關係，押金他會全部退給我們，不用擔心。」

其實押金不過才一萬二，就算房東不退也不會對他們造成影響，現在兩人工作、薪水都很穩定，早已不是當年對小錢錙銖必較的情況。

「可是……東西那麼多……還有我頂樓上的盆栽……」莫武看著唐奕生，吶吶地說。

唐奕生將新找的房子的照片拿給莫武看，然後說：「我知道，所以我找的是一樓有庭院的公寓，雖然舊，但公設比低。一樓大門和公寓住戶的大門是分開的，基本上可以算是獨立的房子，你看看照片。」

照片裡是一棟三十幾年的老公寓，一樓是獨立門戶，不用和其他住戶共用大門。外觀雖是舊時建築的風格，但維護得相當乾淨整潔。現今的新大樓幾乎不見一樓保留住宅的格局，是非常稀有難尋的物件。

「室內二十三坪，兩房一廳，雖然沒有車位，但我們目前也用不到，重點是它的庭院有五、六坪大，夠擺你那一堆『雜草』了。」

「雜草」是唐奕生對莫武種的植物的暱稱，那些植物眞正的名字叫「萬年青」，是莫武當年還沒有工作時，從垃圾堆裡撿回家照顧的植物，後來不知不覺種滿整個頂樓。當時他們對植物不是很熟悉，加上萬年青只長葉不開花，生命力又強，所以被唐奕生戲稱爲「雜草」。

莫武一邊聽唐奕生介紹，一邊默默翻開照片，雖然是三十多年的老公寓，但屋況維持得不錯，看得出前屋主的用心，裝潢和廚具雖然都是二、三十年前的，但看起來問題不大，稍加整修就能再利用。

可是……莫武在心裡默默地嘆氣，看著唐奕生興致勃勃的表情問道：「這裡……一個月要多少錢？」

「兩萬三。」唐奕生在莫武露出驚訝的表情後，馬上接著說：「附近的房價你比我更清楚，兩萬三這個物件找不到了。而且你也不用擔心錢的問題，我現在薪水穩定，又有存款，你那邊現在案子也接不完，我覺得是時候可以搬家了。」

唐奕生想搬家很久了，只是因爲莫武不想搬，所以一直拖著。現在有了適合的時機，他當然就想趁機遊說莫武。

莫武緩緩閉上嘴巴。他覺得唐奕生除了當律師外，也很適合當銷售，幾句話就講得好像他不搬一定會後悔一樣。

莫武看著老公寓的照片，說不心動是騙人的，有更好的房子，誰還會選又小又熱又不方便的頂樓套房，而且那還是違建，哪天被拆了都不意外。

可是……莫武略微不安地看向唐奕生。

其實他不想搬家，除了念舊外還有另一個唐奕生不知道的理由——他不知道和唐奕生的這段關係還能維持多久，他們還會有下個十年嗎？

他知道唐奕生喜歡他，也很珍惜他，但因爲過去的經歷，莫武總是覺得這段關係不會維持太久。

當初兩人會同居，是因爲唐奕生要幫助剛出獄的莫武。現在的莫武，其實早就能獨立生活，他不再需要依靠唐奕生，卻還是鴕鳥心態地賴在那間頂樓的套房，以爲只要不離開，就還能和唐奕生再有下一個十年。

如果現在搬走的話，那麼唐奕生是不是很快地也會離開他？雖然這十年間，他不斷地給自己做心理準備，但眞的想到這件事時，他又心慌得難以承受。

唐奕生太過美好，像他這樣的人留不住唐奕生。

見莫武臉上浮現非常不安的表情，唐奕生嚇了一跳。本來想強勢說服莫武的他，頓時放軟了語氣。

「武哥，」唐奕生坐在床沿，牽起莫武的手輕輕撫摸，「你不想馬上決定的話也沒關係，我們可以把頂加那間先留著，你先跟我搬過去新房子住住看，住到你的腳好了，我們再來決定之後要住哪，這樣好不好？」是他太過急躁，忘了莫武有多喜歡頂加那間套房，不然他們也不會都工作那麼久了還住在那裡。

唐奕生把決定權留給莫武，雖然他知道，只要他再強勢一點，依莫武順從的個性一定會答應，不過他希望莫武的順從留在床上就好，他不想要莫武在生活中被逼著接受自己不想做的事。

「可是……這樣錢……」莫武想說這樣不就要付兩邊的房租，而且公寓那邊的房東會願意只出租兩個月嗎？

「你不用擔心，又不是付不起，這幾年我們有多省你又不是不知道。畢竟是要搬離住了很久的地方，你也不是喜歡變動的人，可以多花點時間考慮看看，沒有關係。」唐奕生的手慢慢移到莫武的肩膀上，然後微微用力地將他攬入懷中。

莫武順勢將頭靠在唐奕生的肩膀上，唐奕生用手一下一下地拍著他的背，用溫柔的口氣告訴他：「沒有關係。」

莫武的心越發酸澀。

唐奕生總能很快地察覺他的不安，也總是能很快地給他最需要的幫助。

就如同十年前他剛出獄，最惶然無助的那段時間一樣……

✦

十年前，莫武二十歲，因重傷害罪服刑，期滿出獄。

他走出冰冷的監所大門，看著監所外荒涼的景致，一方面慶幸兩年的牢獄生活終於結束，一方面覺得前途茫茫。

兩年不自由的生活，讓他幾乎和外界斷了聯繫。

當年他因爲力哥的關係被捲入鬥毆，最後還因此坐牢，力哥卻只在他剛入獄時來看過他一次，並信誓旦旦地說等他出來會加倍補償他，再後來，便杳無音信。

莫武覺得這樣也好，經此一次，他覺得以前欠力哥的那些恩情都還清了，以後兩不相欠，各過各的很好。坐過牢後，人生像重來一次，他不想再回到以前那樣的生活，這次他想踏踏實實地一個人過。

但一切終歸只是想像，莫武現在身上沒有半點積蓄，又不想回老家，擔心會再遇見力哥他們。如今沒有半個親朋好友的他，光是今天要在哪裡落腳，對他來說都是一個大問題。

當莫武正躊躇的時候，背後傳來既熟悉又陌生的聲音。

「嘿，武哥，你要去哪？」

莫武回頭，只見唐奕生勾著嘴角倚在一台摩托車上，他穿著素色休閒襯衫和牛仔褲，顯得腰細腿長，宛如模特兒。兩年不見他依然精緻好看，不，或者說更帥氣了，他現在少了高中時的青澀，全身上下散發男人的味道，讓莫武一時怔然。

唐奕生見莫武呆站著沒有反應，勾起的嘴角迅速垂了下去，一臉不快地朝莫武走了過去。

「幹麼？才分開兩年又三個月，別說你不認得我了！」唐奕生瞇起眼，大有威脅之意。

「不、不是……」他只是沒想到唐奕生會出現，他來這裡幹麼？莫武腦子裡亂成一團，不知道該怎麼回答。

「那你發什麼呆？」唐奕生哼了聲，勉強接受莫武的回答，伸手搶過他手中的隨身物品，走向摩托車。

「那走吧！」

東西被奪走，莫武只能跟上，畢竟那些東西是他僅剩的財產。聽見唐奕生的話，莫武錯愕地問：「走去哪？」

唐奕生將那一小袋東西掛在摩托車的掛勾上，接著從後座拿起一頂安全帽遞給莫武，「還想去哪？當然是回家啊！」

莫武愣愣地接過安全帽，忍不住又問：「哪個家？」他已經沒有家了。

唐奕生忍下翻白眼的衝動，跨上摩托車，示意莫武坐到後座，「當然是回我們的家。」

「啊？」莫武以為自己聽錯。

唐奕生見莫武還呆站著，不耐煩地「嘖」了一聲，用眼神催促他趕快上車。莫武從以前就很聽唐奕生的話，看見他的眼神也不敢多問，趕緊上了車。

車子離開郊區，經過鬧哄哄的市區，過了很久才繞進較為安靜的住宅區。一路上，莫武慢慢從見到唐奕生的驚訝中恢復冷靜，取而代之的是滿腹疑問。

他入獄時，唐奕生剛升高三，那時他的志願是T大醫學系，以唐奕生的資質，考上醫學系對他來說應該易如反掌，所以莫武算了一算，唐奕生現在應該是醫學系二年級，但T大和監所在不同縣市，他怎麼有空過來接他？不對，他說要回我們的家是什麼意思？

騎了一個多小時後，唐奕生將車子騎進一條老舊的巷子內停下，熟練地在一排擁擠的摩托車中挪出空位，然後將自己的車子擠了進去。

看唐奕生做這種一般市井小民才會做的事，莫武有些詫異，總覺得和唐奕生以前的形象完全不同。他記得唐奕生家裡非常有錢，以前唐奕生除非是和他們混，否則出入都有車子接送，現在這又是怎麼回事？

唐奕生沒理會莫武的傻眼，而是叫他把安全帽拿好，自己則拎起莫武的東西走向一棟老舊的公寓。

這棟公寓看起來至少有二、三十年的歷史，和好幾棟同樣的公寓相鄰，形成一個社區。空氣中瀰漫著一股舊社區獨有的陳年氣味，紅色的鐵門表面斑駁卻依然堅強地固守在原位。

莫武的東西被唐奕生像挾持人質般地拿走，他再怎麼感到奇怪也只能繼續跟著唐奕生。

他看著唐奕生拿出鑰匙，使勁插進紅色鐵門的鑰匙孔中，轉了轉，然後又拉著門把用力地搖晃幾下。鐵門發出可怕的框啷聲，讓莫武有種回到以前國中私闖無人工地的感覺，莫名地產生一股心虛感。

唐奕生背對著他，不知道他的想法，卻正中他下懷地解釋：「這個門鎖有點壞了，鑰匙轉開之後，還要再拉一下門才能打開，你如果打不開就多試幾次。」

「喔。」莫武傻傻地點頭，跟著唐奕生走上樓。

公寓裡沒有電梯，紅色的樓梯扶手蜿蜒而上，欄杆上盡是鐵銹。每戶門前的梯間擺滿了鞋子、雨傘等雜物，但公寓的住戶還算有共識，東西雖多，卻還是保留了走道的空間。

從外觀上看，這棟公寓只有七樓，但唐奕生卻在經過七樓時繼續往頂樓走，讓莫武感到納悶，走到頂樓後才知道，上面多建了一間鐵皮屋。

「我們房東住七樓，頂樓算在他的產權裡，雖然是違建不過是在新法規頒布前蓋的，所以不會有被報即拆的風險……」唐奕生一邊解釋一邊用鑰匙打開門走進去。

莫武跟在唐奕生後頭，走進屋內，一股鐵皮屋特有的悶熱氣息撲面而來，像剛打開烤箱時滿溢而出的熱氣一樣。唐奕生急忙跨進屋內，打開窗戶通風。

「進門先開窗戶，等降溫後再開冷氣。」唐奕生拉了拉領口，才一進門就被逼出一身汗。

莫武環視整間套房，屋內的空間比他想像得大，是附衛浴約八坪的套房，一個人住綽綽有餘，但兩個大男人住就稍嫌擁擠。

屋內用木板遮擋住醜陋的鐵皮，單看房間內部不會知道這是一間鐵皮屋，裡頭的家具不多，一張加大的單人床，床邊有張書桌和一個書櫃，另一邊有大衣櫃、簡易的流理台和冰箱，地板上擺著一張茶几，前方牆壁上掛著一台三十吋的液晶電視，算是應有盡有。

只是房間裡東西凌亂、衣服散落，門邊有幾包垃圾，從透明的袋子中可以隱約看出主人並沒有將垃圾好好分類，可回收和不可回收的東西全丟在一起，袋口綁得死緊，但還是隱隱散發出一股不可言說的味道，讓他忍不住看了好幾眼。

唐奕生見莫武盯著門口的幾包垃圾，臉上有掩不住的尷尬，趕快過去將那幾包垃圾丟到門外。

「那個……我有丟垃圾，但不知道爲什麼被垃圾車退回來了，這兩天忙，又錯過了垃圾車的時間……」唐奕生綳著臉解釋，眼神裡有藏不住的慌張。

莫武點頭表示理解，視線轉向地上散落的一堆衣服和書藉，雖然唐奕生說這是他們的家，可是看這房間的狀況，莫武不太明白，今晚他是能睡哪裡？

唐奕生見莫武沒說話，順著他的視線看到地板上的東西，又急忙跑過去，大腳一踢，把衣服和書籍全部掃進床底下。

「別看這裡小，兩個人還是睡得下的……一個人睡地板就好了……你的東西可以放這個衣櫃，衣櫃很大，放得下兩個人的衣服……」唐奕生試圖引開莫武的注意，將他帶到衣櫃前，「刷」的一聲打開衣櫃，不料一打開，裡頭的東西便如山崩一般掉落一地。

莫武睜大眼睛看著一身狼狽的唐奕生，嘴角終於忍不住上揚，眼裡滿是笑意。

唐奕生再也裝不下去，沒好氣地罵了聲髒話，破罐子摔到底地說：「對啦！我一個人住就是不會整理這些東西啦！怎麼那麼麻煩？」

「垃圾車幾點來？」莫武彎下腰，撿起地上的衣服，好幾件襯衫都皺成一團了，有些衣服和外套看起來慘不忍睹，被洗到變形和染色……看著這些東西，莫武突然有種這才是他認識的唐奕生的感覺。

那個出身富裕的唐奕生本來就不可能會弄這些東西。

「啊？」唐奕生愣了一下，想了想才回道：「下午四點半有一班，六點半也有一班，不過在比較遠的地方。」

「嗯，那還夠時間整理一下。」莫武撈起地上的衣服，抱了滿懷，問：「這裡有洗衣機嗎？」

唐奕生馬上明白莫武的用意，急忙道：「有，在外面！」

頂樓加蓋的房間很熱，但好處是曬衣服很方便，外面十幾坪大的頂樓空間都可以隨意使用。

這台洗衣機是傳統式的雙槽洗衣機，洗完還要拿起來放到另一邊脫水。唐奕生一忙起來，常常忘記脫水，或是脫完水忘了晾，衣服在洗衣槽中放成了梅乾菜，讓他忍不住抱怨這種洗衣機眞的很麻煩。

莫武倒沒嫌什麼，熟練地把衣服分類，丟下去洗，不能洗的特殊衣物就用手洗，一副嫻熟的模樣。

洗完衣服，莫武又向唐奕生要了些打掃工具，將屋子裡裡外外都清掃一遍，門外的幾包垃圾，他也打開來重新分類，最後剛好趕上四點半的垃圾車，順利地丟掉這幾包垃圾。

莫武忙完後，唐奕生很驚奇，他發現自己的房子竟變大了不少。

「哇！這下要再住兩三個你都沒問題！」

莫武因他的話而有些害羞，摸了摸自己的耳朵道：「你說的是眞的嗎？你眞的要讓我住在這裡？和你一起？」

「當然，不然你有地方去嗎？」

莫武沉默了一會，搖了搖頭。

「這不就得了。」

「可是……爲什麼？」莫武難以理解，看著唐奕生問：「爲什麼你要幫我，讓我住這裡？」

「我們什麼關係？怎麼能不幫你呢？」唐奕生摟著莫武的肩笑道。

什麼關係？莫武不知道唐奕生指的是什麼樣的關係，或許……是朋友吧？可是經過兩年多前的那些事後，他們還能算是朋友嗎？莫武不敢再深思他們的關係爲何，因爲他現在的確需要唐奕生的幫助，否則身上一毛錢都沒有的他，今晚很可能要露宿街頭了。

「但是房租……」莫武表情尷尬地說：「我可能暫時付不出來……」

「我早就知道了，我又沒有要跟你分，才多少錢的事。」唐奕生揮了揮手，大方地道。

「我會去找工作，等我找到工作就會搬出去，也會把欠你的都還你！」莫武緊緊握著唐奕生的手說。

唐奕生被他的認眞嚇了一跳，眼神閃了一下，隨即又像沒什麼事一樣，笑著說：「好！等你找到工作再還我，慢慢來不急，我現在好餓，先去吃飯吧！」

莫武這才發現，自己跟唐奕生回來到現在，什麼東西也沒吃，經唐奕生一說，他的肚子也不爭氣地開始鳴叫。

莫武羞紅了臉不好意思地點了點頭，唐奕生搭著他的肩，笑容燦爛地帶著他下樓，去了常吃的小吃攤，點了一桌食物慶祝他出獄，還按照習俗，點了豬腳麵線。

「本來帶你回家後，就要馬上和你出來吃飯的，沒想到讓你幫忙整理屋子到那麼晚，現在才有時間吃飯。恭喜你出來了！」沒有酒水，唐奕生用汽水代替，輕輕地敲了下莫武手中的鋁罐。

熟悉的路邊小吃，油香四溢的豬腳麵線，還有唐奕生溫暖的笑容，讓剛出獄的莫武頓時有了回到自由世界的眞實感。他的眼眶迅速地紅了起來，害羞又感激地對唐奕生輕輕地說了聲「謝謝」，隨後是怎麼止也止不住的眼淚。原本心裡那些剛出獄的茫然不安、惶恐害怕，都因爲唐奕生的出現而消散，此刻的他感受到了眞正的自由以及希望。

他無法以言語表達出對唐奕生的感謝，但他永遠都不會忘了這一刻從唐奕生身上得到的溫暖。

✦

開始同居後莫武才知道，唐奕生竟沒有念醫學系，而是修讀了法律系，而且念的還不是最頂尖的T大，而是C大。

「你爲什麼沒念醫學系？你將來不是要繼承你爸的醫院嗎？」莫武吃驚地問。

「不一定非要我繼承吧？我爸又不是只有我一個兒子。」唐奕生避重就輕地說。

「可是……你媽不是……」莫武記得唐奕生的媽媽很堅持要唐奕生念醫科，何況他最後一次見到唐奕生時，他都還是以醫學系爲第一志願。

莫武一直以爲唐奕生會當醫生，畢竟他的成績那麼好，所有人都期望他成爲一個優秀的醫生，所以他不明白，唐奕生怎麼會去讀法律系，而且還是C大？

雖然C大法律系也是全國數一數二的好，但總不如T大的名頭響亮。

「我就覺得念法律比較有趣啊。」唐奕生笑了笑，看上去有些輕浮，刻意忽略了關於他母親的部分。

莫武知道那不是眞正的答案，但不管他怎麼問，唐奕生也不願給他其他說法，莫武說不過他，只能作罷。

然後他很快地又發現另一個更嚴重的問題——唐奕生實在太忙了。

雖然是同居，但莫武和唐奕生說話的次數卻寥寥可數。莫武剛出獄的那天，是他們說最多話的一天，之後的每一天，唐奕生除了去上學外，就是接家教課，幾乎沒有空閒的時間。

「你爲什麼要兼那麼多課？」莫武趁唐奕生回來洗澡、換衣服的空檔問他。

「你不知道我們法律系很有名嗎？很多家長喜歡找我們去教自己的孩子，所以我很搶手啊！」唐奕生指了指自己的臉，頗爲自豪地笑道。

可是就算這樣，也沒有人會把所有找上門的家教都接下吧？莫武一臉不相信。

「而且做家教又不是什麼需要勞力的工作，只要坐著講講課就有薪水可領，有的家長還會送茶水點心，根本超輕鬆的。」

唐奕生說得一派輕鬆，好像去玩一樣，但其實莫武知道，唐奕生常常爲了學生們備課備到兩三點。

「你這樣大學學業沒問題嗎？」就算唐奕生再如何聰明，也不是不用花時間念書，他把工作排得那麼滿，莫武實在很擔心他的身體和課業。

「我資優生耶，你不用擔心。記得吃飯，我走了。」

以前最討厭莫武他們把資優生掛在嘴邊的唐奕生，現在也用資優生這個綽號來調侃自己。

說不到幾句話，唐奕生又匆匆地走了，留下獨自爲他煩憂的莫武。

莫武知道應該是自己的存在造成了唐奕生的負擔，讓他必須拚命接課才付得起兩個人的生活費。

同時莫武也感到很困惑，他明明記得唐奕生家裡非常富有，住的是華麗的獨棟別墅，車庫裡有數台名車，家裡甚至有傭人打掃。就算唐奕生眞的沒錢，必須外出打工，他的家人應該也不至於不聞不問。

他第一次來到唐奕生的租屋處時就覺得很奇怪，這裡比唐奕生以前住的房間還小，又是租屋族最嫌棄的頂加套房，他從沒想過唐奕生會住在這種地方。

在飲食方面，唐奕生也有了很大的改變。國、高中時期的唐奕生，不會主動去吃泡麵、路邊攤之類的廉價食物，但現在的唐奕生卻天天吃。還有，以前唐奕生的衣服除了制服外，其他的每一件都是他說不出品牌的名牌貨，現在的唐奕生卻和他一樣，穿著從大賣場買來的衣服。

望著門把，莫武想起過去的唐奕生出門不是有司機接送，就是直接坐計程車，然而現在他卻和他共用同一台摩托車，而且那台摩托車還不是新車。

是他家出了什麼事嗎？莫武不知道是什麼讓唐奕生變成這樣，思來想去，最有可能的原因，應該是這兩年他家裡發生了什麼變故。

莫武上網搜尋和唐奕生家裡有關的消息，但除了兩年多前唐奕生父母離婚的報導外，也沒有新的了。

莫武沒辦法從唐奕生身上問出任何消息，內心越發焦慮。自己不但無法幫上唐奕生任何忙，還害他必須更加辛苦工作，他很過意不去。

他很想趕快找到工作，這樣他就能搬出唐奕生家自立，讓唐奕生不用再那麼辛苦。但更生人要找到工作這件事比莫武想得還要困難，何況當年他高職還沒畢業就入獄了，因此只有國中學歷。

面試時只要一問到爲什麼高職沒畢業，他就不得不說出自己曾入獄的過往，也就是在這時候，所有面試官的臉色都會瞬間變得不太好看，他們害怕又輕蔑的眼神在莫武身上來來回回，隨便用幾個問題將他打發回家，接著就再也沒有下文。

連最常見的便利商店店員他都無法成功入職。

莫武每天待在家中，看著求職報紙上一個個紅色叉叉，感到焦慮不安。儘管唐奕生一再安慰他「沒關係，慢慢來」，但他還是無法不感到焦慮，尤其當他看著唐奕生爲了他工作到黑眼圈都浮現出來時，他就更覺得自己無用。

莫武沒想到，這份過分焦急的心情，會讓他陷入黑心公司的陷阱裡。

待業超過半年後，莫武終於找到願意雇用他的工程統包公司，公司主要的業務是以老屋翻修、室內裝修為主，負責泥作、水電、油漆……等一條龍服務。

莫武沒有相關技術，所以只有缺人時，公司才會叫他去幫忙拆除、清運、分類……種種辛苦又需要勞力的事，但莫武已顧不得挑工作，任何工作只要找上他，他都願意接。

莫武年輕有體力，不怕吃苦又聽話，去了幾次之後，老闆便問他願不願意來做學徒。

「你想啊，你在工地裡做事，做再久也只是臨時工，學不到什麼，一輩子做到死也只賺那樣，但如果你來做我們師傅的學徒，學到一點技術，以後自己出來接案，那賺的就多了！」

莫武當然很希望能學個一技之長，但他又很猶豫，因為當學徒的薪水很低，日領不到臨時工的一半，這就代表在學成出師之前，他又必須繼續依賴唐奕生好一陣子。

「目光要放長遠一點啊，莫武，你想，我們公司那幾個師傅哪個不是案主捧著錢來求他們去做的？做一場都好幾萬塊！以後等你出師也會像這樣子。」

莫武最後還是被老闆說動了，一方面是因為老闆看起來非常真心誠意地為他著想，一方面是他自己想要趕快還錢給唐奕生，甚至儘早搬出去自立，不讓唐奕生再為他操心。只要忍耐一兩年的低薪，未來就能獨立作業，這條件怎麼想都覺得誘人。

莫武有想過要和唐奕生商量這件事，但那陣子唐奕生實在太忙，忙到沒時間好好聽他說話。因此當時莫武只是草草地向他提了一下，唐奕生也忙到無暇思考，只說無論莫武要做什麼他都贊成。

於是莫武成了公司底下一位師傅的學徒，沒想到這卻是他惡夢的開始。

一開始公司給的薪水和待遇都很正常，雖然必須包辦所有師傅不想做的雜事，但老闆說：「學徒嘛！誰一開始不是先從打雜做起？」

所以莫武也就忍了下來。

因爲開始有固定收入，不像以前當臨時工時收入有一搭沒一搭的，所以莫武主動向唐奕生提及要分擔房租和花費的事。

「你自己留著就好了。」唐奕生看莫武把所有薪水都拿給他，那點錢甚至不及他每個月兼家教的一半，便想也不想地退了回去。

「我這段時間都花你的錢，現在開始工作了，起碼要能補貼你一點房租和花費。」莫武知道自己賺的不多，大部分的支出都還是要靠唐奕生幫忙，但就算薪水只有一點，他也想幫忙分擔，哪怕能讓唐奕生少兼一堂課都好，他再也不想當那個只能成天在家待業的無用之人。

見莫武堅持的樣子，唐奕生想了想，決定留下莫武一部分的薪水，剩下的則都還給他，「這裡的房租沒那麼貴，而且你花的也不多，以後給我這些就好，其他的你自己留著。」

「可是我還要還你錢……」

莫武總覺得良心不安，想要唐奕生再多收一點，但唐奕生說什麼也不肯，堅決只收一小部分。

「等你以後賺更多再給我，我又不缺錢。」兼了一堆家教課，從早到晚不斷想辦法掙錢的人，現在卻說自己不缺錢。

莫武心裡酸苦，卻說不過唐奕生，於是他只好更努力工作，回報唐奕生對他的幫助，但他愈是想努力，結果就愈是不如他所願，兩三個月過去，工地的師傅只叫他去打雜，什麼都不肯教他。

「給你機會在老師傅身邊工作，你自己就要多看、多學啊，年輕人要自己有眼力啊！不要那麼懶，什麼都要人家教，當初我年輕時也是跟在我爸身邊，一點一點學起來的……」老闆對著莫武滔滔不絕。

莫武以爲是自己的問題，不敢再抱怨什麼，在工地裡他的資歷最淺，不像有些人是從小就在工地裡跑，有經驗、有關係、懂門路。他只是傻傻地做，把別人不做或懶得做的都撿起來做，以爲大家都是這樣吃苦耐勞學起來的。

但現實是，因爲他什麼都不懂，又沒有人教他，做的事又多，所以做錯事的機會也多。

某日，他拌錯了水泥，直接毀了好幾包的水泥物料，被師傅罵了個狗血淋頭，直說沒見過像他這樣的蠢貨。幾個資深一點的學徒在遠處竊笑，是他們故意把拌水泥的工作丟給什麼都不懂的莫武。

後來，老闆將那幾包水泥的損失算在莫武頭上，扣了他的薪水。莫武不懂得爲自己辯解，也認爲是自己的錯，便摸著鼻子認了。

諸如此類的事層出不窮，他的薪水也因此漸漸地減少，但老闆的話術，讓莫武始終認爲是自己做得不夠好。他是更生人，本就不好找工作，老闆願意讓他當學徒已經是非常看重自己，但他卻在工作上屢屢犯錯，簡直愧對老闆給他的機會。

莫武的工作愈來愈多，薪水卻愈來愈少，少到他給唐奕生每月固定的那份錢之後，就沒錢應付自己的三餐，於是他整個人開始逐漸變得削瘦。

直到莫武貧血昏倒在工地的時候，唐奕生才發現異狀。

✦

搬家的那一天也是莫武出院的日子，唐奕生一大早就幫莫武辦了出院手續，帶他坐計程車回到了頂加套房的樓下。

陳火言早已開著小貨車在公寓樓下等著他們，出事那天的兩個年輕學徒也過來準備幫他們搬家。

「歹勢啦，師傅，還麻煩你過來幫忙。」莫武看著陳火言，不好意思地點頭。如果不是腳不方便得坐著輪椅，他大概都要站起來鞠躬道謝了。

「好了啦，一點小事而已。」陳火言翻了下白眼，受不了地說。

「屋子裡要搬的東西我大部分都收好了，因爲說不定還會再回來，所以我只拿了必需品，再麻煩師傅幫我們載去新家。」唐奕生朝陳火言點頭，表示感謝後，就帶著兩個小學徒上樓，留莫武和陳火言在門口顧車子。

「莫武啊，你幹麼不乾脆趁這時候搬家算了？這裡房子又沒有多好⋯⋯」陳火言皺著眉抬頭往上看，九月的天氣，陽光依舊熱情如火，光是站在建築物的陰影底下，都能被逼出一身汗，更別說是毫無遮蔽的頂樓。

「這邊房租便宜啊……」莫武看向生鏽的紅色大門，聲音低低地說。

十年來，這扇大門都沒被換過，在時間的侵蝕下，它變得更加搖搖欲墜，門的鉸鍊也歪斜了，開關門比以前更不容易，幾乎沒了身爲一扇門的功能。

這幾年公寓的住戶來來去去，就連原本住樓下的房東也搬家了，還住這裡的，大部分都是像他們一樣想省錢的人，誰也不想多花錢來維護那扇大門。

莫武動手修過幾次大門，換過絞鍊，也補過門框，盡可能地維持這扇門的壽命。這是他和唐奕生進出了無數次的大門，直到現在，他都還記得第一次來到這扇門前的驚訝。

「省那個錢做什麼？這幾年都讓你接多少案子了，怎麼說也夠一筆小房子的錢，直接買都可以。」陳火言摸了摸口袋，想找菸盒，又突然想到莫武不喜歡菸味，「嘖」了一聲，左右看了一下，最後跑去便利商店買了幾罐飲料回來。

莫武接過陳火言遞來的飲料，感激地道謝，又引來陳火言的白眼。

「一點小事，不要謝來謝去！」陳火言在工地做久了，什麼怪人都遇過，就是沒遇過像莫武這種，一點小事就感激涕零的，害他雞皮疙瘩都起來了。

「沒有啦，我是眞的很感謝師傅，如果不是你，我也沒辦法賺這些錢。」

莫武當年離開黑心公司後，便遇見了陳火言，如果不是陳火言願意收他爲徒，他不會知道原來眞正的師傅是怎麼教人、帶人的。

「那也是你乖、肯拚、肯做事，現在的年輕人都只想要輕鬆賺錢，叫他搬一點東西就哇哇叫，喊這個累、這個髒……嘖！」陳火言搖搖頭，回想起八年前，那通突如其來的電話——

陳火言小時候很調皮，沒少挨教官的揍，但不知怎地，被打著打著就和教官產生了感情。畢業後，他們脫離教官和學生的關係，反而成了朋友。多虧了教官那時的嚴厲教導，陳火言才沒有走上歪路，所以他一直都很感謝教官，並和教官保持聯繫。

某天，教官突然打給他，劈頭就問他這邊有沒有缺人。

缺人是一直在缺，但缺的是有技術的人，陳火言那時才剛開始自己接案子沒多久，根本沒想過要收學徒。

那個說話向來中氣十足的教官，用著虛弱的聲音，懇切地拜託他：「我這裡有個以前的學生，他的處境有點特殊，很難找工作，之前好不容易找到一份工作，卻又被人家騙，弄到身體都搞壞了……我實在覺得很難受，所以來問你能不能帶帶他？給他一個機會？他其實是個很乖、很乖的孩子……」

陳火言想，教官都已經退休六、七年了，能讓他那麼掛念的學生，應該是個很重要的人吧？

陳火言的工作其實也沒有很穩定，畢竟自己接案不像大公司一樣有穩定的客源，能不能多負擔一個人的薪水還是個問題，但聽見對自己有恩的教官這樣拜託，陳火言腦子一熱就答應了。

十年過去，陳火言看著現在的莫武，很慶幸自己當年答應了教官的請求。

當陳火言案子接得太多，必須找人幫忙的時候，往往會遇見處處刁難的老師傅，或是擺爛的年輕人，這種時候，陳火言就覺得，幸好當年他有栽培莫武。

「現在這兩個我看也很乖啊！」莫武指的是剛剛和唐奕生上樓的那兩個學徒，他們雖然年輕、有點莽撞，但肯做事也聽話，莫武很是喜歡。

「也不知道能撐多久！」陳火言不以爲然地哼了聲，在收了莫武爲徒之後，他不是沒收過其他人，但能像莫武一樣留到最後、學到技術的人是少之又少。

莫武只是笑著，他知道陳火言恨鐵不成鋼，嘴上嫌棄兩個小學徒，心裡卻巴不得人家留久一點，好好地學本事。

陳火言發現莫武好似看透他般地笑著，臉上露出尷尬，隨即轉移話題：「莫武，啊你還要和你室友住在一起多久？你沒考慮之後自己住嗎？」

「啊？」莫武的手抖了一下，飲料差點撒出來。

「兩個大男人住在一起也很不方便吧？都三十了，你不打算交個女朋友然後結婚嗎？」陳火言不知道他們兩個人的關係，憑著直覺問道。

「嗯……我……」

「我知道啦，你又要說你沒錢，不想糟蹋人家女孩子……都聽你講那麼多年了，你不想結婚就算了，啊你室友呢？他也不打算結婚嗎？」

「……我不知道。」莫武的手緊緊握著飲料罐，他和唐奕生從來沒有討論過這個話題。

陳火言看了頭低低的莫武一眼，突然靈光一閃，彎著腰靠近莫武，悄聲地問：

「你這幾年老喊沒錢不想交女友，是不是因為你這個室友很會花錢啊？」

莫武愣了一下，「什麼？」

「我看他身上穿的衣服都不便宜的樣子，他是不是常常和你借錢？」陳火言又問。

堂堂一個律師再怎麼不濟，也不至於要和別人合租房子，一住還住那麼多年。陳火言看唐奕生那一身貴氣十足的樣子，認為對方肯定把錢都花在擺闊上，自己的錢花不夠，還要用莫武的錢，偏偏莫武又特別容易相信別人，耳根子很軟。

陳火言愈想愈覺得，莫武肯定是被他室友的花言巧語騙了。

莫武聞言，趕緊搖頭道：「奕生怎麼會跟我借錢呢？他身上穿的也不是很貴的衣服，是我在大賣場幫他買的。」

「你還幫他買衣服？」陳火言很驚訝，是什麼樣的關係才會好到幫對方買衣服？

莫武一時啞口無言，過了一會才囁嚅道：「呃……畢竟，我們……住在一起很久了……」

陳火言看了莫武一眼，覺得這小子也有可能是被使喚了還不自知。

在陳火言的心裡，一齣花花公子欺壓善良好友的戲碼仍在上演著。

陳火言不忍心告訴莫武，他可能被朋友利用的事，畢竟這麼多年來，莫武都沒有過自己被朋友利用的想法，現在冒然跟他講，他可能也聽不進去。最後，陳火言只好委婉地道：「那總不能一直這樣賴著，差不多該考慮分開了吧？」

莫武聽見陳火言的問句，臉色一白，他師傅說得沒錯，一直以來，他都在依賴唐奕生，十年前剛出獄時、遇到黑心公司的事時，還有現在……都是唐奕生在幫他解決問題。

「在說什麼分開？」唐奕生冷冷的聲音從老舊的鐵門後傳了出來，他捧著一盆長得茂密的萬年青走向莫武，再將盆栽放到莫武的膝上，然後看著莫武和陳火言問：「你們剛剛在聊什麼？」

莫武小心地抱著盆栽，剛要開口，就被陳火言截了話：「說莫武這小子明明有錢，怎麼不自己買房子住，非要跟人合租呢？」

唐奕生的臉色微微沉了幾分，見陳火言還在場，決定繼續保持著禮貌的笑容。他看向莫武，問：「武哥想自己買房住嗎？」

莫武搖了搖頭，「現在房價那麼高，我怎麼買得起？」這確實是他不買房的原因之一，但其實他最在意的是，他害怕買了房之後，就必須和唐奕生分開。

「你想買的話，我們這幾年的存款加上貸款，也不是買不起啊。你想買哪邊的房子？」唐奕生瞇起眼睛，堆起工作用的微笑，看起來特別親切，但在莫武眼裡，卻像隻正在謀畫什麼的狐狸，讓他不禁打了個冷顫。

「你們連買房子都要一起？」陳火言不敢置信地來回看著他們兩人。

「嗯，當然是一起啊。」唐奕生自然地牽起莫武的手，對著陳火言說，然後再微微偏過頭看了莫武一眼。

莫武本來試圖掙開唐奕生的手，但在看到唐奕生那警告意味濃厚的眼神後，便默默地放棄掙扎，將頭埋進茂盛的萬年青中。

陳火言和剛好下樓的兩個學徒，錯愕地將目光集中在他們交握的手上。

原來……他們是那種關係？

✦

陳火言和兩個學徒幫他們把東西載到新家後就離開了，莫武的腳不方便，所以新家的收拾工作主要由唐奕生負責。

由於前屋主將屋況維持得不錯，加上他們可能只是暫住兩個月，只搬了生活必需品和莫武最重要的盆栽過來，因此唐奕生沒花多久時間就收拾好東西了。

唐奕生翻閱著從舊家帶來的信件，看見一封署名給莫武的紅色喜帖。他盯著喜帖許久後，才像是下定決心般地站了起來，在新家裡尋找莫武。

「武哥、武哥……你在哪裡？」唐奕生在新家裡轉了一圈，卻都沒看見莫武，便往院子走去。

他踏進院子，往角落的方向一看，便看見坐在輪椅上抱著盆栽的莫武。

莫武安安靜靜的，動也不動，就只是抱著一盆萬年青發呆，整個人像是一隻進入收容所的老狗，害怕、不安卻又安靜認分地等待命運的安排。

那失魂落魄的模樣，讓唐奕生想起很多年前，莫武剛撿到那盆萬年青時的事。

大二那一年，唐奕生算準了莫武出獄的日子，一大早便站在監所前等他出來。直到見到莫武前，他心裡都還是很忐忑不安。他不知道莫武見到他會有什麼反應，會當作不認識調頭就走？還是會對他生氣？

即使他在心裡演練了數千遍可能會遇到的情況，但在見到莫武走出來的那一瞬間，他還是什麼話都說不出口。

唐奕生看著莫武，愣了一會後才回神，他發現莫武根本沒看見他，一副要離開的樣子，這才趕快開口叫住他。

幸好，莫武的態度還是和以前一樣，彷彿曾經發生過的那些事都不存在。

唐奕生很快地成功說服莫武和自己同居，他以爲從此以後，兩人就能順順利利地生活在一起。但他終究還是太過天眞了，現實並沒有他想像得那麼美好。爲了賺取兩個人的生活費和自己的學費，唐奕生幾乎沒日沒夜地兼職，課業因此荒廢，被教授警告了無數次。

唐奕生不敢讓莫武知道這些事，他怕莫武心生愧疚，也怕莫武鑽牛角尖，更怕的是在莫武心中，他不再是以前那個出類拔萃、從容自信的唐奕生。

他害怕失去莫武對他的崇拜和愛慕，所以在莫武的面前，他總是擺出一副游刃有餘的樣子，但是實際上，他早已爲了錢而焦頭爛額。

因此當莫武跟他說找到工作並拿出薪水給他的時候，他其實暗自鬆了口氣，雖然最後他還是裝模作樣地退回大部分的錢，但心裡卻慶幸有了這些錢，他可以推掉一些家教課，多一點時間挽救自己岌岌可危的課業。

升上大三後，唐奕生的課業也更加繁重，除了許多必修課外，還得花時間重補修。同一時間，他的同學們大多都開始上補習班準備國考，但以他現在的狀況，根本沒有時間想國考的事，更沒有餘力顧及莫武的狀態。

於是唐奕生明知道莫武剛出獄還不適應現實社會，明知道他在爲工作的事煩惱，他卻覺得只要他賺到足夠多的錢，那些煩惱根本不值一提。

也因此當莫武拿錢給他時，他忘了關心莫武是在什麼環境下工作，也忽視了對方疲憊的神情和逐漸消瘦的身體。

直到莫武出事倒下，唐奕生才知道自己犯了大錯。

當時他氣急敗壞地想補救這一切，見莫武的身體才稍微好轉一些，就想去工作，便對他大吼：「不准去，你以後都不准再去那邊工作了！」

那時的莫武早已被公司老闆洗腦，難得地吼了回去：「不工作我怎麼還你錢？」

「我又沒叫你還！你以爲你工作到人都倒下了，我會開心嗎？你想賺錢的話，可以再找別的工作啊，這種爛工作有什麼好繼續做下去的？」

「唐奕生！我沒學歷又沒專長，還坐過牢，沒了這份工作，你要我去哪裡找下一份工作？」

「我之前不就叫你慢慢找？沒有工作也沒關係，錢我會給你啊！」

「那你的錢從哪裡來？難道要我看著你爲了工作，連成績都顧不上嗎？」

唐奕生一怔，莫武怎麼會知道他課業上的事？

「你看了我的成績單？」

莫武臉上閃過抱歉的神情，索性坦承：「對，我看了，我每天待在家裡總會注意到吧！」

唐奕生不是會特別收拾東西的人，八坪的套房就這麼小，莫武就算想顧及唐奕生的隱私，偶爾還是會不小心看到他沒收起來的成績單。一開始他還以爲看錯名字，反覆確認了好幾次，他怎麼也沒想到，曾經是全校第一名的資優生，竟也會有成績單上滿江紅的一天。

唐奕生的表情頓時難看到了極點，他不想讓莫武知道他的成績正迅速地下滑，不想讓莫武對他失望。他沒想到，原來莫武早就知道這件事了，那他這些日子刻意強撐起的從容，豈不成了笑話一場？

「你看了我的成績，然後對我感到失望了嗎？我不再是你眼中那個資優生，所以你才想要趕快工作，好離開我身邊嗎？」惱羞成怒的唐奕生開始口不擇言，疲累、難堪的情緒混雜在一起，讓他無法冷靜地思考、說話。

「我沒有，我只是不想全靠你一個人……」

莫武原本是想要和唐奕生說，他不想全靠他一個人撐，不想看他這麼辛苦，然而他話還沒說完，便被唐奕生打斷了。

「爲什麼不行依靠我？你他媽的以爲我養不起你嗎？你不工作要我養你一輩子都可以！」

這句話如果說給對於工作感到疲憊、無法繼續堅持的人聽，或許是一種安慰，但對於急著想要自立，想要靠工作證明自己的莫武而言，這句話反而成了一種打擊。

唐奕生無暇思考這句話的對錯，他現在一心只想阻止莫武去工作，和脫離被看見成績單的窘境。

莫武愣了很久，久到連唐奕生都冷靜下來，並開始感覺到有些不安。

接著唐奕生便看見莫武露出慘淡的笑容，冷冷地道：「開什麼玩笑，唐奕生，不過和你上過床而已，你還眞的把我當老婆在養？」

✦

那天，唐奕生有不得不去上的課，因此他後來直接搶走莫武的手機，幫他提了離職。他不後悔這樣做，他後悔的是，他當天應該無視教授要當掉他的警告，留在家裡陪著莫武。

他輕忽了莫武那時的精神狀況，重新適應社會的惶惶不安，找不到工作的焦慮恐懼，還有好不容易找到工作卻總是做不好的自棄自厭，再加上當時黑心公司的老闆不斷洗腦的無用之說，都讓莫武一直處在極大的壓力之下。

唐奕生對莫武說的話，更成了壓垮他的最後一根稻草，讓他本就薄如紙片、強撐起的自尊，瞬間粉碎。

莫武失落地想，原來唐奕生一直都是這麼看待自己的，原來唐奕生之所以那麼拚命賺錢，是因爲他根本不認爲自己有能力工作。原來在唐奕生眼裡他一無是處，只能依靠著他生存。唐奕生是在同情他嗎？他們之間仍是天與地的差距嗎？爲什麼每當他覺得可以和唐奕生靠近一點時，現實就會打醒他，告訴他，他是個什麼樣的人，他永遠不可能縮短和唐奕生之間的距離。

當唐奕生上完課趕回家時，莫武已經不在了。莫武什麼東西都沒帶，就連手機也留在家裡，彷彿要將一切都歸還給唐奕生，和他切得一乾二淨一樣。

唐奕生幾乎要瘋了！

他後悔自己怎能如此天真，以爲莫武無處可去就不會離開。他整晚不停地尋找莫武的下落，一邊騎著摩托車在大街小巷之中尋人，一邊不斷地反省，並思考究竟是哪裡出錯了。

明明他把莫武接回家，是爲了能保護好他，成爲他的依靠，但結果他居然連自己都顧不好，莫武工作被剋扣的事他也都不知道，爲什麼一切這麼的不順利？

幸好沒車又沒錢的莫武沒跑太遠，唐奕生在附近某個社區旁邊的垃圾集中場裡找到他。

莫武毫無聲息地坐在大型垃圾箱的旁邊，昏黃的路燈曖昧不明地照在他身上，形成濃厚的黑影，像被棄置的大型垃圾，因爲這樣，唐奕生在附近來回了兩三趟都沒發現他。

唐奕生停好車後向他走近，只見莫武手上抱著一盆破裂的盆栽，裡面的土灑了出來，上面的植物葉面枯黃、乾枯，看起來要死不活，但莫武卻仍緊緊地抱著。

莫武的樣子，就像一隻被主人遺棄的老狗，絕望且安靜地坐在路邊，等待命運的安排。

明明他將莫武接回家，並不是要讓他露出這樣的表情……唐奕生覺得想哭，他只是想和莫武好好地一起生活而已，爲什麼會這麼難？

「武哥……」唐奕生小心翼翼地靠近莫武，放輕聲音叫他，就怕一個大聲響會把人嚇沒了。

還好莫武對他的聲音仍有反應，但也僅是抬起眼皮看他一下。

「武哥，我們回家好不好？」

「回家？」莫武遲鈍地重覆唐奕生的話，抱緊了手中的盆栽回道：「我沒有家可以回去。」

「你怎麼會沒有家，我們家就是你家啊！」唐奕生急了，伸手要拉莫武起來，卻被莫武一把甩開。

「不是，那不是我該留的地方。」

莫武固執地坐在原地，唐奕生使勁地又推又拉，他卻仍舊動也不動。

雖然莫武的身體比以前瘦了許多，但一身在工地裡練出來的結實肌肉，仍讓唐奕生拿他莫可奈何。

「你回去吧，少了我，你也會比較輕鬆。」莫武抱著盆栽，看也不看他一眼。

唐奕生無奈，只好在莫武身邊席地而坐。

「你幹什麼？」見唐奕生在他身旁坐下，莫武反而嚇了一跳。

「你能坐在這，我就不能嗎？」

唐奕生我行我素，莫武也拿他沒辦法，索性不說話，隨他去了。

早春夜裡的氣溫涼得讓人哆嗦，唐奕生的體質虛弱，遇冷就容易咳嗽，若身體狀況再差一些，還會誘發氣喘。他因爲忙著找莫武，出門時只加了一件薄薄的外套，接著又跑來跑去逼出一身汗，現在坐下來，涼風吹在他的身體上，沒多久就忍不住打了個噴嚏。

「你怎麼穿這麼少？」莫武傷心歸傷心，看到唐奕生冷到發抖的樣子，他還是捨不得，趕緊脫下自己的外套，披在唐奕生身上。唐奕生永遠都是他最關心也最在乎的人。

「你都要趕我走了，還管我冷不冷？」唐奕生幾乎要笑了出來，心裡脹滿了某種情緒。

當一個人處在難過傷心的情緒時，應該是難以顧及他人的，但莫武還是分神地關心了他，如果這不是愛，那會是什麼？

直到唐奕生確定莫武還是愛他的，他那緊繃的心弦才放鬆了下來。

當他發現莫武不在家時，他感到很害怕，害怕莫武是不是因爲對他失望了，所以決定離開？是不是因爲他做的不夠好才走的？會不會是因爲發現他不再如以前那樣優秀，所以放棄他？

剛剛找到莫武時，他也擔心萬一莫武死活都不跟他回去怎麼辦？雖然可能性很小，但莫武也有可能突然就不喜歡他了。

唐奕生腦子裡亂七八糟地想了很多，但現在因爲莫武的一句擔心，他整個人忽然又有了自信。

「那不一樣，我留在你家，只會成爲你的負擔和麻煩而已。」莫武幫唐奕生披好外套後，又坐回去抱著他的盆栽，但表情已不像一開始時嚴肅。

唐奕生已經知道莫武不會拒絕他，便開始得寸進尺，搓起手臂佯裝不敵寒冷，不時搭配兩聲假咳引起注意。

莫武見狀，露出不知如何是好的樣子，他擔心唐奕生生病，但又不想和他回去，造成他的負擔。

唐奕生慶幸自己是莫武的軟肋，莫武對他的在乎永遠勝過對自己的需求，這讓他可以卑鄙地利用莫武對他的好，把他留在身邊。

「你從來都不是我的負擔。」唐奕生向莫武靠近了一點，汲取他身旁的溫度，然後因發現莫武沒有拒絕他而感到高興。

「我承認我今天是有點氣到口不擇言，但那不是因爲看不起你，我是氣我自己沒有早點注意到你的狀況。如果我早點知道你工作上發生的事，就不會讓你把自己逼成這樣了。」

「……是我自己笨，不怪你。你那麼忙，我的事本來就不該麻煩你。」莫武看唐奕生冷到不停搓手，終究還是將他的手拉了過來，放在自己的掌心裡，用自己的體溫將他的手捂熱。

這時他們都冷靜下來，可以好好地對話。

「你的事一點都不麻煩，武哥，我承認我也是在逞強，很多事沒好好跟你說清楚，讓你擔心，讓你焦急……但我眞的沒把你當成負擔。」唐奕生趁機把頭靠在莫武的肩上，整個人幾乎和莫武貼在一起。「跟我回家好不好？我們回去再好好地談一談，好嗎？」

莫武不忍拒絕，唐奕生都放低姿態求他回去了，他還能說什麼？何況他本來就不是在生唐奕生的氣，他離開只是不想繼續麻煩唐奕生，想放他自由而已。

最後莫武還是和唐奕生一起回家了，至於他懷裡那盆要死不活的植物，也被他帶了回去。

隔天，唐奕生就到學校申請休學。

他答應莫武不再逞強，所以他決定休學一年放慢腳步，重新檢視自己工作、課業和生活的比例。

但是在離開學校之前，他還有一件非做不可的事。他透過學校的人際網找了已畢業的學長姐幫忙，準備向莫武的前公司提告，討回莫武之前被不當剋扣的薪水，以及精神賠償。

然後他獨自回家鄉去找許久不見的父親，和他交換條件，要求對方支付自己到畢業以前的學雜費。最後見了侯教官，和他聊莫武的現況，問他有沒有好的機會可以幫助莫武，侯教官也二話不說就答應了。

唐奕生想，他早該試著尋求幫助，而不是天眞地以爲能憑一己之力給莫武幸福。

至此，他和莫武的生活總算安然地步上了軌道。

第四章

唐奕生走到莫武身旁，蹲了下來，抬頭問：「武哥，你在幹麼？怎麼不理我？」

或許是覺得自己和被丟棄的萬年青一樣可憐，莫武將萬年青帶回家，每每感到不安或是情緒低落時，便會去照顧他的萬年青，或抱著發呆。

聽見唐奕生的聲音，莫武才回過神來，他看了看唐奕生，又看了看手裡的盆栽後，慌忙地將盆栽放回地上，「啊，沒……沒事，我不小心發呆了。」

唐奕生知道莫武不是一個很喜歡變動的人。

莫武說過，以前他和他的酒鬼父親總是在搬家，沒錢的時候連公園都住過。國小五、六年級時，父親好不容易找到一個較為穩定的工作，然而當莫武以為終於可以安定下來時，父親就突然過世了。

莫武的住處被房東收回，人被社工帶走，但因為他的年紀半大不小，能安置他的機構有限，輾轉換了許多地方，最後去了父親的妹妹家裡。

莫武的姑姑並不歡迎他的到來，所以他國中一畢業，就搬出去和力哥同住。他沒想到，力哥的家也不是一個令人安心的地方，最後他甚至因力哥而犯罪、進監獄，過了兩年多的牢獄生活。

除了和唐奕生同居的日子外，莫武過去的每一次變動、搬家，迎來的都是不愉快的結果，因此雖然他們這次只是打算在這裡暫住兩個月試試看，但唐奕生看得出來，莫武的心中依然非常不安。

幸好他有將頂樓那五、六盆莫武這幾年分枝出去的萬年青帶來，就是希望莫武在熟悉東西的包圍下能盡快適應新環境。

青綠色的萬年青枝繁葉茂，使舊公寓荒廢已久的小小庭院充滿生機，放在萬年青旁的狀元紅，是唐奕生休學那年帶莫武旅遊時買回來和萬年青作伴的植物，如今它已結滿紅色的小果實，成了萬綠叢中的一點紅。

「武哥，房子都收拾好了，你要進去看嗎？」唐奕生拉著莫武的手站了起來。

「啊，抱歉，都讓你一個人忙。」莫武拍了拍膝上的塵土，讓唐奕生幫忙推輪椅。

客廳看起來空盪盪的，只有房東留下的舊沙發和電視櫃，牆壁的油漆有些剝落，廚房壁磚發霉，還有些漏水……都是老房子常見的問題，看得莫武有些手癢，除此之外，舊公寓空間寬敞、舒服，結構穩固，只要整修一下，再住個二、三十年也不是問題，莫武非常心動。

莫武讓唐奕生扶他起來，進主臥室轉了一圈。主臥室比他們現在住的套房小一點，裡面只有一張床和衣櫃。

「覺得怎麼樣？」唐奕生問。

「很好啊……」以臨時住處來說不需要太挑剔，但如果要住得舒適一點，可能需要一點裝修……莫武在心裡默默地思考。

莫武看向唐奕生，卻見對方露出一抹像要惡作劇般的微笑。唐奕生嘴角上的小痣性感得令他恍神，以致於他沒馬上發現唐奕生的企圖，還來不及反應，整個人就被唐奕生壓倒在床上。

「哇啊！」莫武驚慌失措地大叫一聲，隨即唐奕生的唇便落了下來，吞沒莫武的聲音。

莫武等他親完才推開他，問：「你幹麼？」

「測試床的穩定度？」唐奕生已急不可耐地將魔爪伸往莫武的身體各處。

「別……我的腳還沒拆石膏！」莫武急急抓住唐奕生那雙到處放火的手。

「你知道我忍多久了嗎？」唐奕生不滿地瞪著他。

莫武無語。他也忍了很久好嗎？但腳上的石膏卡在那裡，他很難做任何事。莫武看著唐奕生欲求不滿的臉，再瞄向他身下鼓起的那一大包，嘆了口氣，主動伸手解開他的褲頭，「我幫你打出來好嗎？」

「嗯。」唐奕生用親吻代替回答，他吻上莫武的嘴，雙手伸進莫武的衣服內，撫摸他渴望已久的結實身體。

「唔……」莫武被親得全身酥麻，也不忘解開唐奕生的褲子，撫摸從褲子裡彈出的粗長肉棒。肉棒前端已被前列腺液浸得溼潤，莫武用姆指輕輕摳弄鈴口，沾取上頭的液體作爲潤滑，這一個舉動太過刺激，令唐奕生忍不住呻吟了一聲。

莫武握住唐奕生下身的巨物，上下捻動。

唐奕生舒服得靠在莫武肩上喘氣，一會才阻止莫武的手。莫武疑惑地抬頭看他，唐奕生趁機親了下莫武的臉頰，說：「我想一起。」

莫武往後退了一點，讓唐奕生拉下他寬鬆的褲頭，露出忍耐已久的性器。莫武的肉棒和唐奕生的差不多大，前端吐出了晶瑩的水，像是迫不及待的邀請。唐奕生修長的手指撫摸莫武的性器，輕輕地上下撫弄。莫武仰起頭，舒服得發出細微的喘息。

唐奕生的手和他粗糙的手不同，乾淨無瑕，柔軟細嫩，被那雙手撫摸時特別舒服，像被上好的絲綢溫柔地包覆。

「哈、哈……」兩人的喘息聲交纏在一起，彼此的慾望更加熾熱。

唐奕生拉起莫武的手，讓自己和他更加靠近，火熱的慾望碰在一起，加速摩擦，柔軟和粗糙相互交錯，將要噴湧的慾念，和想碰觸對方身體的慾望，都變得更加洶湧。

想要更多，想要無止無休的碰觸和纏綿，想要愛，渴望愛，再多的身體接觸都止不住這樣的飢渴。他們不停向對方索吻，唇舌交纏間，兩人的慾望攀升到最高點，白色精液噴在他們的手上。

兩人的慾望得到抒解，隨之而來的是一瞬空白。短暫的喘息後，他們的身體又再次交疊在一起。

自從兩人上過床後，已經很久沒有用單純撫慰的方式幫對方抒解慾望。這樣解決生理需求的做法，讓他們感覺回到了青澀的高中時期，那個還不識情愛卻先懂情慾的時候。

✦

國三那年，唐奕生因爲一時的意氣用事而抽了菸，害莫武被記過，甚至因此無法直升楓林高中。

這件事讓唐奕生對莫武心生愧疚，後來他想了很久，才終於想到能幫助莫武的方法——如果無法直升，那就靠實力考上啊！

於是他整理了各科的考試重點，並主動教莫武念書。

在全校第一名的教導下，莫武的成績在短時間內有了大幅度的提升，會考成績出來後，分數也大大超越了楓林高中高職部的錄取分數。

唐奕生本來想勸莫武選資源更好的高職，但莫武因受助於力哥，所以還是選擇到力哥指定的楓林高中就讀。

雖然兩人就讀不同學校，但幸好一中和楓林高中都位於市區內，唐奕生以爲自己和莫武的這段友情不會受到影響。但他錯了，升上高中後，莫武一次也沒有主動聯繫過他。

一開始，唐奕生每天都會查看自己的手機兩、三次，但不管是電話欄還是訊息欄，都沒有莫武的消息。

唐奕生不是沒想過主動聯絡莫武，但莫武直到畢業之前都沒有手機，他也沒有莫武那票朋友的聯絡方式。況且，他也沒想到畢業後，他們會完完全全斷了聯繫。

唐奕生從一開始的滿心期待，到後來轉爲擔心、懷疑、生氣……最後則成了賭氣。仔細想想，國中的時候全是他主動去南棟找莫武，莫武一次也沒來北棟找過他，現在回想起來，在他人眼裡，豈不成了自己貼著莫武跑？

就連要教他功課的事也是，莫武一開始還不太願意，是因爲自己態度強硬，莫武才勉爲其難地接受。也不想想，要教他功課的是誰，是全校第一名的資優生耶，這是多少人求不來的福氣啊？

唐奕生愈想愈生氣，索性手機一丟，想著就這樣吧！反正國中交的朋友本來就是一時的，莫武那忘恩負義的傢伙算什麼東西，自己何需在意他？

於是那段和莫武在一起的時光，就這麼被唐奕生封藏在回憶裡。

事實上，剛上高中的時候，唐奕生也沒有太多的時間去在乎莫武，因爲他自己家裡的情況就已令他自顧不暇。父親外遇的風波表面上看似平靜，但實際上仍暗潮不斷，他的父母在家吵架的情況愈來愈嚴重，唐元實三天兩頭就外宿，馮心薇對唐元實的憤怒也愈燒愈高。

在這種情況下，唐奕生成了馮心薇和唐元實爭奪的籌碼。

「奕生，你要站在媽媽這邊，媽媽已經不能沒有你了。」每次和唐元實爭吵完後，馮心薇總會抱著唐奕生哭著說。

唐奕生十分厭惡他們的假面關係，卻也很同情眼前哭得一塌糊塗的媽媽。

他知道馮心薇愛面子，自尊心又高，在唐元實面前總是強勢又咄咄逼人，但其實她很愛唐元實，所以才容忍了唐元實和小三間的關係。她用盡手段維持這段婚姻，就是盼著哪天唐元實會日久生情，眞心愛上她。

可惜現實卻不如她所願，她最後還是失望了。

不願面對失敗的馮心薇，用更激進的手段——逼迫、爭吵、威脅，來發洩心中的委屈，使得唐元實漸漸疲於應付這樣的馮心薇。且外遇的風波雖沒有掀起大浪，卻也不斷地在私底下延燒，最終唐元實只能選擇最快的止血方式——和馮心薇協議離婚。

兩人離婚後，唐奕生的監護權歸馮心薇所有。

對外，他們扮演著和平分手的假象，馮心薇繼承父親的理事身分，仍繼續全力支持唐元實，讓外界不因他們離婚而影響對唐元實的評價。

馮心薇之所以這麼做，是因爲唯有唐元實坐穩醫院院長的位置，唐奕生將來才能順利繼承。

離婚後，馮心薇將生活重心放在唐奕生身上，時不時就對他說：「你不能輸你爸爸外面那個兒子，你爸爸院長的位置是留給你的，我絕不會讓那個女人的兒子搶走你的東西。」

對於捲入父母的紛爭這件事，唐奕生感到很是厭煩。他對醫院院長的位置不感興趣，但馮心薇天天向他哭訴，令他更加厭惡父親的不忠，也對這個未曾謀面的哥哥產生了競爭意識。

於是他聽從馮心薇的話，以醫學院榜首爲目標努力，他要贏過任何人，尤其是要贏過小三的兒子，他要給母親爭光，要讓父親後悔。

但背負著母親沉重期待的唐奕生，仍不時會想起和莫武蹺課時的自由。

他同時也落寞地想，莫武並不如他想像中地看重這段友情，對方只是將那段時光當作一時興起的朋友遊戲罷了。

唐奕生在吵吵鬧鬧和日漸沉重的功課壓力中過了一年。

他從沒想過會在那種情況下再見到莫武——

爲了慶祝暑期科展成功，高二剛開學沒多久，唐奕生便難得地和同班同學在放學後到市區的知名連鎖速食店用餐。

馮心薇注重養生，唐奕生也不愛吃外面的食物，只有和莫武在一起的時候，會吃街邊的小吃。

一群人在速食店二樓的用餐區有說有笑，對正值成長期的高中男生而言，炸雞、薯條、可樂等高熱量的食物，是第一名的平價美食，但對習慣清淡、養生飲食的唐奕生而言，可不就是這麼回事了。

炸雞上過厚的麵皮吸滿了油脂，炸到乾扁的薯條上有過量的鹽分，而且一堆人的手碰來碰去，令唐奕生感到噁心。他不明白爲什麼這種食物不能一人一份，非要和一堆人分享不可？

眾人熱烈地討論暑期科展，唐奕生有一搭沒一搭地接話，他在班上本就是高冷不多話的形象，所以大家也見怪不怪，光是他肯來聚餐這件事，就很令人高興了。

唐奕生家世好、能力強、有教養，不少人都喜歡和他待在一起，可惜他對人雖然有禮，卻總是保持距離，讓人難以親近。難得這次他出席聚餐，大家都想趁機和他拉近距離。

一群青春期的高中男生聚在一起，沒多久就將科展的話題轉到女孩子身上。

「欸，你們有沒有注意到，旁邊那一桌好像是楓林高中的女生，一直在看我們耶……」

「臭美！她們哪是在看我們，她們看中的明明是唐奕生……」

「科展那時也是，第一女中的女生都跑來看唐奕生，是不是還有人跟奕生要手機號碼，然後被拒絕啊？」

一群男生嘻嘻哈哈地朝唐奕生擠眉弄眼，話題中的主角卻絲毫不感興趣，只在提到楓林高中時，目光瞟了過去。

莫武也是念楓林高中，唐奕生心想。他看向隔壁桌三個打扮得花枝招展的女生，她們穿著顯露性感的衣服，臉上是過於濃豔的顏色，身上盡是閃亮的配件，若不是還背著寫著校名的書包，否則旁人根本看不出來她們還是學生。

那些女生也正如他的同學所說，不時地朝他們這桌瞄過來，打量了一會後，就湊在一起鬼鬼祟祟地講話，偏偏音量不小，幾句話傳了過來。

「一中的男生也不怎麼樣……」

「有啦，是有一個特別帥，但其他長那樣也敢出門喔……」

「來這種地方穿制服，是怕人家看不出他們是一中的嗎？笑死……」

她們調侃的話語中還伴隨著尖銳的笑聲，讓人看著就覺得不舒服。

唐奕生輕輕地皺起眉頭，其他同學漸漸安靜了下來，側耳聽了幾句，臉色都慢慢變了。

「楓林高中的女生打扮得眞嚇人，看那染得五顏六色的頭髮，還以爲是什麼卡通人物。」

「他們學校的女生就分數低，沒氣質啊，不像第一女中的聰明又漂亮。」

「也只有他們學校的不良學生才會看上那種女生吧……」

不知道誰先起的頭，除了唐奕生外，其他幾個人愈說愈大聲，擺明就是想說給楓林高中的女生聽。

那三個女生停止說話，表情也變得愈來愈難看。

其中一個頂著一頭紫色長髮的女生，憤怒地罵了聲髒話後，走到他們面前，打翻桌上的可樂，可樂全灑到了唐奕生對面的男生身上，卡其色制服上頓時溼了一大片，嚇了他們一跳，紛紛站起來閃避。

「你們一中了不起啊？自以爲很厲害是嗎？」

紫髮女生用力拍桌，幾個人被她的氣勢嚇到說不出話來，只有唐奕生冷靜地回應：「說妳們壞話是我們不對，我向妳們道歉，但不管怎樣，妳也不能隨便打翻我們的東西，可樂就算了，他的衣服都被妳弄髒了，妳是否該賠償他清潔費？」

「賠你媽啦！」紫髮女生看向桌面，打算拿起桌上的另一杯飲料，潑到唐奕生身上，沒想到唐奕生早已料到她的想法，比她更快一步拿起那杯飲料，從她的頭上淋下去。

冰涼甜膩的飲料順著頭髮流到全身，紫髮女生邊尖叫邊往後退回同伴身邊。

「我知道妳不打算賠償，所以就這樣算了！」唐奕生放下手中的飲料杯，面無表情地說。

「你！」紫髮女生氣到說不出話來。

唐奕生的同學見到這一幕，頓時哄堂大笑。

「哈哈哈……」

「唐奕生，眞有你的！」

「楓林高中，一報還一報，我們就不跟妳計較了！」

幾個男生笑得特別猖狂，氣得那一群女生個個咬牙切齒。

「你們給我等著，等我們武哥上來，看你們怎麼囂張！」

「就是！」

「阿康、武哥，你們快過來啊！」

其中一個女生對著樓梯口往下喊，看樣子她們嘴裡說的那個人正在樓下點餐。

經過這場鬧劇後，聚會也差不多該散了，唐奕生本來收拾東西就要走，直到聽見那群女生口中那刺耳的稱呼時，他才停下動作。

武哥？會那麼巧嗎？唐奕生不抱期待，卻又忍不住往樓梯口看去。

「來了……樓下人多，催什麼催啊妳們？」來人聲音高亢，不似記憶裡那低沉穩重的聲音，唐奕生略鬆一口氣，心頭卻有些悶，說不清自己究竟想不想見到那個人。

下一刻，當他看見端著盤子跑上來的人時，卻又愣住了。

是曹思康！他一身金光閃閃的飾品，打扮得流裡流氣，和國中的樣子天差地別，但唐奕生還是一眼就認出來了。

如果曹思康在這裡，那表示……

唐奕生直直盯著曹思康背後的樓梯，一個熟悉的高大身影緩緩出現。

「武哥！」紫髮女生用恐怖的聲音嬌嗔，腳一跺便朝莫武跑過去。

「英嫚，怎麼了？」莫武端著兩盤滿滿的食物，沒有看見唐奕生他們，而是先關心朝他奔來的紫髮女生。

一年不見，莫武的頭髮變得比以前長，還染成了金色，耳上戴著誇張的金屬耳飾，制服釦子一樣不扣好，露出大片鎖骨和部分胸肌，唐奕生看得出來，這次不是因爲制服太小，是莫武故意把衣服穿成這樣的。

莫武本就長得好看，只是五官線條冷硬陽剛，長得高大眼神又凶，在一群稚氣未脫的國中生中顯得與眾不同，令人生畏。但到了高中，他的身高和長相反而成了一種優勢，讓他不自覺地散發著同齡男生沒有的成熟男人味，從其他女生看向莫武的眼神，唐奕生知道，就連女孩子都對他趨之若鶩。

唐奕生握緊拳頭，因憤怒而全身緊繃，臉色愈來愈陰沉。

莫武離唐奕生有段距離，加上他的注意力全在少女們身上，所以完全沒注意到唐奕生正在看他。

「都是你們太慢才害我們被別人欺負了啦！」英嫚急著向莫武告狀，還趁機抱住了莫武。

莫武忙著把手中的食物放到桌上，一時間沒有閃躲，表情有些爲難。

「誰那麼大膽敢欺負我們家英嫚啊？」曹思康笑嘻嘻地湊上前討好地問。

另外兩個女生推著他往唐奕生他們的方向走，說：「阿康，就那群一中的啦！」

曹思康順著她們手指的方向看過去，頓時一愣，沒多想便脫口而出：「資優生？」

莫武被英嫚纏著，雙手無處安放，正想找曹思康求救時，剛好聽見他的話。

他心裡一驚，往曹思康的方向看過去。

居然是唐奕生！

唐奕生很生氣，非常生氣。

在看到那個叫英嫚的女生整個人貼在莫武身上時，他更是氣到拳頭發癢。

難道在他等待莫武聯絡的時間裡，莫武都和女生們開開心心地玩在一起嗎？

是因爲交了女朋友，所以才完全不和他聯絡嗎？

唐奕生直直地盯著莫武，眼神銳利到像是要將莫武捅出一個大洞般。

所有人都感覺到氣氛明顯不對，莫武那麼高大看起來又冷酷的一個人，居然在看到唐奕生時，瞬間露出軟弱、不知所措的表情，叫人頓時對他們兩人的關係感到好奇。

「好巧，資優生你居然在這裡？」曹思康嘿嘿笑了幾聲，試圖改變氣氛，卻是徒勞無功。

唐奕生理都不理他，只是一直盯著莫武。

莫武心虛地撇過頭，完全不敢看向唐奕生。

曹思康見狀，心裡又氣又惱，這可和莫武平常的形象不符，他不明白為什麼向來威風凜凜，對上誰都不害怕的莫武，一看見唐奕生就像老鼠見了貓一樣軟弱。

更氣的是現在還是在一群女生面前，這副孬樣若傳出去，以後要怎麼在女生中建立男子氣概的形象？

莫武一臉心虛，這一年來他刻意不和唐奕生聯絡，就是不想讓唐奕生看見自己現在的樣子。

他在唐奕生的幫助下，好不容易考上楓林高中，本應該好好習得一技之長，卻沒想到一入學就被力哥要求多認識學校裡的女生，和她們約會，取得她們的好感，再將那些女生帶到力哥經營的酒店裡。

美其名是替那些女生介紹賺錢的機會，但實際上是怎麼回事，他們都心知肚明。只要莫武拒絕，力哥就會要他帶藥去學校拉下線。

「反正你選一個。」力哥說，「你吃我的，用我的，還拿我的錢去念書，怎麼樣也該回報我一些吧？」

每介紹一個女生到力哥的酒店，他們就可以獲得獎金，報酬比外面打工的薪水還要多，因此曹思康做得不亦樂乎，也跟著說服莫武。

「拜託武哥，這又不是什麼殺人放火的壞事，我們也沒有逼那些女生，只是介紹她們可以輕鬆賺錢的機會，要不要做都是她們自己選的，你有什麼好愧疚的？」

離開姑姑家後，力哥這裡成了莫武最後的容身之所，他沒辦法，只好硬著頭皮，照力哥的要求改變形象，和曹思康一起在學校裡認識女生，帶她們去玩，陪她們買東西……然後帶她們到力哥的店裡，之後就由其他人接手，讓她們更加沉迷於五光十色、紙醉金迷的世界，最後她們一個個都成了力哥酒店裡的小姐。

雖然曹思康說那些都是她們自己的選擇，但莫武每天都覺得不安，他很清楚地知道這是不對的，但寄人籬下的他卻無法脫身。

這一切都和他原本理想的生活差得太遠了，因此莫武明明有唐奕生的聯絡方式，但這一年來他卻完全不敢跟唐奕生聯絡，他不想讓唐奕生看見自己現在這個樣子。

奇怪的氣氛讓幾個女生開始感覺不對勁，英嫚搖晃莫武的手臂，問：「武哥，你和那個一中的認識嗎？」

莫武沒說話，只是轉過身，不願面對現在的情況。

在唐奕生眼裡，莫武的舉動看起來就像是想裝作不認識他的樣子。明明認出他了卻還想假裝沒事嗎？虧他這一年裡一直在等著他的聯絡！

「欸，」曹思康試著打圓場：「那個一中的和我們是同個國中畢業，其實也沒有很熟……」

「沒有很熟？那他幹麼這樣瞪人？」英嫚不滿地撇嘴道：「嗳，武哥，他都這樣瞪你了，你不給他好看嗎？」

莫武還是低著頭沒有說話，他還沒準備好面對唐奕生。他不知道，要怎麼跟唐奕生說「你這麼努力幫我考上高職，結果我念高職是爲了幫力哥找可以進酒店工作的小姐」。

莫武的沉默讓幾個女孩子更不高興了。

「喂，武哥，你幹麼不吭聲？你沒看見英嫚身上都是那傢伙潑的飲料嗎？」

「對啊！你不幫我們出氣嗎？你要這麼孬地看我們被一中的欺負嗎？」

「武哥，給那些二中的好看啊！」

女孩子們想推著莫武往唐奕生的方向走，莫武死活不肯，站在原地任她們推拉、拍打，動也不動。

唐奕生身邊的同學也不想惹事，見莫武上來後沒有動作，就默默地收拾東西想離開，但唐奕生卻動也不動地站在那裡，殺氣騰騰的模樣，像是隨時要衝上去和人打架一般。幾個人試著要拉他離開，他卻怎麼也拉不動，他們只好擔心地站在旁邊，走也不是，不走也不是。

接著出乎意料的，唐奕生先打破僵局，筆直地走向莫武。就在他同學以爲唐奕生要和莫武打起來時，唐奕生卻一把拉起莫武的手，逼莫武直視他的眼睛，簡單地說了一句：「跟我走。」

唐奕生就這麼堂而皇之，當著所有人的面，將莫武帶走。

更令眾人意外的是，莫武竟一點抵抗都沒有，乖乖地跟著唐奕生走了。

莫武不知道唐奕生要帶他走去哪裡，甩開唐奕生的手很容易，但他不敢，他知道，如果在這時候甩開唐奕生的手，唐奕生這一輩子很可能都不會再理他了。

唐奕生在路邊招了計程車，直接將莫武塞上車帶回家。

一路上，唐奕生沒開口，莫武也不敢說話，他就這麼帶著忐忑的心情，來到唐奕生家裡。

莫武不是第一次來唐奕生家裡，但每一次來，他都還是會被唐奕生家的豪華程度給震撼。

唐奕生住在一百多坪的歐式豪宅裡，車庫裡停滿了高級轎車，屋內有著富麗堂皇的裝潢，有水晶吊燈、名畫，甚至隨處可見陶瓷精品。一進門，貼心的幫傭還會立刻上前詢問需不需要替他們準備點心飲料。

「不用。」唐奕生很快地拒絕，「我有事要忙，不要進房間打擾我。」

幫傭疑惑地看了兩人一眼，一句話也沒問，點了點頭。

唐奕生拉著莫武走回自己的房間。國中時，唐奕生就是在這個房間裡教莫武念書，所以莫武對唐奕生的房間一點也不陌生，甚至還有些懷念。

唐奕生的房間還是和以前一樣，空間很大，布置簡潔，地板是實心柚木，上面鋪了一大塊漂亮的手織地毯，地毯上有張小茶几，旁邊是一整面書櫃牆，擺滿各式各樣的書籍和獎狀。

唐奕生關上門，隨手將書包放在桌上，轉身看向莫武。

莫武頭低低地垂下，像極了等待挨罵的大狗，不安地縮著身體。

「為什麼都不跟我聯絡？」唐奕生終於問出他最想知道的問題。

莫武沉默著，眼神不安地飄移。

「你還有把我當朋友嗎？」唐奕生不耐煩地又問了一次。

「當然有！」莫武急忙回答。

「那你爲什麼明明有我的手機號碼，卻整整一年都不打給我？」

莫武又沉默了。

唐奕生想了想，決定問他另一個問題：「剛剛那個是你女朋友嗎？」

「不是，我沒有女朋友。」莫武瘋狂搖頭。

唐奕生鬆了口氣，但他不知道，爲什麼在聽到莫武說他沒有女朋友時，他的煩躁和憤怒便頓時被撫平了，人也慢慢冷靜了。

他在茶几前坐下，示意莫武坐到他面前。

莫武像隻乖巧的大狗，聽話地坐了下來。

「那、那些女生是怎麼回事？你不跟我聯絡是因爲你都忙著和女生玩嗎？」唐奕生努力讓自己的口氣聽起來不要太在意，但一開口還是忍不住酸味十足。

還好莫武沒聽出來，只是緊張地搖頭解釋：「不是，不是因爲這樣，她們……她們只是因爲力哥要求，所以我才跟她們待在一起。」

「力哥？」唐奕生聽出了不對勁的地方，挑眉詢問：「什麼意思？」

「呃……就是……」

莫武不夠聰明，反應也不如唐奕生敏捷，即使想隱瞞，也在說了兩三句話後，便被唐奕生全套了出來。

「所以你現在是像仲介一樣，介紹你們學校的女生去力哥的酒店上班？」唐奕生釐清頭緒後問道。

莫武不安地點了點頭，面對唐奕生，他總是很難隱瞞任何事。

慶幸的是，唐奕生沒有露出任何嫌惡的表情，他只是表情嚴肅，像在思考什麼。許久，唐奕生問：「你知道這並不是一件好事吧？」

莫武點頭。

「因爲這樣，所以你才不敢跟我聯絡？」

莫武再次點了點頭，「我想，你一定看不起做這種事情的我吧？」

唐奕生沉默。如果換成是其他人做這種事，唐奕生當然會看不起，比如曹思康，但現在做這種事的人是莫武……

他看著莫武，不否認自己對他的偏袒，唐奕生覺得莫武會這麼做，絕對是情有可原的。

「不會，」唐奕生搖頭，「我知道你肯定有自己的苦衷。」

莫武鬆了口氣，他眞的很擔心唐奕生會鄙視他，任何人對他帶有偏見、輕視他，或是厭惡他，他最多就是感到憤怒而已，但如果是唐奕生這樣看他，他總覺得自己會難過到死。

「可是……」

見唐奕生的語氣有所轉折，莫武的心又被吊了起來，緊張地看向唐奕生。

「這樣聽起來，力哥那裡很危險，難道你以後想和力哥一起混黑道嗎？我覺得你還是早點離開吧！」唐奕生說。

雖然唐奕生以前就知道力哥是混黑道的，但不知道是否因爲黑道電影看多了，他總覺得黑道裡也有俠義精神，再加上力哥爲人海派，親切又隨和，毫無印象中黑道分子會有的戾氣，因此他很自然地認爲力哥應該是黑道中的好人，對於力哥說要幫助莫武念書的事，完全不疑有他。

現在想起來，或許力哥那時是想趁機吸收小弟吧？

「嗯……」莫武猶豫又爲難地說：「但力哥幫了我很多……我不能不回報他就這樣離開……」

他總不能住力哥家，花力哥的錢，卻一點貢獻都沒有吧？

唐奕生明白莫武的無可奈何，畢竟寄人籬下，短時間內，他還需要力哥的幫助才能完成學業，自然不可能拒絕力哥要他做的事。

莫武自己也知道，只要他繼續幫力哥做事，早晚會出事，所以他一開始才會選擇和唐奕生斷了聯繫。

畢竟唐奕生不適合有一個在幫黑道做事的朋友。

「我還是希望你可以換個方式報答。」唐奕生說。「畢竟萬一有人報警，或是被警察查到，你也是有罪的，我不想看見你被抓。」

他是真的擔心莫武，除此之外，他還有另一個藏得更深的原因——即使知道這一切都非莫武所願，他還是不想看見莫武和女生走得太近。

想到下午那個紫色頭髮的女生抱著莫武的樣子，唐奕生就渾身不舒服，早知道不只飲料，蕃茄醬都應該給她淋上去才是。

究竟爲什麼會產生這種想法，唐奕生不想深究，他只知道自己不喜歡看見有人和莫武太過親暱。「要回報力哥應該還有不犯法的事可以做吧？總之……你別接近那些危險的事。」

「……我知道，我……我再去找力哥談。」莫武像是下了極大的決心，看著唐奕生點了點頭。

唐奕生嘆了口氣，莫武肯去談是一回事，但力哥會不會答應又是另一回事了，說不定力哥一氣之下，還會斷了對莫武的資助。

一股無能為力的感覺包圍著唐奕生，就像國中時莫武因他而被記過時一樣，但這次那股感覺又更為強烈，畢竟這次面對的是黑道，而他只是高中生，就算想救莫武脫離那樣的環境，他也無可奈何。

除了勸莫武不要做危險的事外，他還能幫莫武什麼？

「那你有手機了嗎？」唐奕生問，他想，在找到解決方法之前，至少先和莫武保持聯絡。

「有。」莫武從口袋裡拿出一支不算新的手機。力哥為了讓莫武方便「工作」，在開學第一天就為莫武和曹思康各辦了一支手機。

「那把我的聯絡方式輸入進去……」唐奕生正要告訴莫武電話號碼，就見對方不好意思地搖了搖頭。

「我早就存了。」

早在拿到手機的第一天，莫武就迫不及待地將唐奕生的電話存入他人生中的第一支手機裡。但這一年來，那串電話號碼始終靜靜地待在手機通訊錄裡，因為他沒有勇氣打電話給唐奕生。

唐奕生一聽差點激動地罵出口，既然早就存了，爲什麼不打電話給他？就算發個訊息也好！害他以爲莫武早就把他的電話號碼搞丟了，但看到莫武垂頭喪氣的樣子，又想到他不敢跟他聯絡的原因，唐奕生的話到了嘴邊便默默吞了回去，換了話題道：「以後至少一個星期見一次面吧！」

「咦？」

見莫武沒有答應，反而露出「爲什麼要這樣做」的樣子，讓唐奕生方才克制的怒氣又被點燃了起來。

「你不是還當我是朋友嗎？既然是朋友，我們又不同校，那一星期找一天見面不過分吧？還是你連這都不肯？」他之前可是讓他苦等了一年，他都還沒跟他算這筆帳，現在居然連一星期見一次都不肯？會不會太過分？唐奕生忿忿不平地想。

莫武嚇了一跳，沒想到唐奕生會突然生氣，趕緊解釋：「不是、不是……我只是想說你不忙嗎？」

「我要忙什麼？」

「你讀一中不是要念很多書嗎？那我……」如果能每個星期見面，莫武當然一萬個贊成，但他擔心這麼做會妨礙唐奕生念書。

「我總不可能每天都在念書吧！何況如果我眞的要念書，你也可以在我旁邊陪我念書啊！」唐奕生揮揮手，彷彿那都不是問題。「你應該有自己的書要念吧？」

「我……」說到念書，莫武慚愧地低下頭。因爲力哥交代的「工作」，所以他這一年裡都沒有好好地念書。

「你如果有不會的，也可以像以前一樣讓我教你啊！」唐奕生看他的樣子，就知道他想說什麼。

「可是我們的課又不一樣。」

「至少基礎的科目一樣，至於專業的東西，只要你把課本和參考書拿來，我就能搞懂它，你以為我是誰？我唐奕生耶！」

莫武噗哧地笑了，他緊繃的神經終於放鬆了下來，露出像以前一樣開懷的笑容。唐奕生也笑了，雖然他能幫助莫武的方法有限，短時間內也無法讓莫武脫離力哥那裡，但至少他可以盡自己所能地幫助他。

更重要的是，他不想再和莫武失去聯絡了。

「謝謝你，唐奕生。」莫武看著他誠摯地說。他沒想到唐奕生在知道所有的事後，居然還願意當他的朋友，繼續幫他補習。

他也很想變好，希望有一天能自信地走在唐奕生身邊。

✦

之後的日子裡，莫武都遵守著一星期至少見一次面的承諾，每個星期都去找唐奕生。他們有時出去外面玩，有時就在唐奕生家裡念書、看電視、打電動。

唐奕生對電動沒什麼興趣，但為了莫武，他特地用零用錢買了最新的電動放在家裡，期待每個星期和莫武一起玩的日子。

他沒有再問莫武「工作」的事，他知道那不是一時半刻可以解決的，但他發現莫武身上的飾品正漸漸減少，來找他的時候也不再帶著女孩子的香水味。

某一次的周末，莫武騎著摩托車到唐奕生家裡，脫下安全帽的那一刻，唐奕生整個傻住。莫武剪短了頭髮，金色平頭讓他看起來更像電影裡的黑道，全身充滿煞氣。

除此之外，他還注意到莫武的臉上有一大片淤血。

「你的臉怎麼回事？」

莫武抬手擋住臉上的淤血，「沒事……」

唐奕生瞪著他，一臉「不說實話，絕不罷休」的表情，莫武知道躲不過，掙扎了一下還是老實招了。

「我跟力哥說不想再介紹女生去酒店，也不想賣藥，所以就被打了……」

唐奕生的臉色變得更難看了，雙手緊緊握拳，極力壓抑著憤怒，讓莫武看得有些擔心。

「你放心，沒事啦，只是被打一下而已……」他想說他小時候被打得更嚴重，但看到唐奕生憤怒的表情，又覺得不適合說出口。

唐奕生做了好幾次深呼吸才壓下心中襲捲而來的憤怒和不甘，見莫武泛著青紫的臉頰，心裡湧上的是滿滿的心疼。

「居然敢打你……」唐奕生伸手撫上莫武淤血的地方，仔細查看傷勢，問：「還會不會痛？」

唐奕生把他放在心上關心的樣子，讓莫武感動得想笑，他已經不知道多久沒被人這麼在乎過了。他搖搖頭說：「都兩天了，早就不痛了。」

「幹！都兩天了還腫那麼大片？」唐奕生氣得罵了聲髒話。

他拉起莫武的手往屋裡走，家裡的幫傭依照慣例在門口迎接他們，一看見莫武臉上的傷，忍不住驚訝地道：「哎呀，這個臉怎麼回事？」

莫武的其中一隻手被唐奕生牢牢抓著，只能用空著的那隻手不好意思地遮擋。

「阿姨，麻煩妳把醫藥箱拿到我房間。」唐奕生匆匆說完，就拉著莫武上樓。

幫傭聽了唐奕生的話，很快地應了聲「好」，正要轉身去找醫藥箱時，又突然回過頭問：「要不要我幫他擦藥？」

「不用，我幫他擦就好。」唐奕生頭也不回地說。

幫傭點了點頭，看著他們上樓的背影，視線不小心落到唐奕生抓著莫武的手上，愣了一下。

唐奕生將人帶進房間後，幫傭隨後也將醫藥箱拿了過來，並簡單說明了各種藥的用法後才離開。

見唐奕生照著幫傭的說明打開藥膏，莫武在一旁急著說：「不用那麼麻煩……」他想說以前的大、小挫傷，他都放任它們自己好，沒想到話還沒說出口，就引來唐奕生一陣怒視，讓他趕緊閉上嘴巴。

「我幫你擦藥，你不要亂動。」唐奕生抬起莫武的下巴，動作輕柔地將藥膏塗抹在他臉上。

唐奕生的手指微微地在莫武的臉上滑動，讓莫武覺得臉癢癢的，忍不住想閃躲。

「叫你別動！」

唐奕生用了點力捏住莫武的下巴，莫武才不敢再動，但同時也讓莫武意識到，他們現在靠得有多近。

唐奕生有輕度近視，只有上課或看書時才會戴上眼鏡，現在他爲了看清楚莫武臉上的傷，便湊上前貼近莫武，呼出的氣息打在莫武的臉上，好似一把火，使莫武的臉瞬間燒得火熱。

唐奕生直到上完藥才發現莫武臉紅了，看起來那麼凶又有男子氣概的一個人，害羞起來竟像個小女孩，唐奕生忍不住在心裡偷笑。

「還有沒有哪裡受傷？」唐奕生問。

莫武搖了搖頭，害羞到不敢看他，「沒有了。」

看到莫武因自己而害羞臉紅，唐奕生發現自己不但一點也沒有感到反感，反而還挺喜歡的。

「眞的沒有了？衣服要不要脫下來我看一下？」唐奕生存著戲弄他的心思，假裝要動手掀他的上衣，嚇得莫武緊緊拉著衣服的下襬，不讓他得逞。

「眞的沒有，你別鬧了！」

「都是男生，給我看一下又怎樣，怕什麼？」唐奕生笑了笑，沒再繼續拉他衣服，輕拍了一下莫武的胸口後便起身收拾醫藥箱，錯過了莫武因爲他的話而閃過一絲受傷的神情。

「反正其他地方也沒受傷……」莫武吶吶地說。

唐奕生收好醫藥箱，看了莫武一眼，「那件事怎麼樣了？力哥答應了嗎？」總不會挨了打，力哥還堅持要他繼續釣女生吧？

提到這個，莫武總算露出了笑容，「嗯，力哥答應讓我改去他的電子遊藝場當服務生。」

與其說是服務生，不如說是保全更為貼切。莫武長得高大，打架也不輸人，力哥認為他多少可以嚇阻一些手腳不乾淨，或是想來鬧事的人，便安排他在那裡工作。

在那種地方工作起碼也要滿十八歲吧？唐奕生看了莫武一眼，莫武比他大一歲，離十八歲只差幾個月而已，單從外表來看，不會有人懷疑他的年紀。

再怎麼樣都比介紹女孩子到酒店上班要來得好，至少是份正當的工作，莫武也終於能放下心中的不安和罪惡感。

唐奕生微微地笑，道：「那就好。」

✦

莫武開始在力哥經營的電子遊藝場打工後，工作的時間變得比較固定，因此越來越常去找唐奕生。

他們偶爾會在外面玩一整天，但大部分的時間還是在唐奕生家裡度過。

在唐奕生家時，他們通常都在複習功課，想放鬆時便打電動、看電影。唐奕生比較喜歡待在家裡，自從發現莫武會對他臉紅後，他就很喜歡捉弄他，刻意和他肢體接觸。他喜歡看莫武那張陽剛的臉上因他而出現嬌羞的樣子。

唐奕生知道莫武對他應該是有特別的好感，他也不排斥，或者說，他其實很享受莫武對他的好感。

曾經的不良少年，現在每星期都至少有一天被他獨占，不但特別聽他的話，還會在他面前流露出別人不曾見過的樣子。唐奕生想，大概沒有人會不享受這份優越感吧。

現在想來，唐奕生討厭曹思康他們，或許並不是單純因爲合不來而已，而是因爲他們總是黏在莫武身邊。

期中考快到了，莫武背著書包到唐奕生家裡念書。

和唐奕生失聯的那一年，莫武根本沒有在讀書，成績慘不忍睹，但幸好今年他遇到了唐奕生，成績又漸漸地變好。

兩人坐在茶几前，唐奕生看著莫武，等他將書拿出來。莫武拿書拿到一半，突然「啊」了一聲，引起唐奕生的好奇。

他看到有東西被莫武匆匆塞回書包裡藏了起來。

「那是什麼？」

「不，沒有什麼！」莫武的臉瞬間紅了起來，慌慌張張地將書包塞到背後。

唐奕生更好奇了，他繞到莫武身旁，伸手去撈莫武背後的書包。

「給我看看。」

「沒什麼啦！」

「這麼怕被我看，你是藏A片喔？」唐奕生隨口一說，不料莫武的臉卻更紅了。

看那表情，唐奕生就知道自己猜對了。

「眞的？你眞的帶A片到我家？」

「沒有，這不是我帶的……」莫武慌張地解釋，這一開口更是證實了唐奕生的猜測。

在唐奕生的威逼下，莫武只好乖乖地拿出書包裡的A片。

「這不是我的，大概是阿康昨天放學偷塞進我書包裡。」莫武想起昨天放學時曹思康那副鬼鬼祟祟的神情，曹思康還說已經把好東西放在他書包裡。他當時趕著去上晚班，所以沒拿出來檢查，後來就忘了這件事。

莫武後悔莫及，早知道那時就應該要注意一點，他現在活像是被老師抓到偷帶A片一樣，十分尷尬。

「我都不知道你有在看A片？」唐奕生看著手上的幾片DVD，見封面都是穿著暴露、大胸部的女生，眉頭頓時皺了起來。

「呃……偶爾，也不是很常。」莫武不知道自己爲什麼要跟唐奕生坦誠這種事，但看唐奕生的態度，即使他現在不老實交代，只怕最後還是會被唐奕生套出來。

「你喜歡這種類型的女生？」唐奕生又問。老實說他也不明白自己問這個究竟想做什麼，只知道自己一想到莫武會看著封面上的女生自慰，就不太高興。

「還好……」莫武心虛地盯著唐奕生的側顏，其實他對封面上的女生一點興趣都沒有，有好幾次他想藉著A片抒發，但腦裡全都是唐奕生的臉，他那精緻漂亮的長相比任何女生都要好看，但他怎麼敢讓唐奕生知道這件事？

唐奕生瞄了莫武一眼，拿著A片走到電視機前，將DVD放進播放器裡。

「喂，唐奕生，你要幹麼？」莫武被唐奕生的舉動嚇了一跳，他不會想在這裡放出來看吧？

「我沒看過A片，既然你都帶來了，那就一起看吧！」唐奕生理所當然地說。

莫武的表情頓時變得很難看，他沒想到事情會發展成和唐奕生一起看A片的情況。

唐奕生將DVD放進播放器後就坐回莫武身邊，拿起遙控器打開電視畫面，四十二吋的大螢幕上很快出現好幾個穿著泳裝的女生，她們個個身材姣好，對著鏡頭不停地裝可愛和搖晃胸部。

唐奕生按了播放，畫面立刻進入A片常見的情境敘述，素人女優走在路上被攔下進行訪談，接著進入只有床的房間裡，害羞地擺出各種姿勢。

電視裡開始傳出女優嗯嗯啊啊的嬌喘聲，唐奕生愈看愈焦躁。

既做作又無聊的片子。

為什麼大家都喜歡看這種片子？莫武也喜歡嗎？他喜歡的是這種做作的女生嗎？他都看這種做作的A片打手槍嗎？他會想要和這種女人做愛嗎？

唐奕生早已無心在意眼前的影片，他滿腦子想的都是莫武一個人看A片打手槍的畫面。

一股莫名的煩躁感堵在心頭，唐奕生轉過頭去看莫武的反應，只見莫武眼睛直盯著電視，臉上出現他害羞時才有的紅暈，雙手不停地將衣服往下拉，像是想遮掩什麼一樣。

唐奕生一眼就看到了，莫武褲襠下鼓起的那一包東西。

他突然感到很不爽。

唐奕生向莫武靠了過去，擋在他面前，讓從頭到尾都心不在焉的莫武嚇了一跳。

「唐奕生，你幹麼？」見唐奕生突然表情不悅地跪坐在自己雙腿之間，莫武慌了，以爲自己剛剛一直偷看唐奕生，看到起反應的事被發現了。

「幫你啊。」唐奕生二話不說地伸手解開莫武的牛仔褲褲頭。

莫武嚇傻了，眼神飄忽不定，連反應也慢了幾分，傻傻地問：「幫我什麼？」

「幫你打出來！」莫武的反應逗樂了唐奕生，他彎了下嘴角，拉下莫武的褲子，掏出莫武的分身。

肉色的陰莖從內褲裡彈了出來，在他面前昂揚挺立，鈴口處分泌了些許前列腺液，看起來水水嫩嫩的。唐奕生盯著看，不但不覺得反感，反而還覺得可愛。

「等等等等……你、你說什麼？唔嗯！」

唐奕生不顧莫武的阻止，伸手握住對方早已硬挺的性器，輕輕地上下滑動。

「啊……」莫武被那不同於自己自慰時的快感給刺激得繃緊身體，頭微微後仰，忍不住呻吟。

唐奕生沒想到莫武的呻吟如此悅耳，比電視機裡女優的嬌喘聲還令他興奮，於是他更加積極地撫摸莫武的肉棒，期待能見到更多他情不自禁的樣子。

莫武無法抗拒唐奕生帶給他的快感，太刺激了！不只是在觸覺上，連視覺上也是極大的震憾，那個唐奕生居然在幫他打手槍？而且還那麼專注地看著他……

莫武一下子就繳械了，白色的精液不但噴在唐奕生的手上，還濺了少許在唐奕生精緻的臉蛋上。

第一次被其他人的精液噴到，唐奕生嚇了一跳，他抬頭看向莫武，那張向來充滿男子氣概的臉上，現在竟充滿了情慾，一副失神又脆弱的樣子，讓他頓時難以抑制地興奮起來。

莫武從高潮中回神，發現自己噴到唐奕生臉上，嚇得瞬間挺起身來，慌忙地找衛生紙。

「對、對不起，噴到你了……」莫武趕緊抽了張衛生紙幫唐奕生擦拭。

等莫武擦完後，唐奕生便拉著他的手，往自己身下摸，「換你幫我了。」

莫武一怔，驚訝地發現唐奕生居然也硬了，「你……」

「不可以嗎？我都幫你打出來了……」

莫武這才注意到唐奕生充滿慾望的雙眼，見唐奕生露出這種表情求他，他彷彿被蠱惑了一樣，手不受控地解開唐奕生的褲子，學著唐奕生的動作，輕輕地撫摸起他硬挺的性器。

唐奕生的性器又大又熱，莫武沒想到自己竟然能親手碰觸它、撫摸它。

唐奕生因莫武的撫摸而發出舒服的喘息聲，白皙的臉蛋染上情慾的粉色，模樣煽情誘人，讓莫武才剛剛射完的性器又再度硬了。

唐奕生很快就注意到莫武的反應。

「又硬了，好快。」他戲謔地伸手摸了一下莫武的龜頭，惹得莫武的身體一顫。唐奕生彷彿無師自通般地坐到莫武身上，用手包住兩根差不多大小的肉棒，開始磨蹭、滑動，尋求更強烈的刺激和快感。

「嗯……啊……」

「唔嗯……」

彼此喘息呻吟的聲音壓過了電視上女優的聲音，裡頭在演什麼早已不重要，眼前的人比A片裡的更色情，更能激起他們的慾望。

唐奕生很快便射了，沒多久，莫武也在這樣的刺激下繳械。

唐奕生覺得不夠滿足，他抬頭看莫武因高潮而失神的臉，溼潤的吐息從莫武殷紅的嘴裡呼出，竟令他有種口乾舌燥的感覺。他鬼使神差地朝莫武的雙唇靠近，莫武察覺到他的意圖，主動閉眼，等待並渴望他的貼近。

可唐奕生卻在此時停了下來，停在一個要吻不吻的距離。他突然回過神來想到，自己現在是想親莫武嗎？爲什麼？爲什麼他會突然想親莫武？如果說剛剛的互相撫慰只是爲了抒解一時的性衝動，那麼現在的親吻又是爲了什麼？他喜歡莫武嗎？

唐奕生下意識地往後退。

莫武等了又等，始終等不到應該落下的吻，意識朦朧間，他仰起下巴，試圖去碰理應近在咫尺的唇。

唐奕生還沒釐清自己的思緒，就先看到莫武閉著眼睛拚命仰頭索吻的樣子，忍不住笑了。

莫武聽到笑聲，馬上睜開眼睛，見唐奕生微微勾起嘴角，頓時意識到自己剛剛做了什麼丟臉的舉動，雙頰立時像被烈火灼燒般滾燙，一路火紅到脖子下方。

丟臉死了！他剛剛是在期待什麼？期待唐奕生吻他嗎？莫武推開唐奕生，站起來快速地收拾東西，恨不得馬上原地消失。唐奕生的笑讓他意識到自己有多不自量力，他是男生，怎麼會期待唐奕生親吻他？

可是下一秒，唐奕生卻伸手將他的領子往下拉，讓他不得不彎下腰，隨後他所期待的那雙唇貼了上來。

唐奕生最後還是吻了他。

那是一個不夠溫柔的吻，甚至有些凶猛、急迫地侵略他，像一頭年輕的獅子不管不顧地咬了上來，還磕疼了他的牙齒，但莫武不在乎，他唯一感受到的就是唐奕生在親他。

他在親他，不是幻覺。

唐奕生的舌頭也探了進來，舔弄莫武的舌根、牙齒，猛烈地索求著，令莫武不知所措，不知如何回應，只懂得張開嘴，讓唐奕生任意地占有他的一切。

唐奕生在親吻他，他真的在親他。

莫武必須緊緊攥起拳頭才能壓抑心中的激動，他不敢相信，自己幻想過無數次的事居然成真了。

第五章

「王小姐您好，不好意思，我是做水泥的莫武……對，我的腳在前一個工地那邊受傷，所以您那邊的工作……是、是……對，我會轉給另一個師傅，對不起……」

莫武坐在輪椅上講了一通又一通的電話，內容都差不多，主要就是向業主說明，他因爲腳受傷，所以必須將工程轉包或延遲。

「咦？您要等我腳好？可是這樣會拖到您那邊的時間……」莫武驚訝地提高聲音，他的業主王小姐似乎不想換人，堅持要等他的腳痊癒。

「謝謝您那麼看重我，可是……這樣會讓您等很久，我幫您找的那個師傅技術也很好，而且他剛好那段時間有空……啊，是、是……」莫武感激又苦惱地勸道。

這通電話講了好幾分鐘，莫武最後拗不過王小姐，只好在記事本上排了預定的工作日期，然後又說了好幾句「謝謝」才結束通話。

這已經是第三個寧願延後時間也不願取消或轉包的案子。

莫武在打電話給這些業主之前，本來已做好會被痛罵和刁難的心理準備，但出乎他意料的，大部分的業主不但心平氣和地接受，還寧願延期也不願換人，讓莫武非常感動。

但因爲怕耽誤業主家裡整修的時間，所以他還是勸他們換人，同時介紹適合的師傅給他們。

眞的勸不掉的就這三個業主，兩個是回頭客，另一個是別的業主介紹來的，他們都相當堅持要莫武親自施作，所以寧願等待也不願換人。

莫武雖然只在這個行業做了七、八年，但也一點一滴地做出了自己的口碑，獲得客人們的認同，開始有了自己的忠實顧客。如果不是這次腳受傷，他也不知道原來有這麼多願意相信他、等待他，寧願延期也要指定他來施工的客人。

這對他而言是非常大的鼓舞。

打完最後一通電話，安排完所有工作後，莫武終於闔上筆記本。他接下來就是好好休養，讓自己的腳盡快好起來，才不會辜負客人們的期待。

莫武移動輪椅，想將筆記本收起來，突然，他的手機又響了，上頭顯示的是一串陌生的電話號碼。莫武以爲是業主打來的，想也不想便接了起來，「喂？」

「武哥嗎？」

莫武愣了一下，現在會叫他武哥的人不多了，除了唐奕生，大部分的人不是叫他名字就是稱他爲莫師傅。

莫武一時想不起來這個聲音在哪聽過，「你是……」

「你眞的很不夠意思耶，武哥，這麼多年來都只跟資優生在一起，也不跟我聯絡一下。」電話那頭的人似眞似假地抱怨。

武哥、資優生……熟悉的稱呼喚醒了莫武的記憶，會這麼叫的也就只有他國中的那群朋友……

「沈德文？阿文？」

「你現在才認出來喔？太不夠意思了啦！」沈德文在電話那頭埋怨。

「對不起啦……但你怎麼知道我的電話？」莫武現在的手機號碼是出獄後唐奕生替他辦的。因爲入獄，他舊的手機號碼早已停用，而且爲了斬斷和力哥的關係，他幾乎不回家鄉，也不和家鄉的朋友聯絡，和沈德文自然也斷了聯繫。

「你知不知道要找你眞的很難，我居然還得透過資優生才能要到你的電話！眞是太誇張了！欸，武哥，再怎麼說我都比資優生早認識你吧？」沈德文半開玩笑半認眞地說。

他的最後一句話，瞬間勾起了莫武的回憶。

莫武和沈德文的緣分始於國一那年。

沈德文在隔代教養的家庭長大，他沒有父母，和拾荒的爺爺相依爲命。因爲家境的關係，從國小到國中，班上的人都嫌他家窮，嫌他做回收的爺爺身上髒，連老師都不待見他。

因此沈德文開始厭惡所有人，不屑和誰成爲朋友，總是一個人獨來獨往。

剛升上國中時，沈德文就聽聞莫武的種種劣跡。沈德文雖然受人排擠，但他從沒想過要成爲不良少年，他只想好好念書，擺脫窮困的生活，所以面對莫武時，他也和其他人一樣，躲得遠遠的。

莫武和沈德文之所以變得要好，是因爲沈德文的爺爺。

某次沈德文的爺爺外出拾荒時，誤拾了店家放在外面的資源回收物，被店家誤以爲是偷竊，儘管爺爺已交還東西並再三道歉，店家仍不放過他，甚至威脅爺爺，說要報警處理。爺爺嚇壞了，一直苦苦哀求，店家卻視若無睹。

圍觀的人很多，卻只有莫武一個人伸出援手護住爺爺和店家理論，最後還和店家打成一團。

莫武的見義勇爲沒爲他贏得任何褒獎，反而因爲打架被學校記了一支大過。

爺爺知道後，對莫武特別愧疚，但莫武卻讓爺爺別放在心上。

後來，莫武有空的時候就會幫爺爺整理資源回收，而沈德文就是在這時候發現，莫武和傳聞中的不太一樣，開始和他愈走愈近。

他們的友情因此開始萌芽。

「對不起……」

沈德文的最後一句話讓莫武覺得有點難受，雖然他是有苦衷才不和沈德文聯絡的，但他還是覺得對不起曾經和他那麼要好的朋友，只好一直道歉。

聽到莫武的道歉，電話那頭沉默了一下，好一會才道：「好了啦，我又不是打來要你道歉的。」

「那你……」

「唐奕生沒把喜帖轉交給你嗎？我要結婚了。」

「啊！有，我有收到。恭喜你！」搬家那天，唐奕生把喜帖拿給他，那時他還感嘆了許久。

「就這樣？」

「當然不是，我正打算寄個大紅包過去，天啊，你爺爺一定很高興吧！你居然要結婚了！對方是你同學還是同事？天，眞是太好了！」莫武打從心底爲他高興。

沈德文聽見莫武激動的語氣也笑了，道：「你以爲我打給你只是要跟你要紅包嗎？」

「嗯？」

「你欠我的，一個紅包哪夠？」沈德文大聲地說。「人呢？你人不打算來嗎？」

「啊……我？」莫武一下子從興奮中冷靜下來，指了指自己問道：「你想要我去？」

「當然，你不來嗎？」

「不是……只是……我去不太好吧？」

「爲什麼？」

「我……呃，你知道……」莫武一臉難以啟齒的模樣，「我坐過牢……」

「都多久以前的事了！」

「但是……萬一……」萬一被人認出來了呢？當年的事鬧得那麼大，還上過報紙，雖然他因爲未成年而沒曝光，但家鄉那邊還是有很多人都知道是他。

沈德文還住在同樣的地方，萬一他在婚禮上被人認出來了，那新娘的家人會怎麼看沈德文？誰會願意把女兒嫁給一個跟更生人當朋友的人？

「都那麼久了，又不是什麼大新聞，不會有人知道的。」沈德文毫不在意，「何況知道了又怎麼樣？你還是我朋友啊！你又不是沒爲這件事付出代價，早該被原諒了吧？」

「……我不知道。」坐過牢這件事像烙印一樣緊緊地糾纏莫武的人生，即使早已抹去了前科紀錄，他還是覺得自己擺脫不了這個污點。

「兄弟結婚你不來嗎？把資優生也一起帶來，我會給你們兩個留位子……」沈德文放軟了態度說，並在莫武猶豫不決時，又下了一劑猛藥，「還有……爺爺也很想你，他一個九十歲的老人家了，你不來給他看看嗎？」

這一句話擊中莫武的軟肋，讓他的心臟微微發疼，握著手機的手縮了一下，才問：「什麼時候？」

◆

一個月後，莫武穿上西裝，和唐奕生一起參加沈德文的婚禮。

他腳上的石膏拆了，但還必須拄著拐杖走路。

「阿文居然還找我當伴郎，也不想想我一個跛腳的人是要怎麼幫忙？」在前往婚宴會場的路上，莫武一邊走一邊向唐奕生抱怨。

「不是說你只要陪他進場就好了嗎？」唐奕生眼裡含著笑意，貪婪地看著難得穿上西裝的莫武，剪裁合身的西裝將莫武的身材襯托得更加完美，寬肩窄腰，看得他心癢難耐。

「這才是大問題，我的腳又沒完全好，到時候拿著拐杖進場，不是給阿文丟臉嗎？」莫武喃喃地抱怨：「哪有伴郎是拿拐杖的……」

莫武抱怨歸抱怨，但唐奕生知道，他非常期待這次的婚禮。自從知道要當伴郎後，莫武就連著好幾個周末都拉著他，要他陪他挑西裝、買禮物，又不斷地問他當伴郎要注意什麼，婚禮上有什麼禁忌，搞得像是他要結婚一樣。

唐奕生當時還笑他，說：「你是去當客人，頂多陪新郎進場，搞得那麼緊張做什麼？」

即使唐奕生這麼說，但莫武還是緊張到睡不好，畢竟這是他第一次受邀參加朋友的婚禮，也是第一次當朋友的伴郎。

莫武抱怨完後，又不安地看向唐奕生手上拿的提袋，問：「你說，他們會喜歡我們送的禮物嗎？會不會太小氣？還是說應該送更貴的禮物？」

「送禮看的是心意，送太貴重的話沈德文也會有壓力。何況我們還有包紅包，你不用擔心。」唐奕生把手上的袋子集中到同一隻手，用空出來的手摸了摸莫武的頭，「好了，你別亂想，快到了。」

聞言，莫武這才趕緊拉了拉身上的西裝，把背挺得直直地往前走，但很快的，他又回頭問唐奕生：「我穿這樣還可以吧？會不會很奇怪？」

唐奕生受不了地翻了一個白眼，語帶威脅地道：「夠了，你今天穿這樣很帥，帥到我想原地把你剝光，用皮帶把你的手綁起來，然後……」

「唐奕生！」莫武嚇得連拐杖都不顧，趕緊捂住唐奕生的嘴，整張臉紅得像煮熟的蝦子一樣，想罵他又不敢大聲，只能壓低聲音警告：「人這麼多你在說什麼？」

唐奕生挑了下眉，眼睛看著他的手，暗示他可以放下。

「別在這種地方講那種話……」莫武盯著唐奕生，慢慢地將手放下。

唐奕生笑了下，沒再放肆地說渾話，只是慢慢貼近莫武耳邊，小聲地說：「我是說真的，你難得穿那麼帥，看得我都硬了。」

「唐、奕、生！」

被唐奕生這麼一鬧，莫武的緊張感都沒了。

他和唐奕生一起走進婚宴會場，這是一間在地的海鮮餐廳，場地不大，大約可以擺二十幾桌。

莫武懷念地四處張望，他還記得這裡是小胖子余鵬家的餐廳，國中時他和沈德文他們常常來這裡給余鵬的父母招待，不知道這些年他們過得怎樣？余鵬是不是繼承了這家餐廳？

餐廳的桌子換上了粉紅色的桌巾，入場的地方放置了玫瑰、百合等等花朵組成的鮮花拱門，拱門旁還有一張放大輸出的新人照片，沈德文和美麗的新娘面對鏡頭，笑得幸福又甜蜜，讓莫武忍不住盯著照片看了許久。

同時，唐奕生則走到禮桌旁放下紅包，然後簽名。

「你們是男方還是女方的人呢？」禮桌前一個穿著小禮服的女生問道，她的左胸口上別著一朵胸花，胸花下寫著伴娘兩個字。

「我們是男方的親友。」唐奕生微笑道。

「喔……是公司的人嗎？」伴娘的臉突然紅了，語氣也變得不自然。

「不是，我們是他的國中同學。」唐奕生說。

「國、國中？」伴娘愣了一下，轉頭問旁邊的人：「新郎的國中同學要坐哪一桌？」

另一個人看了一下桌次表，回道：「沒有寫，和公司同事坐一起可以嗎？」

唐奕生微微點頭。

「那你們就坐右後方那區，桌上寫公司同事的，那邊都可以坐。」伴娘指著餐廳說道。

「好。」唐奕生點頭，正要拉莫武進去時，餐廳裡有一群人走了出來，在人群中心的正是今天的主角——沈德文。

在沈德文身旁的那群人，莫武都不認識，他一時間不知道要不要上前和沈德文打招呼。

在莫武猶豫不決的這段時間裡，沈德文正好看了過來。

「武哥！」沈德文拋下那群人，快步走向莫武，然後一把抱住他。

莫武也激動地回抱住沈德文，「好久不見了……」

對沈德文來說，莫武是第一個與他眞心往來的好朋友，認識莫武後，他也跟著認識曹思康和余鵬。

他們四個人因處境類似而聚在一起，這是沈德文第一次有被他人接納的感受。嘗到和朋友在一起的快樂後，他不再堅持獨來獨往，開始懂得去結交朋友，在陌生的環境中創造自己的歸屬。

他本以爲和莫武的這段友誼會一直持續下去，卻沒想到他們上了高職後就失聯了。莫武沒有聯絡他，所以他透過曹思康打探莫武的近況，同時從曹思康的話語中明白，他和莫武他們，已經不是同路人。

他們國中時雖然在一起做了一些叛逆的事，但那都屬於小打小鬧的範圍，可如今曹思康卻說他和莫武正在幫力哥做事，甚至還想勸他一起加入。

他還要照顧爺爺，並不想被牽扯進黑道之中，也因此不再試圖與他們聯絡。

他沒想到，下一次得知莫武的消息，會是從報紙上看見他坐牢的事。

沈德文和莫武緊緊地抱了好一會才分開，他們看向彼此，都有著說不出的激動和感慨。

「恭喜你結婚啊！」莫武說。

「謝了，你們還沒入座吧？來，我帶你們進去。」離喜宴開始還有一段時間，沈德文親自將莫武帶到離主桌最近的親友桌，說：「你們坐這裡，離爺爺近點。」

莫武這時才注意到，主桌那早已坐著一個老人家，旁邊還有一個外籍看護正在照顧他。

「阿公，」沈德文走到爺爺面前，放大聲音說：「你看，誰來了？」

爺爺抬起滿是皺褶的眼皮，看著眼前的年輕人，許久後才問：「誰啊？」

「莫武啦，我國中同學，常常來找你玩，你記得嗎？」沈德文頓了一下，又說：「就你常常在念的那個啊！」

爺爺盯著莫武，想從他現在的五官中，尋找當年的模樣。

過了一會，爺爺的眼睛慢慢地睜大，泛滿淚光，顫顫巍巍地伸手拉著莫武。

「莫武啊……」爺爺用著低啞的聲音喊著。

「對，阿公，我莫武啦……」一想到爺爺這些年來還惦記著自己，莫武的眼眶也漸漸紅了。

唐奕生拉了張椅子，讓莫武能坐下和爺爺聊天。

爺爺摸了摸莫武的手，又摸了摸莫武的臉，一臉懷念，「你去哪啦？都沒有來給阿公看看？」

「對不起啦……」莫武擦了擦眼淚，對著爺爺又哭又笑。

沈德文看著看著，也紅了眼眶，這些年來，爺爺一直想念著莫武，從報紙上看到莫武坐牢的消息後，他消沉了很久，總是說「不可能，那孩子不可能做那樣的事」。沈德文也覺得不可能，但新聞擺在眼前，總不會是造假的，莫武確實因傷人而入獄。

莫武入獄後，爺爺也慢慢地不再提起莫武的事。沈德文原本以爲爺爺已經忘了莫武，直到爺爺年事漸高，患上失智症後，又開始頻繁地提起莫武。

因爲失智症的緣故，近期的事爺爺都不記得了，只記得以前的事，其中說得最多的就是莫武的事。沈德文這才知道，爺爺並沒有忘了莫武，他只是因當時幫不上忙而自責、愧疚，才漸漸地不再提起莫武。

沈德文也和爺爺一樣，對莫武有種說不上的愧疚，莫武明明是爺爺的恩人，也是他當年最好的朋友，他卻在莫武出事時，一點忙也幫不上，甚至有那麼一瞬間，冒出了和莫武撇清關係的想法。

幸好他終究還是找回了莫武，拾起曾經的關係，讓爺爺不再遺憾。

身為今天的主角，沈德文有太多的事要忙，很快地就有人來叫他。

「你們陪爺爺聊一下。」沈德文指了指外面。

唐奕生點頭回應。

沈德文離開後，莫武和爺爺說了許多話，他問了爺爺的身體狀況，和爺爺聊了工作上的事和近況，只是省略了坐牢的事。

爺爺看起來很高興，一直咧嘴笑著。

婚宴開始後，莫武站到一群伴郎裡，為新郎新娘開場。為了讓自己看上去不那麼突兀，他特地丟下拐杖，強撐著尚未痊癒的腳，走完進場的那一小段路。

沈德文和他美麗的新娘跟在他們之後，慢慢地走進來，成了全場祝福的焦點。

他們走上台接受大家的祝賀，然後切蛋糕，倒香檳塔，完成婚禮儀式。

他們看起來是那樣快樂和幸福，看得莫武心生羨慕。

喜宴結束之後，莫武等賓客散得差不多了，才向爺爺道別。

爺爺很捨不得，拉著莫武的手不放。

「阿公，我會再找時間來看你啦！」莫武也很捨不得，但他和唐奕生待會要搭火車回去，還得算好時間。

「好、好……莫武啊……你什麼時候要結婚啊？」

莫武愣了一下，下意識看向唐奕生，唐奕生此時正被女方的親友包圍著，她們大概是很意外新郎的親友裡居然有這麼優質的對象，紛紛過來打聽消息。

爺爺見莫武遲遲沒有回答，順著莫武的目光看過去，問：「你在看什麼？」

「喔……沒有啦！」莫武遲疑了一下，指著唐奕生的方向說：「我朋友啦。」

唐奕生沒聽見莫武和爺爺的對話，看見莫武在指他，馬上甩開包圍他的人，走了過來。

爺爺的目光在唐奕生身上打量了一下，用台語稱讚道：「伊眞緣投。」

「對啊。」

唐奕生台語不太好，向莫武投去疑惑的目光。

「阿公說你很帥啦！」莫武小小聲地說。

唐奕生恍然大悟，對爺爺說：「謝謝。」

「你們兩個要好好在一起。」爺爺看著他們說。

明明知道爺爺指的應該是朋友間的好好在一起，但莫武聽了之後，臉還是紅了，忍不住以爲爺爺看出了什麼。

莫武不知道唐奕生有沒有聽懂爺爺的意思，只見對方居然還對著爺爺點頭，說：「會的。」

和爺爺道別後，莫武便要和唐奕生一起離開，此時忽然有人從他們後面喊了一聲：「武哥！」

莫武停下腳步回頭看，一個穿著白色廚師服，圓圓胖胖的青年跑了過來。

「武哥，好久不見！」

「余鵬？」莫武驚喜地道。余鵬除了個子長高了點，身材更圓胖了之外，長相還是和小時候一樣，讓人一眼就認了出來。

「我聽阿文說你來了，所以一忙完就出來找你，你怎麼這麼快就要走了？」余鵬的小眼睛裡盈滿了淚光，和國中時一樣，還是那樣憨直。

國中時，余鵬就因爲不夠聰明，常常被人欺負，直到他認識了莫武，有了莫武這個靠山後，才不再被人嘲笑、霸凌。

後來他因爲和莫武就讀不同高中而失去聯絡，還爲此難過了很久。

「我還要趕火車回去。」莫武解釋。

「武哥，」沈德文追了出來，「不多留一會嗎？今天太忙，都沒時間好好跟你說話……」

莫武爲難地看向唐奕生。

「沒關係，我們可以坐下一班車，我到旁邊等你們。」唐奕生指著手錶，貼心地說。他知道他們那麼久沒見，一定有很多話要說，而自己從以前就和他們格格不入，現在也沒想要打擾他們敘舊。

「啊，你是資優生？」余鵬現在才看到唐奕生，「你怎麼還黏著武哥啊？」

這句抱怨令眾人失笑，不約而同地想起國中的時光。

「就是，明明武哥是大家的，偏偏資優生來了之後都被他給占走。」沈德文也開玩笑地抱怨著。

唐奕生面露得意地笑了笑，然後指了指不遠處的角落，主動走了過去，把空間留給要敘舊的三個人。

「你們太誇張了……」莫武搖頭，笑著說。

「我說眞的，當年你被他纏著的時候，要跟你說句話還會被他瞪呢！」沈德文說。

「哪有這種事？」莫武驚訝道。

余鵬在旁邊狂點頭附和。

「就你不知道，我們幾個人都超不爽的，明明他才是後到的那個，憑什麼整天霸占著你不放？」說起往事，沈德文一臉懷念。

「難怪你們那時候那麼排斥唐奕生。」莫武沒想過會是因爲他的關係，還以爲是南棟和北棟不合的緣故。

「後來他不是還找你念書，我們都在說他對你別有用心，沒想到你們還眞的在一起了。」沈德文感慨地說。

莫武愣了一下後，連忙否認：「什麼在一起？我們不是那種關係！」

「你們不是住在一起嗎？」沈德文問道。

「對，但……」但不是那種關係。莫武想否認，卻又說不清楚，是喜歡但又不是在交往，是彼此依賴但又不是有承諾的那種關係。

好像怎麼說都很奇怪？他和唐奕生自然而然就成了如今這個樣子，他不敢，也覺得自己沒有資格向唐奕生要承諾。他貪戀在唐奕生身邊的日子，想就這麼一直過下去。

沈德文以爲莫武不承認是因爲有所顧慮，便道：「放心啦，我對那種事沒有偏見，或許一開始覺得有點奇怪，不過當年唐奕生都敢向家裡出櫃了，我就覺得他對你應該是眞心的……」

「你說什麼？出櫃？唐奕生？」莫武嚇得瞪大了眼睛，他怎麼完全不知道有這件事？

沈德文和余鵬對視了一眼，很意外莫武竟然不知道這件事。

「對。」沈德文認眞地點了點頭說：「他向家裡出櫃，鬧得滿大的，整個鎭上都知道這件事……」

十幾年前，社會風氣還沒那麼開放，保守的小鎭上出現了同志，是多麼令人震驚的事。唐奕生的外祖父家是知名的望族，一舉一動都受人關注，因此唐奕生出櫃的事才會鬧得人盡皆知。

「因爲這樣，他和他媽媽都斷絕關係好多年了。」

「我父母也說，資優生就是因爲當同志才考不上醫學系的……」

沈德文瞪了余鵬一眼，讓他趕緊把嘴巴閉上，自己緩頰道：「唐奕生不是考不上，聽說是他後來更改志願，改考文組了……」

莫武驚訝得合不攏嘴，唐奕生從沒和他說過這些事。

莫武剛出獄時，曾經懷疑唐奕生是因爲家裡出了狀況，才不得不搬出來獨立生活。他也曾問過唐奕生，是不是出了什麼事，但總被對方巧妙地帶過。後來他想，如果這件事眞的讓唐奕生如此難以啟齒的話，那麼他也不是非得打破砂鍋問到底。

而且在唐奕生休學那年，他也回去向家裡求助了，所以莫武根本沒想到，唐奕生竟和他媽媽斷絕關係。

「爲、爲什麼他要這樣做？爲什麼他要出櫃？」莫武不敢置信，連聲音都在顫抖。

「不是因爲你嗎？」沈德文問道。

因爲他嗎？

莫武不由得想到入獄前，和唐奕生相處的那幾個月。

那可能是他人生中最接近唐奕生的時候，並不是指身心的接近，而是指身分、地位上的接近。

那個時候他的人生還沒染上污點，還有機會可以追上唐奕生……

✦

自從那次在唐奕生房間裡有了第一次親密接觸後，正值青春期、性慾旺盛的他們便食髓知味，一逮著機會就在房間裡互相撫摸彼此。

他們也曾想要更進一步，但由於知識和事前準備不足，差點搞成命案現場，之後兩人便不再試過。

年輕的男生們對於性愛的好奇總在談情說愛之前，所以他們誰也沒去談論愛不愛的問題，只是一味地追求性愛帶來的快感，從未想過該如何定義他們現在的關係，更沒想過被人發現的後果。

某個周末，莫武在唐奕生家裡撞見馮心薇。

好強的馮心薇自從離婚後，便一心一意接手她父親留下的理事位置，她必須做好這份工作，拉攏更多的人，如此一來，將來她才能讓唐奕生接管醫院，成爲院長。她絕不讓唐元實外面那個女人的兒子，搶走唐奕生本該有的東西。

因此她平日除了上班之外，假日也必須和許多重要人物往來、應酬。所以莫武來唐奕生家那麼多次，直到現在才第一次在家裡遇見馮心薇。

馮心薇和唐奕生長得很像，兩人都有著一張非常精緻漂亮的臉，差別在於馮心薇的五官較爲柔和，而唐奕生較爲銳利。

馮心薇看見莫武時也愣了一下，雖然她早已從幫傭口中聽說唐奕生最近常常帶某位同學回家，但她沒想到那位同學會是染著一頭金髮，長得一副流氓樣的人。

「這是誰？」馮心薇打量著莫武，不太客氣地問。

「我同學。」唐奕生回答。他看見馮心薇在家裡時也是嚇了一跳，但很快就恢復冷靜。

「不像是念一中的，是你在哪裡認識的同學？」馮心薇問。

「我國中同學。」

莫武嘴唇緊閉，身體僵硬地向馮心薇點了點頭。

她看過來的眼神，莫武再熟悉不過。從小到大，他在很多大人的眼中都見過這樣的眼神，輕蔑、嫌惡……

尤其是在同學的父母，看見自己的小孩和他往來時，看向他的目光，便多了一絲審查的意思，像是在評估他這個人有沒有資格和他們的小孩來往。

而往往在那之後，那些本來還願意和他在一起的同學們，最後都承受不住父母的壓力，漸漸遠離他。

所以莫武一直很抗拒大人們的那種眼神，總是忍不住下意識地反抗。

但眼前的人是唐奕生的媽媽，莫武不想被他的媽媽討厭，繼而反對唐奕生和他來往，所以明知馮心薇用不友善的眼神打量他，他還是忍了下來，沒有當場離開。

馮心薇微微頷首，回應莫武，隨即看向唐奕生，「我怎麼不知道你國中有這樣的同學？」她話中帶刺地問，同時想起唐奕生國中時曾有過一段特別叛逆的時期，當時唐奕生不但蹺課，還學了抽菸，結果把自己搞到氣喘發作住院。

馮心薇從校方的口中得知是學校裡的不良少年給唐奕生菸後，便向學校施壓，要求嚴懲不良少年，讓唐奕生能遠離不良少年。

現在看著明顯一副流氓樣的莫武，她直覺當年的不良少年可能就是他。

「他跟我不同班。」唐奕生自然感受到了馮心薇對莫武的不滿，也看見了莫武的不自在，於是主動往前擋住馮心薇的目光。

聽見唐奕生的回答後，馮心薇更加確定莫武就是當年糾纏唐奕生的不良少年，口氣越發嫌惡地說：「那你們怎麼會在一起？」

「因爲我們等一下要一起念書，有什麼不對嗎？」唐奕生答道。

「他會需要念書嗎？」馮心薇諷刺道。

「媽！」唐奕生皺眉。

馮心薇抿了抿嘴，知道自己失言了，但她實在克制不住，她相信任何父母看見不良少年和自己的孩子站在一起，沒有人會不擔心。

馮心薇沒有傻到當場和唐奕生起衝突，她知道他的脾氣和唐元實一樣吃軟不吃硬，如果她現在趕走莫武的話，唐奕生定然也會跟著離開。

所以她按捺自己的脾氣，告訴自己不可以衝動，要趕走那樣的不良少年，多的是方法。

「好吧，所以你們今天會在房間裡念書嗎？」她平復了情緒後問道。

「如果妳在家，那我就跟他出去了。」唐奕生回答。他不可能在明知馮心薇對莫武沒有好感的情況下，還讓他們待在同一個屋簷下。何況以他和莫武如今的關係，待在房間裡不可能安分得下來，當然只能選擇出門。

「你們要去哪裡？」馮心薇從唐奕生的態度中嗅出一絲不對勁，立即警覺地問。

「沒去哪，就到處逛一逛。」唐奕生聳肩，他其實還沒想好要去哪裡。

「你不是快考試了嗎？跟他在一起能念得下書嗎？」馮心薇剛忍下的脾氣又快冒了出來。

「就算要考試了，我也不可能一直念書吧？而且在這件事上，我什麼時候讓妳失望了？」

唐奕生知道馮心薇一直害怕他會輸給爸爸外面的兒子，尤其在聽說那女人的兒子考上醫學系後，馮心薇整個人就像走火入魔一般，嚴格地督促他的功課，不容許他有一絲落後。

幸好唐奕生本就天資過人，總能輕鬆達到馮心薇的要求，也因此他們之間不至於爆發嚴重的衝突。

馮心薇盯著唐奕生好一會，唐奕生雖然長得像她，但個性卻和唐元實一樣，冷靜聰明，對她也從不像一般孩子對父母那樣款語溫言，總是有些針鋒相對，甚至是過於冷酷。

她以為唐奕生對任何人都一樣冷冷的，直到她看見唐奕生將莫武護在身後的舉動，還有那維護莫武的話語，種種跡象就像是引線般，預告將來可能的爆炸，令馮心薇感到微微的不安。

馮心薇欲言又止，斟酌過後，決定先按兵不動，改口道：「是，你的確沒有，但也別太晚回來，畢竟還有一年就要大考了，一點都不能掉以輕心。」

得到馮心薇的首肯，唐奕生在心裡鬆了口氣，態度放軟地回道：「我知道。」

馮心薇看著唐奕生拉著莫武的手離開，眼神漸漸沉了下來。

莫武後來仍像往常一樣，常跑到唐奕生家裡，那次之後，他便沒有再見到馮心薇過，這讓他鬆了口氣。他很不喜歡馮心薇打量他的眼神，那眼神會讓他深刻意識到，自己和唐奕生是不同世界的人。

可即使如此，莫武還是貪戀著和唐奕生的每一次見面，每一次肌膚之親。他想，馮心薇雖然不喜歡他，但也沒阻止他和唐奕生見面，這或許代表她能接受他和唐奕生當朋友？

兩個星期後的某個平日，莫武打工的電子遊藝場遭警察臨檢，莫武閃避不及，被警察發現未成年打工，害力哥被罰了一筆錢，莫武也因此丟了工作。

唐奕生是在周末看見莫武的傷時，才知道這件事。

「那你之後怎麼辦？總不會又要去騙女孩子到酒店上班吧？」唐奕生拿著藥膏，熟練地幫莫武擦藥。莫武在遊藝場工作，偶爾會被客人弄傷，所以唐奕生已習慣在房間備著醫藥箱，隨時幫莫武上藥。

「還不知道……」

莫武身上的傷口很多，面積也不小，都是那天躲避警察時不愼留下的，但莫武現下心裡有更擔心的事，對於這些傷口視若無睹。

會在力哥的店裡工作，除了是幫忙力哥外，也是因爲他需要錢來應付學費以外的開銷，其他地方的薪水都沒有力哥給的多，現在沒了這份工作，讓莫武很是擔心。

總不好意思連日常開銷的錢都跟力哥要吧？

唐奕生爲莫武上好藥，收拾好東西後，又說：「不然你每個月需要多少錢，我拿錢給你？」

為了顧及莫武的自尊心，唐奕生本來沒打算做到這種程度，但他實在不想看見莫武又回頭去做那樣違背良心的工作。

力哥讓莫武住在他家，幫莫武出學費，其實都是因爲他想將勢力拓展到校園，可如今莫武既不願幫力哥帶藥進校園，又不願介紹女學生到酒店工作，唯一能打工的地點又被警察查到了，處境實在危險。

莫武一聽到唐奕生的提議，瘋狂地搖頭拒絕：「我怎麼可以拿你的錢！」

「不然你每個月的生活費要怎麼辦？這種時候讓我幫你有什麼關係？」即使早有預期莫武會拒絕，但唐奕生還是不太高興。這種時候就不能放下自尊心，接受他的幫助嗎？而且爲什麼力哥幫他就可以，他幫他就不行？

「但我不想拿你的錢！」莫武不希望他和唐奕生的關係變質，更不想在唐奕生面前變得卑微可憐，所以拒絕了唐奕生的幫助，只說：「我會自己想辦法。」

可事實上，除了去求力哥之外，他也眞的無法可想。

「你哪有什麼好辦法！你只是跟著力哥一次又一次遊走在法律邊緣，難道你以後眞的想成爲像力哥那樣的人嗎？」

這是唐奕生和莫武一直都不願碰觸的話題，但唐奕生今天不知怎地就提出來了，讓莫武感到既驚訝又受傷。

「我不會，等我還完力哥的人情後，我就會離開了，我也不想加入黑道啊！」莫武頸側的青筋清晰可見，像是在拚命地表明自己的決心一樣。

「你說你不想，但你現在就是離不開啊！你能保證還完人情後，力哥就會放你離開了嗎？」唐奕生生氣地道：「乾脆趁這個機會遠離力哥不就好了？」

「力哥的遊藝場才剛因爲我的關係被警察開罰，我怎麼能在這時候離開？」

撇開介紹女生和帶藥的事，力哥算是對他最慷慨的人，在他小的時候幫他躲過父親的酒後暴力，在他遭受姑姑不當對待時，讓他有個避風港可以去，現在更是提供他學業和生活上的幫助，這要莫武怎能在此時忘恩負義，斷然離去？

「你現在不離開，以後就更離不開了，難道你真的要等到犯法被抓了之後，才來後悔嗎？」

「我不會去做眞的違法的事！」莫武吼道。

「最好是！沒聽說過近墨者黑嗎？」

「你認識我的時候我就在力哥那裡了，我因此加入黑道了嗎？我也有努力想變好啊！」

那一天，莫武和唐奕生都堅持己見，最後只好不歡而散。

兩人吵完架的隔一周，莫武沒有去找唐奕生，因爲他打工的事還沒解決，不想和唐奕生見面後，又爲了這件事吵架。

力哥那邊最近風聲鶴唳，名下經營的店家都被警察盯上，讓他最近的心情很不好。某天他帶著一眾兄弟，一回家就開罵：「恁娘，那些條子明明都打點好了，現在又翻臉不認帳！幹！要是讓我知道是誰在背後指使，我一定給他好看！」

「一定是阿強那邊的人啦，他們最近在同條街上開了酒店，所以才叫條子找我們麻煩，好把客人都拉到他們那邊去！」

「幹，阿強那邊的都不是好東西，出這種下三濫的手段！」

那天晚上，力哥和他身邊的小弟們在家裡一邊喝酒一邊商討最近發生的事，力哥愈講愈生氣，啤酒一罐接一罐，身旁的小弟忙著安撫力哥，並出些主意給力哥。

這種場面沒有莫武的事，他還不夠格在力哥身邊說話，只是幫忙拿啤酒和小菜，默默收拾髒亂的環境。

曹思康悄悄湊了上來，在莫武耳邊說：「阿強那些人手段眞賤，居然找條子幫忙。欸，武哥，你想他們都不講道義了，那我們也不用跟他們客氣，我們去把他們那邊的女人都挖過來我們這邊上班，你說怎麼樣？」

莫武瞪了曹思康一眼，小聲地罵道：「你別惹麻煩，惹到阿強那邊的人不是開玩笑的！」

「是他們先不講道義的！我們只不過以牙還牙而已！」曹思康聳肩。

「力哥沒說要這樣做，你就別亂來！」莫武更大聲地吼，他是眞的擔心曹思康惹上麻煩。從小到大，他不知道幫曹思康收拾了多少次殘局。

曹思康的媽媽對他很好，再加上曹思康是他認識很久的朋友，所以即使對方給他惹了無數次麻煩，害他被冠上打架、偷竊等罪名，他還是無法拋下曹思康不管。

或許是因爲每次總有人替曹思康收拾殘局，養成了他天不怕，地不怕的性格，對於莫武的警告，曹思康只是聳聳肩，賊賊地轉了下眼睛。

「眞的，你別亂來。」莫武無奈地看著曹思康，不知道他究竟有沒有聽進去。

又過了一個周末，莫武才和唐奕生見面。

唐奕生這時已沒那麼生氣了，他站在家門口瞪著姍姍來遲的莫武，不滿地碎念：

「吵一次架就一個禮拜不聯絡，多吵幾次，你豈不是要封鎖我了？」

莫武無奈地笑了一下，工作的事勉強算是解決了，他被帶進力哥的酒店裡打雜，因爲不是外場所以不至於太顯眼，而且他下個月就滿十八了，只要小心點撐到那個時候，就算被警察查到也不會出問題。

這些事他都透過電話跟唐奕生說過了，所以這個周末他才來見唐奕生。

一個多禮拜沒見，唐奕生迫不及待地將莫武拉進房間，像是要將人生吞活剝般地按在牆上親吻。

累積了一個多星期的慾望像充滿氣的氣球，一觸即爆。唐奕生一邊親吻莫武一邊拉扯他的褲子，將他灼熱的性器和自己的貼在一起，溼熱的氣息在彼此之間交纏。

唐奕生想，自己眞的是離不開莫武了！

沒想到沸騰的慾望還沒得到宣洩，要命的敲門聲便先響起。

唐奕生和莫武錯愕地對看了一眼。

唐奕生都會和幫傭說不要靠近房間，那麼此刻敲得又急又響的人是誰？

他們心裡很快浮出了相同的人影，頓時滅了滿身的慾望，慌忙地穿好衣服。

打開門後，兩人迎上的是馮心薇難看又陰沉的表情。

「你們在房間裡幹什麼？」馮心薇銳利的眼神在兩人之間來來回回地審視，有股山雨欲來之勢，令兩人不禁一陣心慌意亂。

「沒幹麼，準備念書而已。」馮心薇出現得太突然，連唐奕生也不免惶然，隨口扯的謊更是爛到叫人一眼就看穿。

馮心薇的眼神掃到空無一物的桌上，又看了眼尚未打開的書包，冷冷笑了一聲。那一笑令兩人更加心虛，冷汗不止。

爲了壓下心裡的惶恐，唐奕生先開了口：「媽，妳來我房間做什麼？」

馮心薇用鄙夷的眼神看向莫武，使莫武心跳亂了一拍。

第一次見面時那種強烈不舒服的感覺再次湧了上來，莫武默默握起拳頭，垂下眼避開他媽媽的視線，並告訴自己那是唐奕生的媽媽，要忍耐。

卻不料他的舉動在馮心薇眼裡，是作賊心虛的表現。

「阿姨跟我說最近家裡丟了很多東西，我剛剛放在客廳裡的一副珍珠耳環不見了，我們家平常也沒外人出入，所以我就想來問問你朋友……」馮心薇盯著莫武，想表達的意思不言而喻。

「這跟莫武有什麼關係？」唐奕生覺得荒謬，睜大眼睛看著馮心薇。

「我也不想懷疑他，但是最近在我們家進出的外人也只有他。」馮心薇語調緩慢，像條毒蛇步步逼近。「我聽收養他的姑姑說，他上高中後就沒回家了，和一群混黑道的人在一起，還聽說他從以前就常常偷竊、說謊，在學校也有一堆不良紀錄，你怎麼會把這樣子的人帶進我們家裡面？」

「妳別聽他姑姑亂說，明明是他姑姑不願照顧他，把他趕出去的！怎麼會是他的錯？還有妳聽說的那些事，很多都是被栽贓的，根本不是他的問題，妳怎麼能聽信那些謠言，斷定家裡的東西是他拿的？」

唐奕生氣急敗壞地駁斥，馮心薇所說的那些傳言，他當然也都聽說了，但他沒有特別在意，因爲從他眼裡看見的莫武，一直都是正直善良的。

他忘了，不是所有人都能跟他一樣，看到莫武的好。

「他姑姑怎麼說也是他的親人，怎麼可能會栽贓他？想也知道一定是他做了什麼，才會讓至親之人也無法包庇他。而且你也不否認他和黑道的人混在一起吧？那些都是怎樣的人你會不知道嗎？你怎麼敢確定家裡不見的那些東西和他無關，說不定他受到黑道的那些人指使，所以偷拿我們家的東西！」

「他都和我在一起，怎麼可能有時間偷東西？」唐奕生說。他就知道馮心薇一定會拿莫武和黑道在一起的事大做文章，所以才希望莫武能早點脫離黑道。這下子莫武肯定難以擺脫嫌疑。

「你們都在一起做什麼？念書？」馮心薇冷冷地哼了聲，「他那個樣子要念什麼書？虧你那麼聰明，難道你就沒想過，他每個周末都來找你是別有用心嗎？」

唐奕生一時被堵到說不出話來。他們每個周末在一起當然不只是爲了念書，但他又不可能跟馮心薇說實話，只好說：「莫武不可能會拿妳的東西！我相信他！」

「他有沒有拿，現在打開他的書包看看不就知道了？」馮心薇用手指了指莫武的書包，眼神裡有股勢在必得的自信，但唐奕生心裡慌亂，一時沒有察覺。

「好啊，武哥，讓我媽看你的書包，這樣她就知道你沒有拿她的東西了！」唐奕生看向莫武，一心只想證明莫武的清白。

莫武擺了一張鐵青的臉，雙唇緊緊閉著，一言不發。

又來了！這套路他太熟悉了！不管他的書包裡有沒有東西，那些大人還是會一口咬定是他幹的，任憑他怎麼說都沒用。

他知道他們這麼做的目的只有一個，就是給他冠上一個罪名，這樣他們就可以理所當然地對他做任何事。

小的時候，老闆說他會偷東西，所以禁止他進店裡，想買東西只能站在店的外頭，等老闆心情好再賣給他。

當他還是小學生的時候，同學的父母說他會打人，接著理所當然地禁止自己的孩子和他來往。

升上國中後，姑姑更是時常給他安上一連串的罪名，說他不學好，禁止他回家，禁止他吃飯，禁止他擁有一切私人物品，所以他最後才會受不了，逃到力哥家。

從小到大，幾乎沒有人會相信他的話，因爲在他們眼中，他就是那樣的壞孩子。當他們以正義爲名，站在道德的制高點上，剝奪他的一切權利時，也奪去了他爲自己說話的聲音。

莫武以爲離開姑姑家後，他不會再遇到這種事，沒想到唐奕生的媽媽也和其他大人一樣，想用這種手段禁止他和唐奕生來往。原來她也和其他大人一樣討厭他，他當初怎麼會有那麼一點點的妄想，覺得唐奕生的媽媽有可能接受他？

「武哥？」

唐奕生見莫武不說話，便心急地越過他，拿起他的書包想要打開，卻沒想到這一個舉動激怒了莫武。

莫武從唐奕生手中搶過書包，用盡全身的力氣吼道：「不要動我東西！」

唐奕生整個身體被嚇得定住，莫武從沒對他那麼凶過。

莫武猛喘著氣，將書包抱在胸前，像是在保護他胸口裡最脆弱的東西。

唐奕生錯愕不已，見莫武此刻像被激怒的野獸，只能小心翼翼地對他說：「我只是想證明給我媽看，你沒拿任何東西，只是這樣而已……」

對從沒被汙衊、栽贓過的唐奕生而言，他的想法很簡單，他確信莫武絕對沒有偷竊，所以他現在只要打開書包，好好澄清就好。

但對莫武而言，他太清楚打開書包後會發生什麼事，不管有沒有找到東西，他們都會一口咬定就是他拿走的，然後找出各種天馬行空的理由來說服別人。

因為他們打從心底這麼認定，所以和他們辨解得愈多，只會得到更多的羞辱。

何況唐奕生要打開他書包的舉動本身，就已經是在懷疑他了。

莫武將書包死死地抓著，像堅守著最後一道底線般，眼神充滿憤怒，惡狠狠地瞪著唐奕生。在看到唐奕生疑似要伸手搶他的書包時，莫武先一步拍開他的手，然後轉過身，一把推開擋在門口的馮心薇，衝了出去。

「啊——」馮心薇嬌小柔弱，禁不起莫武猛推的力道，尖叫一聲後跌倒在地板上，痛得眼淚在眼眶裡打轉。

唐奕生嚇了一跳，趕緊到馮心薇身邊將她扶起，並檢查她受傷的情況。

莫武其實在推倒馮心薇的那一刻就後悔了，他在距離馮心薇兩三步遠的地方停下腳步，擔心地回頭看著唐奕生和馮心薇。

莫武的唇歙張著，似乎想說什麼，然而他還沒發出聲音，就先聽到唐奕生的喝斥聲，「莫武，你幹麼推我媽！」

他看見唐奕生眼裡的責怪和不諒解，心裡像被撕裂般地疼痛。他很想向他解釋說他不是故意的，但他說的話會有人相信嗎？

他回想著和唐奕生重逢以來的美好，他覺得自己正在變好，正慢慢地向唐奕生靠近，但到了最後，他還是搞砸了一切……

莫武看了唐奕生一眼，最終仍是一句解釋或道歉都說不出口，轉頭離去。

第六章

婚禮結束後，他們坐上火車回家，莫武一直在腦中想著沈德文說的話，他說唐奕生是因爲他才跟家裡出櫃的，甚至因爲出櫃而和家裡斷絕關係。

但爲什麼？爲什麼唐奕生要這樣做？

他媽媽不喜歡他，因此那時故意栽贓他，想要唐奕生和他不再往來，而他也如她所願不再和唐奕生聯絡，封鎖了唐奕生的電話，也沒有與他見面，直到他出事的那天……

莫武一路上都安靜地在回想那段時間發生的事，直到唐奕生輕輕地握住他的手，將他從回憶裡拉出。

莫武抬頭看向唐奕生，對方正用溫柔不過的眼神注視他，「武哥，在想什麼？」

「在想……」莫武不敵那溫柔的目光，將沈德文跟他說過的話全盤托出，最後問道：「斷絕關係這麼重要的事，你爲什麼都不跟我說？」

唐奕生的眼神閃了下，微微避開莫武的視線。他知道只要回家鄉，莫武就會知道這件事，畢竟這在當時被人傳得沸沸揚揚，沈德文他們不會沒聽說，所以對於莫武問的問題，唐奕生其實早有心理準備。

只是……該怎麼說呢？唐奕生習慣性地抬手碰觸嘴唇，沒有馬上回答莫武的問題，而是陷入了回憶中。

✦

自從那天被馮心薇撞見他帶莫武回家之後，唐奕生就感覺馮心薇的態度和行爲變得很反常。先是她晚上回家的次數變多了，接著是她開始關心他在班上的交友情況，並有意無意地談論謹慎交友的重要。

「人脈很重要，認識好的人可以讓你在事業上事半功倍，這也是爲什麼很多人擠破頭都想念一中，你身邊的同學，將來可能都是各個領域上的人才，你應該趁現在多和他們往來……」

馮心薇本來就會對他講一些大道理，尤其是當她期望他去做某件事的時候，她會不停地遊說他，並在最後加上一句「我沒有逼你一定要這麼做，我都是爲你好才這樣說的」。

唐奕生很早就知道，馮心薇是個不達目的不罷休的人，她總是期望他能照著她的想法做事，而這個情況在她和唐元實離婚後變得更加嚴重。

大多時候，儘管心中有許多不滿，唐奕生還是會滿足馮心薇的期待，一方面是因爲馮心薇是他的母親，另一方面，是因爲他同情馮心薇被利用、被拋棄的遭遇。

然而這次，唐奕生卻不想理會馮心薇所說的話。他知道，馮心薇會開始講起交友、人脈、社交，無非就是因爲她看不起莫武的出身，想要他和莫武斷絕往來。但他好不容易才和莫武重新聯絡上，怎麼能因爲馮心薇不喜歡莫武而放棄？

在他眼裡莫武是個單純善良的好人，所以唐奕生天眞地認爲，只要消除馮心薇對莫武的偏見，馮心薇就會接受他。

這也是爲什麼在莫武沒工作的時候，唐奕生會希望他能藉機脫離力哥的幫助。唯有莫武離開力哥他們，才有可能讓馮心薇對他改觀。

但那明明就是不可能的事。

如果莫武眞的離開力哥的庇護，光是住處就是一大問題，他能住哪裡？學費怎麼辦？生活費又該怎麼辦？他能爲莫武解決這些問題嗎？

他其實也只是個出一張嘴的人，到頭來，莫武還是得一個人面對所有的問題。

他太急著想要得到馮心薇的認可，以至於完全沒站在莫武的立場替他著想。

當莫武眞的氣到一個多禮拜沒和他聯絡時，他便忍不住主動發訊息給他，要和他見面。幸好莫武氣消了，他告訴他，他找到另一份工作了，是力哥經營的酒店。

雖然酒店裡人多手雜，但目前也沒有其他辦法了。莫武說，最近警察查力哥的店查得很緊，酒店這裡警察比較不敢動，在這裡會比其他地方安全，而且他很快就要滿十八歲了，等在力哥這裡存夠錢，他就可以搬出去住，找份正當的工作，慢慢脫離力哥的掌控。

唐奕生雖不滿意，但看在莫武有心想脫離黑道的模樣，勉強接受了莫武的作法。

回想起來，他的想法天眞又不切實際。或許是因爲從小就天賦過人，又生在富裕的家庭裡，他想做什麼、想要什麼都能輕易得到，於是就以爲這世界是繞著他運轉的，沒有他做不到的事，就連得到莫武的喜歡也是輕而易舉，他不需要多做什麼，就能仗著莫武對他的喜歡，要求莫武滿足他的期待。

他理所當然地認爲，莫武會一直喜歡他。

直到馮心薇闖進他的房間，汙衊莫武偷竊的那一天，他才明白，不是所有事都如他所想的簡單。

在他眼裡這只是一場誤會，好好解釋就好了，但他不知道這對莫武而言，並不只是單純的誤會而已。

他明明聽莫武說過許多從小到大的事，知道他如何被人誤解，又如何因爲那些誤解而和人產生衝突。最後那些誤解愈滾愈大，他成了別人眼中最凶惡的不良少年。

唐奕生聽了，卻從來沒有認眞地同理過他。他太自大，輕易地以自己的想法下判斷。如果事發的當下，他能多站在莫武的角度思考，冷靜想想爲什麼馮心薇會突然質疑莫武，那麼後來的結果會不會不一樣？

但他沒辦法知道了。

當他看見莫武氣憤地推倒馮心薇時，他整個人都懵了。他從沒看過那麼激動的莫武，也不明白莫武的情緒從何而來。

他當下只顧著生氣，他不懂爲何莫武不能冷靜下來好好解釋。害馮心薇受傷，只會讓馮心薇對他有更深的敵意，所以他直接罵了莫武。

可是他很快就後悔了，而且是非常非常後悔。

因爲他從莫武的表情裡看見了悲傷與絕望，和國中因誤會而被記過的那次一樣。莫武露出一副被世界遺棄的模樣，滿腹的委屈被他硬生生地吞下，哀傷的眼神像是在控訴這個總是誤解他的世界。

莫武轉身就跑了，一句話也沒留下。唐奕生想追，但馮心薇還拉著他。等他把馮心薇扶好後再追上去時，已經來不及了，他連他去了哪裡都不知道。

回到家後，唐奕生聽見馮心薇不斷地數落莫武，她說：「那個人眞是太可怕了，作賊心虛還敢打人……」

「東西不是他拿的！他不是賊，他也沒有心虛！」唐奕生生氣地反駁。莫武分明才是受了委屈的人，而他卻沒有站在他那邊。

唐奕生感到自責後悔，他明明想保護莫武，不讓莫武露出絕望、放棄的神情，可他還是失敗了。

他想跟莫武好好解釋，可是那天之後，莫武卻封鎖了他。

他去力哥那裡找莫武，但沒有莫武在，他根本無法踏進力哥的住所，因此他只能每天焦急又無力地傳訊息給莫武，儘管對方根本不會去看訊息。

那幾天唐奕生過得心力交悴，他很想找莫武，想跟他說，那天他不是故意罵他的，也沒有懷疑他，但莫武完全不見他，也不和他聯絡，就像剛上高中那一年一樣，消失得一點消息也沒有。

唐奕生覺得這一次的分離，比高一的時候還要加倍痛苦。

愧疚和思念像螞蟻一樣啃蝕他的心，讓他日夜難安。他試著去莫武的學校堵人，但學校太大，他根本碰不到他。他到了兩人曾一起去過的地方，但自從他們沒見面後，莫武似乎也不再去那些地方了。

這段時間馮心薇的心情非常好，莫武那天用力一推，害她的手扭傷了，但她現在卻沒有絲毫不悅，反而十分愉快。

只是唐奕生一心要找莫武，因此根本沒發現馮心薇的不對勁。

某天，唐奕生忽然想到莫武說他晚上都在力哥的酒店後場打工，便決定要到市區那條最有名的酒店街上碰碰運氣。

那一天，本該旖旎繽紛、熱鬧繁華的酒店大街，意外地瀰漫著緊張和危險的肅殺氣息。

一大隊人馬聚在街上，身上刺龍刺虎，拿著棍棒。一個理著小平頭的壯漢帶領著他們，大搖大擺地走在街上。一些早已知情的店家連忙拉下鐵門，以免遭到波及。路邊的酒客覺得氣氛不對，紛紛走避。

唐奕生第一次在夜半時分來到這條街，氣氛雖然和他想像的不同，但由於想見到莫武的想法更為強烈，因此他忽視了心底那股異樣的感覺。

「力哥那群人破壞規矩，這次一定要給他們好看！」

「早就看他們不爽了，幹恁娘！大家好好地在這條街上做生意，一直找我們麻煩……」

「這次換我們去砸他們的店，居然敢挖我們家小姐，我呸！」

唐奕生愈聽愈覺得不對勁，這群人竟是要去砸力哥的店？莫武不是在店裡嗎？他會不會被這群人打？

唐奕生心裡又緊張又焦急，很想去找莫武通風報信，但他又不知道莫武待的酒店在哪，只能遠遠地跟著這群人走。

他想，他一定要去看一眼，確認莫武不在這場鬥毆之中後，他就離開。但他不敢想，萬一莫武眞的和這群人打起來的話，那該怎麼辦？

力哥那裡才剛聽到消息，來不及招集人手，店門口站了一些人，人數不到阿強他們的一半。力哥的人手上抓著臨時拿來的武器，有的人臉上滿是不安，有的人則有一股「大不了豁出去」的狠勁。他們用臨時抓來的棍子、椅凳敲打地面，發出鏘鏘鏘的聲音，想製造出不輸人的氣勢。

「強哥，帶那麼多人是什麼意思？」穿著一身西裝的店經理站到阿強面前，態度強硬地問。

「什麼意思？怎麼不問問你家的人是什麼意思？」阿強向後一招手，兩個小弟從後面推出一個被打得鼻青臉腫的人。

「阿康！」莫武的聲音從店經理身後傳了出來，唐奕生心臟突突地狂跳，趕忙越過人群向前看過去。

只見莫武穿著白色制服從店經理身後跑了出來，將躺在地上被打得狼狽不堪的曹思康扶了起來。

「這是你們的人吧？他不顧規矩來挖我家小姐，不要說我找你們麻煩，是你們先破壞規矩的！」

「呸！明明是你們先讓條子找我們麻煩的！」曹思康雖然被打得很慘，但一回到力哥的地盤，他就好像找回氣勢般，朝阿強吐了一口血沫。

「阿康！」莫武緊張地警告曹思康，要他別再激怒阿強。

但曹思康好像沒聽到一樣，一直瞪著阿強，不斷挑釁，「你們一群孬種打我一個，幹，等力哥來你們就死定了！」

「阿康，夠了！」莫武見阿強看向曹思康的眼神，就像是要將他碎屍萬段般，趕緊摀住他的嘴，把他拖到人群後。

「很會說嘛！看來是不打算好好講事情了！」阿強身後的手下一個個都長得凶神惡煞，不斷地吶喊叫囂。

「不然你們想怎樣？本來就是你們有錯在先！」店經理這邊的人年輕氣盛，紛紛握緊手中的武器，和阿強的人對峙叫罵，氣氛緊繃，火藥味一觸即發。

「幹恁娘！」

「打死啦！」

「給他們好看啦！」

不知道是誰先一步衝向對方，兩方人馬瞬間陷入混戰之中。

唐奕生第一次見到這種場面，有些腿軟，但又擔心莫武，於是不斷在外圍遊走，小心地尋找莫武。

很快的，他在人群中看見莫武護著曹思康打人的身影。對方人多勢眾，三個人圍著莫武猛打，莫武也毫不畏懼，快速出拳撂倒一人，讓另外兩人心生忌憚，一時不敢上前。

這時莫武餘光瞥見唐奕生，愣了一下，然而這一分心，便讓對方找到了空檔，棍棒毫不留情地往莫武身上招呼。

霎時間，唐奕生瞪大了眼睛，一腔熱血忽地湧上，他握緊拳頭什麼也沒想，直接衝進混戰之中，一拳打向正在攻擊莫武的人。

唐奕生沒打過架，出拳毫無章法，憑著一股不管不顧的氣勢和身高優勢，猛然出拳打人，倒也把對方打得一時招架不住，久久反應不過來。

「唐……唐奕生？」莫武睜圓了眼睛看唐奕生打人，好像看見了七大不可思議的奇景般，久久回不了神。

「你怎麼會在這裡？」回過神來後，莫武怔怔地問。

唐奕生握著拳頭的手還沒放下，胸口劇烈起伏，因爲第一次將人揍倒在地而感到激昂。聽見莫武的話，他沒好氣地回道：「還不都是你不跟我聯絡！」

莫武沒機會跟唐奕生好好解釋，很快地又有人衝過來，莫武急著把唐奕生護在身後，一拳打向來人的肚子。

砰！

一聲重擊，對方痛得捂著肚子跪倒在地。

唐奕生是第一次見到莫武打架的樣子，莫武的手臂肌肉賁張，出拳又快又準，從擊中的聲音裡便可知道那一拳有多狠多重，看得唐奕生心跳加速，完全移不開眼。

「這裡很危險，你趕快離開！」莫武本想叫曹思康帶唐奕生離開，但眼神掃了下四周後，卻沒看見曹思康，才發覺曹思康大概是趁著唐奕生衝進來吸引敵人注意時，偷偷溜走了。

莫武微微皺眉，曹思康遇事開溜的性格他早就習慣了，沒看到他的身影，倒也不意外，只是現在曹思康跑了，誰來帶唐奕生到安全的地方？

唐奕生的手因爲方才揍人的關係隱隱作痛，他還不習慣用拳頭打人，往四處看了一下，撿起別人掉在地上的棒子，對準敵人揮了過去。

「小心！」

唐奕生的棒子不僅打到了敵人，也因用力過猛差點打到莫武，幸好莫武反應快，趕緊伸手擋下。

「抱歉。」唐奕生尷尬地說。他連武器都不太會用。

莫武看了他一眼，什麼話也來不及說，因爲人群漸漸瞄準他們這一邊圍了過來，莫武只能將唐奕生護在身後，盡全力保護他。

接下來兩個人幾乎沒有說話的空檔，因爲光是擋下眼前的攻擊，他們就已經用盡全力。

莫武幫唐奕生擋下大部分的棍棒，但場面實在太混亂，唐奕生也無可避免地被打了幾下。

唐奕生本因初次打架而熱血沸騰，但隨著攻擊次數愈來愈多，他漸漸感到體力不支，最糟的是，他開始覺得頭暈目眩，喘不過氣。

「奕生，你還好吧？」莫武聽見唐奕生大聲地喘氣，臉色也漸漸變得難看，馬上聯想到他以前氣喘發作的樣子。

唐奕生不想在這時候拖莫武後腿，於是努力調整呼吸，對莫武說：「沒事……」

在莫武關心唐奕生的時候，阿強竟不知不覺站到他們面前，在莫武還來不及反應時，出拳往他臉上招呼過去。

莫武被打得一陣暈眩，嘴裡被牙齒嗑破一個洞，舌頭嘗到些微鐵鏽味。

「小子，很能打嘛！打了我不少人！」阿強居高臨下地看著莫武，他記得這個人就是剛剛衝出來把曹思康拖進人群後的，和那個不知天高地厚的曹思康應該是朋友。

眼下不知道曹思康躲到哪去，阿強只好拿莫武出氣。

「莫武！」唐奕生想幫忙，但阿強的手下卻早已架住了他，戰況在不知不覺中被阿強的人馬給控制住。

阿強像打沙包一樣，一拳一拳地打在莫武身上，莫武雖然想回擊，但雙方經驗和技巧相差太多，他遲遲找不到反擊的機會。

突然，人群外一陣歡呼，有人大喊：「力哥來了！」

見阿強因此分心張望，莫武立即抓準時機猛然出拳，狂打阿強身上的弱點。

阿強被莫武的重拳打倒在地，掙扎著要爬起來，忽然一記重擊打在他頭上，讓他又倒了回去。

阿強的同夥們都因爲力哥突然帶人出現而手忙腳亂，沒有人來得及去照顧阿強。

「看你怎麼囂張？起來啊！」曹思康拿著鋁棒出現，對著阿強的頭一陣猛敲，直到阿強動也不動，才得意地對莫武道：「武哥，你看，我幹掉阿強了！」

莫武方才突襲阿強後就忙著去救唐奕生，沒空顧及阿強這邊，聽見曹思康這麼說，趕忙回頭，沒想到竟看見倒在地上血流滿地、動也不動的阿強。

莫武嚇到了，連忙搶下曹思康手中的鋁棒阻止他，並罵道：「你說什麼？你都快把人打死了！」

「這種人渣就是要打死他才好啊！你沒看他把我打成這樣？」曹思康掀開衣服指著身上的傷，惡狠狠地瞪著躺在地上的阿強，覺得還不夠解氣，又用腳踢了幾下。

阿強動也不動，像死了一樣。

莫武心涼了半截，連忙把曹思康拉離阿強身邊。正要說什麼時，尖銳刺耳的「嗶嗶」聲忽地劃破酒店街的夜空。

「警察！放下武器，通通不准動！」

「嗶！別跑！」

不知道是誰報的警，一大票警察蜂擁而上，局勢瞬間變得更混亂。

力哥的人和阿強的人全都不敵警察，被逮捕了，就連莫武他們三個人也不例外。

唐奕生眼睜睜看著兩、三個員警將手持鋁棒的莫武壓制在地，銬上手銬。他想阻止警察，卻因爲氣喘發作而無能爲力。

唐奕生被警察送上救護車，而臨別的最後一眼，是看著莫武被壓著坐上警車。

此時的唐奕生沒想到，這一別，他們竟二年多後才再相見。

唐奕生從回憶裡抽離，回到搖晃的火車上。面對莫武的問題，他想了很久，最後輕輕地握住莫武的手，不答反問：「如果當時你知道我和家裡斷絕關係的話，你會怎麼做？」

「當然……」當然是勸你回家啊！莫武才說了兩個字，就在唐奕生的眼神下，愣然地將剩下的話收了起來，因爲他看見唐奕生的眼神中難得地帶上一點不安。

唐奕生一直都是充滿自信的一個人，現在卻因爲他的回答而不安。

如果當時他知道唐奕生因爲他而出櫃，因爲他而和家裡斷絕關係的話，他一定會勸唐奕生回家。如果勸不動，他也一定會馬上離開唐奕生身邊，因爲他覺得自己不值得擁有唐奕生的好。

他一個剛出獄，沒錢沒工作，連明天該在哪裡落腳都不知道的人，怎麼値得唐奕生這麼做？

他那時之所以敢放心住在唐奕生家裡，讓唐奕生負擔他的一切，也是因爲他以爲唐奕生還有家裡可以依靠，如果兩人的生活眞的過不下去，至少唐奕生可以隨時回家，不用陪著他硬撐。

他以爲唐奕生是有後路的，怎知當時的他，也是硬著頭皮咬牙苦撐。

如果他早點知道這件事的話，他一定不會住在唐奕生家，拖累他。

唐奕生苦笑了一聲，雖然莫武沒說，但他也猜到他會講什麼，「武哥，雖然你很喜歡我，但每次先放棄的都是你……」

莫武看著唐奕生，突然說不出話了。唐奕生臉上難過的表情狠狠揪住了他的心。

「從以前只要有點不對勁，你就會想放棄和我的關係，所以國中一畢業就不跟我聯絡，後來高中時也是……」所以他才什麼都不敢說，更不敢讓莫武知道眞相。

✦

酒店街上的混戰結束後，唐奕生在醫院裡醒來，一清醒就想去找莫武，但馮心薇攔著他，不讓他離開病房。

「我想知道莫武後來怎麼了，告訴我他被帶到哪去了？」唐奕生滿腦子只有那天莫武被銬上手銬、押上警車的畫面，令他心急不已。

「那個人是跟黑道有關係的流氓耶！你關心他做什麼？你大半夜的跑去那種地方，你知不知道這樣會毀掉你的前程？」馮心薇痛心疾首地說，「你知不知道爲了擺脫那個糾纏你的流氓，我拜託了多少人，花了多少心力？你卻一醒來就在找他？天啊……你怎麼會變成這個樣子？」

唐奕生沒管她說什麼，只是吵著要見莫武，但馮心薇不准。

「你乖乖待在醫院裡，其他的事我會處理！」

唐奕生不知道馮心薇所謂的處理指的是什麼，她將他軟禁在醫院裡，除了她自己和醫護人員之外，什麼人都不讓他見。

這期間，警察來找過他，問了一些基本資料，還有他那天去那裡幹麼，唯獨對於鬥毆一事絕口不提，就連他問莫武的事，警察也只敷衍地說還在調查。

他在醫院裡足足躺了一個星期，出院後才發現酒店街鬥毆事件上了新聞。主嫌阿強因重傷還在醫院，恐有成植物人的機率，而莫武因致人重傷將被起訴。

唐奕生對此難以置信，那天明明是莫武阻止了正在痛打阿強的曹思康，怎麼現在被起訴的反而是莫武？

同樣奇怪的是，他那天也參與了鬥毆，但後來卻被當成無辜捲入的學生，甚至還收到警察局長的慰問。

警察局長當著他的面對馮心薇信誓旦旦地保證一定嚴辦此事，加強地方治安。

唐奕生知道馮心薇不會讓他接觸這件事，於是他便自己跑到另一間警局，希望有人能還給莫武一個清白，但事與願違，他最後還是被馮心薇帶回家，再次軟禁起來。

唐奕生裝乖了好幾天後，才好不容易得到出門的機會。他想找人還莫武清白，讓他脫離牢獄之災。

能夠出門後，他第一個想到的是力哥，但他不是那邊的人，沒資格見到力哥。其次是曹思康，那傢伙才是造成阿強重傷的凶手，只要他肯去向警方自首，莫武就能得到清白。

但曹思康不知道是不是害怕面對，躲了起來，唐奕生找了好幾天都找不到他。眼看開庭的日子就要到了，他卻一點能幫莫武的辦法都沒有，思來想去才發現自己身邊有能力解決這件事的大人，都與馮心薇有關。

這時唐奕生才驚覺，馮心薇完全控制了他的生活，他念的學校，他認識的人，他生活的環境，無一不和馮心薇有關。

因此在這種時候，他理所當然地找不到一個和馮心薇無關、可以幫忙的大人。最後他想到唐元實——他的父親。住院的時候，他聽見馮心薇和唐元實在病房外大吵的聲音，唐元實想見他，但馮心薇不讓。

自他們離婚後，唐奕生便再也沒有見過父親，馮心薇說是因為他父親心裡只有小三和她兒子，對他根本默不關心。當時他信了馮心薇的話，跟著她一起憎惡父親。可是那天聽見他們在病房外爭吵的內容後，唐奕生又覺得似乎不完全是這麼一回事。

或許他可以找唐元實試試看，畢竟他也沒有別的選擇了。

唐奕生瞞著馮心薇找上唐元實。唐元實看起來和以前一樣，一身菁英氣質，有些不近人情，可當他看見唐奕生時，眼底卻泛出細碎的光芒，像是非常期盼這一刻一樣。

見面後唐奕生發現唐元實和馮心薇說的不太一樣，他離婚後並沒有搬去和小三同住，而是自己一個人獨居，他也沒有不關心他，只是馮心薇不准。

「你和佑辰都是我的兒子，我對你們都感到虧欠，絕沒有偏心任何一個人。」唐元實的眼神裡滿是愧疚。

唐奕生不知道他這句話的真實性有多高，是不是在演戲，畢竟長期以來，他聽見的都是唐元實欺瞞狡詐的一面。

唐奕生向唐元實說明自己的來意，唐元實也很乾脆地答應幫他打探莫武的消息。

這次見面的時間很短，達成目的後，唐奕生就要離開了。

唐元實露出失落的表情將他送到門口，猶豫了一下還是決定開口：「我不是要破壞你和你媽的感情，但是……別太相信你媽媽的話。」

這句話在唐奕生心中落下了懷疑的種子，他開始回想馮心薇種種不對勁的行爲。

他想起剛在醫院裡醒來時，馮心薇就向他抱怨：「你知不知道爲了擺脱那個糾纏你的流氓，我拜託了多少人，花了多少心力？」

那時他急著找莫武，沒有深思她話裡的意思，現在回想起來，她說的流氓指的是誰？她又做了什麼？

唐奕生心裡慢慢升起一股惡寒，他想到馮心薇撞見莫武沒多久後，莫武打工的地方就被警察臨檢，想到警察局長來探望他的那天，對馮心薇信誓旦旦的保證。

還有莫武離開他家的那天，她明明就不在家，連幫傭都不在家裡，她怎麼會知道莫武來了？又怎麼會知道他們在房間裡？

他不想懷疑，但懷疑的種子一旦落下就迅速抽根發芽，怎麼也阻止不了。

唐奕生回到自己房間，翻箱倒櫃，一個角落都不放過，最後在一個他意想不到的地方發現了隱藏式攝影機。

她居然一直在監視他嗎？唐奕生打了個冷顫，不敢相信自己的媽媽居然會做出這樣的行爲。

他拿著攝影機質問馮心薇，她卻一臉坦然地回道：「我關心我兒子在房間裡做什麼，有什麼不對？如果不是有攝影機，我都不知道我兒子要被人搞成同性戀了！」

唐奕生終於懂了馮心薇厭惡莫武，說什麼也要栽贓莫武的原因。

「所以你才要警察誣陷莫武傷人嗎？」

「說這什麼話？別把你媽想得那麼壞，如果他只是一般的善良百姓，沒做壞事的話，警察怎麼會抓他？」

唐奕生聽出她的言下之意，意思是她不否認有向警察施壓，讓警察去查緝。如果馮心薇沒有從中作梗，警察就不會去莫武工作的電子遊藝場臨檢，莫武也就不會進酒店工作，然後被捲入鬥毆事件。

唐奕生知道這不能全怪罪於馮心薇，但只要一想到莫武如今要被起訴的局面，和自己的母親有關，他就無法平心靜氣。

馮心薇看唐奕生臉色不佳，便像平常一樣勸他：「媽媽是爲你好，像那種和黑道混在一起的不良少年，品行不正，誰知道是存著什麼心思在接近你……」

唐奕生心想，莫武能存什麼心思？莫武一開始甚至還怕自己影響到他，主動和他斷了聯絡，是自己強勢地靠近，強硬地要求莫武和自己在一起，莫武才願意和他親近。

他沒想到最後莫武會因爲自己而身陷牢獄。

「媽，妳知道嗎？不是妳兒子被人搞成同性戀，而是我本來就是同性戀。」唐奕生看著馮心薇，一字一句地說出最能打擊她的話。「妳的好讓我覺得窒息，我不需要妳幫我決定我要和什麼人在一起、過怎樣的人生，我不是妳手上用來打擊爸爸的棋子，我是我自己，我不想再聽妳的話、任妳擺布了。」

事發後一個月，唐元實捎來消息，因爲許多人指證歷歷，加上本人承認犯行，因此莫武確定被起訴，而且由於罪證確鑿，又是有人關心的案件，所以沒過多久就會被判刑。他能做的只有請法界的朋友多多幫忙，試圖讓莫武輕判或減刑。

雖然沒有明說，但唐奕生知道「關心」這個案件的人是誰。

沒多久後，唐奕生就聽到莫武的判決結果。

考量莫武犯案當時還未成年，所以予以減刑，最終的判決爲兩年的徒刑，這對重傷害罪來說不算太重的刑罰，但是對一個正要開啟新人生的年輕人來說，兩年眞的是太久、太久了。

✦

「如果你知道我媽她非常討厭你，討厭到不惜使出各種手段也想斷絕我們來往，甚至間接地害你坐牢，那麼你還會跟我在一起嗎？」

隆隆的火車聲讓莫武聽不清楚唐奕生說這話時的語氣，但從他緊拉著自己的手看來，唐奕生似乎很擔心自己一聽完他的話就跑了。

莫武張了張嘴，車廂內到站的廣播聲正好打斷了他的回答。他沉默了一下，對唐奕生說：「先下車再說吧。」

兩人安靜地下車，莫武本想省錢搭公車回去，唐奕生卻自作主張地招了計程車。

「你腳不方便，不用省這個錢。」唐奕生解釋。

莫武盯著唐奕生從在火車上就緊握著他的手，心想，他是真的很怕他逃跑。

在計程車上他們牽著手不說話，莫武感覺司機不斷地從後視鏡中偷窺兩人交握的手，讓他覺得臉上有些燥熱，想抽開手，卻因唐奕生握得太緊而抽不開。

武哥，雖然你很喜歡我，但每次先放棄的都是你……

他想到唐奕生在火車上說的話，再看著唐奕生抓著自己的手。

的確是這樣呢，從小到大他總是習慣放棄些什麼，放棄為自己的清白辯駁，放棄扭轉別人眼中對自己的印象，放棄……很多很多，包括追求幸福，都一併讓他放棄了。

過往的經驗讓他害怕，讓他覺得是因為自己不夠好、不值得被愛，所以大家總是在他與別的什麼之間，選擇了另一個，而不是他。

例如他那模糊記憶中的媽媽，當年選擇拋下他；他爸爸有錢寧願買酒，也不願給餓著肚子的他買片麵包；曾經關心、照顧他的力哥，選擇了前途而離開他。還有曹思康的母親，平常總說他比親兒子好，但在鬥毆事件後卻要求他替曹思康頂罪。

那些人都曾經對他好過，可一但面臨選擇時，他往往是他們先放棄的對象，所以他寧願在被放棄前，先自我放棄，至少是自己的選擇，比較不會那麼難過。

面對唐奕生的事更是如此，比起說是為了他好，不想拖累他，其實他更害怕的是自己受傷。

他害怕唐奕生和其他人一樣，選擇的不是他，所以他寧可先放棄他。

可是唐奕生不是別人，他從未放棄他，面對這樣習慣逃避的自己，唐奕生總是一而再，再而三地挽回，甚至爲了不讓他有逃跑的可能，所以寧願咬牙頂著壓力，也不敢告訴他眞相。

莫武想著想著，忽然就放鬆了，雖然臉頰很熱，但還是任由唐奕生牽著。

唐奕生感覺到莫武放棄抵抗，偷偷看了他一眼，確定莫武的表情不是抗拒，握著莫武的那隻手透露出一點喜悅。

車子在新租的公寓停下，一直到兩人進屋後，唐奕生才放開莫武的手，將在婚禮上拿到的東西收好。

莫武看著他忙進忙出的身影，忽然懂了他的用心。唐奕生爲他打造了一個安心的歸處，讓剛出獄的他不至於惶恐無措，他讓他慢慢地找到適合他的工作，使他在友善的職場中獲得他人的認同和鼓勵，進而得到自信。

如今擁有一技之長的他，有穩定的收入，也累積了存款，雖然過往的污點無法消除，但他已有展望未來的能力。

莫武想著唐奕生在火車上最後的問題。

如果你知道我媽非常討厭你……那麼你還會跟我在一起嗎？

「奕生。」莫武叫住了正在忙碌的唐奕生，將他喚來身邊。「你剛剛的問題，我想過了……」

莫武牽起唐奕生的雙手，牢牢握住，在唐奕生期盼的注視下，緩慢但堅定地說：

「以前的我沒有自信，如果知道你媽討厭我，我一定不會跟你在一起。但是現在⋯⋯我想，我會跟你回家，一起向你媽道歉，不管她能不能接受我，我都會跟你在一起。」

唐奕生輕輕地笑了。

第七章

金黃色的夕陽靜靜灑落在舊公寓外的庭院裡，經過莫武這兩個月來的悉心照料，原本萎靡的黃蟬慢慢恢復生機，很快地抽出新芽，長出綠葉，爬滿圍牆上的鐵欄。

莫武的腳已經好得差不多了，下禮拜就能開工。趁著開工前的空檔，他拿著水泥，打算補一補圍牆邊破損的花壇。

這間舊公寓完全符合莫武對家的想像，就連他搬來的萬年青和狀元紅都長得比以前在頂加套房時漂亮。以前頂加的太陽太烈，常常把萬年青的葉子曬黃，現在的舊公寓遮蔽處多，陽光也比以前柔和，萬年青的葉子長得更肥大而且鮮綠許多，莫武愈住愈捨不得搬走。

他想，或許可以跟唐奕生討論把頂加的套房退了，直接搬進來這裡。啊，不過在那之前他必須先把這間公寓重新裝修一下。

莫武在腦中默默排著裝修的時間，鐵欄外一抹鮮紅色的車影閃過，瞬間吸引他的目光。

車子對男生而言，總是莫名地具備吸引力，莫武的目光忍不住緊黏著停在門口前的紅色寶馬，還在猜想車主將車停在他家門口的用意時，他便看見唐奕生從副駕駛座下來。

莫武愣了一瞬，才想到現在是唐奕生下班的時間。平常唐奕生都是由他騎摩托車接送的，但最近因爲腳傷，所以唐奕生改搭大眾運輸上下班，沒想到今天會被別人載回來。

唐奕生沒有注意到莫武的視線，走下車後繞到駕駛座旁。駕駛座的車窗緩緩落下，探出頭的是一位年輕且非常漂亮的女生，茶色的頭髮、淡雅的妝容，看起來和唐奕生特別相配。

莫武認得那個女生，她是唐奕生最近帶的實習生林郁青，他沒想到唐奕生居然會讓她送他回家。

唐奕生彎下腰和林郁青說話，他們交談的聲音不大，讓莫武聽不太清楚，只隱約聽得出「謝謝幫忙」、「下次請客」之類的客套話。

見林郁青臉上樂不可支的模樣，再看到唐奕生臉上掛著微笑，這一幕香車美人的畫面，讓莫武看得有些扎眼。他明知道這只是一般的同事互動，沒什麼好在意的，但看到唐奕生一身西裝，站在名車旁如此相襯，完全展露出身爲高級菁英的氣質後，莫武不禁有些沒自信。

他的身上穿著鬆垮陳舊的T恤，手上是剛弄完水泥的沙土。停在庭院裡那台快十年的摩托車，即使莫武很努力地保養維護，還是不敵歲月在車上留下的痕跡，怎麼看都配不上唐奕生這樣的菁英律師。

自卑感悄悄爬上心頭，莫武不出聲，靜靜地看著唐奕生和林郁青說完話後，站在門口目送她離開。

莫武見唐奕生轉身進門，趕緊低頭收回視線，假裝在專心補水泥，直到聽見唐奕生開門進來的聲音，才裝傻地說：「啊，你回來啦？」

「我回來了，武哥，你在幹麼？」唐奕生對莫武溫柔地笑了下，完全不提方才林郁青送他回來的事。

「喔、嗯，我看花壇破了，想說順手補一下……」莫武不知道該怎麼問唐奕生，支支吾吾，最後決定裝作不知情。

到了晚上，那相配的一幕卻依舊停留在莫武腦中，怎麼也散不去。

如果是搬家前的莫武，看見這一幕可能就先自慚形穢，在心裡盤算著什麼時候要把東西收一收離開。但他前幾天才剛和唐奕生把話說開，唐奕生要他別再放棄，因此莫武現在只好把這個念頭狠狠壓下。

他看著一副若無其事的唐奕生，另一個想法慢慢浮現，「奕生，我們買車吧。」

唐奕生早就察覺莫武的樣子有異，只是假裝沒事，想等他先開口。一聽見他說想買車，唐奕生立刻點頭回答：「好啊，想買什麼樣的車？」

唐奕生坐在客廳的沙發上打開筆電，點進好幾家車廠的網頁，讓莫武挑選想要的車款。

莫武看了看那幾款車的廠牌，搖了搖頭，「不是這種，要更貴、更好一點的。」

唐奕生給他看的都是平價的家用車或是小貨卡，不是那種能襯得起唐奕生的名車。莫武記得以前唐奕生家裡有好幾輛車，每一輛都是豪華的進口車，有些甚至是當時的他認不出的牌子。

他想給唐奕生買那樣的車子。

唐奕生奇怪地看了莫武一眼，莫武的物慾不高，從未要求過要買什麼奢侈品，每個月的娛樂大概就是打打手遊，頂多花個幾百塊錢，超過千元以上的東西，他常常想了很久後，還是不敢下手，就連幫他換手機都要連哄帶騙。

這樣的人怎麼會突然想買名車呢？

即使覺得有些不對勁，唐奕生還是沒有猶豫地說：「好啊，你想要什麼樣的車款？」

唐奕生點進幾個常見的名牌車款，這些牌子的車至少都要一百多萬，再選一些該廠的標準配備，加上保險，林林總總得將預算提高到兩百多萬，對於向來節儉的他們而言是一筆肉痛的開銷。

唐奕生評估了一下目前的存款，他們本來就有預留一筆買車的錢，如今只是在這筆錢上往上再加一點，從他投資的戶頭裡扣，倒也不是負擔不起。

莫武難得開口要好的東西，唐奕生想盡可能地如他所願。

「我想要的不是這種常見的，是要更好一點的，像是寶馬、特斯拉或是比這些更貴的……」莫武說。

莫武並沒有研究車子，只是出入豪宅施工時，總會在地下停車場看見不少名車，看久了多少認得這些牌子。

唐奕生覺得更奇怪了，莫武連那些車子的價值、好在哪裡都說不清楚，怎麼會突然想要買那樣的車？而且那些車子的價格貴到嚇人，連他也不禁難得地猶豫了。

「那種車價格都不便宜呢……」唐奕生沒有直接拒絕莫武的要求，卻還是有些遲疑，「而且那些牌子的車廂都不夠大，如果要裝你的工具可能不太適合……你怎麼會突然想買？」

唐奕生終於忍不住好奇地問了，他一直以為莫武想要的是和陳火言一樣的貨車或是廂型車。之前他非常支持莫武買一台貨車，這樣工作起來也比較方便，但莫武總是一再推託。今天好不容易鬆口買車，他還以為他終於下定決心，沒想到居然是挑這種昂貴又不實用的名車。

「不是買給我，是買給你的。」莫武說。

「啊？」唐奕生一愣，回道：「買給我做什麼？我又用不到車。」

「你常常地檢、法院、事務所到處跑，怎麼會不需要車？」

「但那三個地方都在同一區，不需要開車都能到。」唐奕生自覺用到車的機會很少，根本沒有購車的打算。何況莫武工作的時間自由，可以載他上下班，他才不想捨棄和莫武待在一起的時間。

「但你是律師，應該要有自己的車子啊！這樣你去找委託人的時候也方便。」老是坐摩托車上下班像話嗎？

「我們事務所又不靠我接案子，委託人會自己過來，何況還有公車和捷運，我用到車的機會根本少之又少。」唐奕生皺眉，試著說服莫武，「是你比較需要用車吧？你接案範圍那麼大，動不動一天就要跑兩三個工地，一堆工具載來載去，我不是早就讓你買輛自己的車嗎？」

「我就是想要買車給你啊！」莫武難得地任性起來。

唐奕生站在名車旁的畫面跳了出來，扎痛莫武的心。他想，唐奕生原本是出身醫生世家的有錢人，國、高中時都有名車接送，現在卻因爲和自己在一起，捨棄了原本富有的生活和平步青雲的人生，和他擠在八坪大的頂加住了十年，就算現在搬到比較大的公寓裡，跟唐奕生以前住的家比起來，還是小了許多。

更難過的是，唐奕生現在都已經是出了名的律師了，不僅沒有自己的車子，出門坐的還是他們騎了快十年的摩托車，身邊跟著的也不是像林郁青那樣漂亮、有氣質的美女，而是他一個在工地裡做泥作、長相平凡的男人。

他怎麼想都覺得太辱沒唐奕生了。

莫武難得任性的畫面太驚奇，唐奕生看傻了眼，在他的記憶裡，莫武對他總是言聽計從，像隻聽話的大狗一樣，很少有使性子的時候。

而且任性的理由還不是爲了自己，而是爲了想買車給他？唐奕生還沒反應過來，就看見莫武快步走進臥室，拿出自己的存摺，放到他面前。

「如果錢不夠，這些都拿去！下禮拜我就開工，還會有錢進來，到時候你也都拿去，這樣總夠吧？」

自從吃了黑心公司的虧後，唐奕生擔心莫武又被利用，於是讓莫武每次領薪水後，都直接存入他們的共用戶頭。唐奕生會重新分配這些錢，一部分用於生活開銷，一部分存入他們共同的帳戶，剩下的才是給莫武的零用錢。

莫武對此毫無異議，他剛開始賺錢時，本來就打算把薪水給唐奕生，以回報唐奕生對他的無條件支持，後來則是因爲唐奕生比他會理財算帳，錢交給唐奕生才能得到最妥善的利用。

莫武本身不太有物慾，唐奕生留給他的零用錢，他沒動用多少，隨著薪水的增加，幾年下來也累積了不小的數目。

唐奕生頭疼地看著桌上的存摺，他知道裡面大概有多少錢，只是現在不是錢的問題，問題在於爲什麼要買這種華麗又不實用的車子？他根本不會想要開車去上班，又何必買一輛三四百萬的名車裝闊？

唐奕生看莫武一臉非買不可的表情，就知道平常順從的人一旦固執起來很難說服他放棄。

如果莫武只是想買給自己用，那唐奕生可能會看在他難得任性的分上咬牙答應，但偏偏莫武是想買給他用，唐奕生根本就不想浪費那個錢。

到底爲什麼會想買名貴的車呢？那理由絕對不是因爲他需要用車這麼簡單而已，一定有什麼事刺激到莫武，才會讓他突然有那樣的念頭。

名貴的車子……學妹的車子好像也不便宜……啊！唐奕生這時才後知後覺地反應過來，莫武該不會是看到學妹開車送他回來吧？

所以……武哥現在的反應是吃醋嗎？唐奕生突然就笑了。

「你笑什麼？」莫武問。

唐奕生還在笑，笑自己遲鈍。他是個很有自覺的同性戀者，因此忘記和異性保持該有的距離，畢竟他打從心底認為不可能會發生什麼事。

他覺得讓學妹順路載他回家，並不是值得一提的事，所以沒有主動說。他忘了，莫武是個心思敏感的人，甚至直到不久之前都還認為他有可能會拋下他去另組家庭。

看莫武的舉動，他一定是開始鑽牛角尖了。

唐奕生很意外，怎麼莫武吃醋的反應竟然是想買車給他？是因為產生競爭意識，想和學妹互別苗頭的關係嗎？

不管是不是因為這樣，唐奕生都很高興，因為莫武這次總算不是想著要離開他了，而是有了些自信，想和學妹競爭。

想著想著，唐奕生又笑了，這次笑得更加開心，幾乎是笑出聲來。

「到底……笑什麼？」莫武被唐奕生笑得莫名其妙，覺得臉上有些燥熱。

「武哥，來……」唐奕生好不容易止住笑，將筆電放到一邊，向莫武拍了拍自己的大腿要他坐下。

莫武露出為難的表情，他比唐奕生高，也比他壯，每次唐奕生希望他坐到他身上時，他總會怕自己把唐奕生壓壞。

但他同時又難以拒絕唐奕生期盼的眼神，只好背對著他，小心翼翼又帶點彆扭地坐在他的大腿上。

「你到底……啊！」莫武話還沒說完，唐奕生就高興地一把環抱住莫武的腰，讓莫武全身的重量一下子壓在他的腳上，嚇得莫武想站起身來。

唐奕生將臉貼在莫武厚實的背上，又輕輕啃咬他的肩頸肉。莫武的斜方肌特別突起，唐奕生總愛咬著那塊肌肉。

微微刺痛的感覺一再地挑起莫武敏感的神經，令他想躲又不敢眞的躲開。

「武哥，你知道我每天上下班最期待什麼嗎？」

「什麼？」

「坐你車的時候。」

「爲什麼？」

「因爲可以像這樣貼著你。」唐奕生輕輕地笑了，又在莫武的肩上咬下一口。

「啊！」莫武痛得縮了一下肩膀，回頭似嗔似怪地看了唐奕生一眼。他不懂，貼著他一個大男人有什麼好？

那一眼讓唐奕生像被電到一樣，身體火熱起來，他眼神沉下，布滿濃烈慾望的色彩，愛不釋手地撫摸莫武肩上那塊新落下的咬痕。

「我就喜歡啊……」隱含慾望的聲音性感低沉，唐奕生在莫武的耳邊道：「如果買車的話，我就不能這樣環著你的腰，和你貼在一起……」

唐奕生的聲音從他的耳膜鑽進身體裡，像小小的電流竄過，讓他身體發軟，幾乎要同意唐奕生的話，但他又不想放棄買車給唐奕生，因此還在掙扎抵抗唐奕生的誘惑。

「……車子坐起來比摩托車舒服吧？」

「再舒服也沒有你的背靠起來舒服……」唐奕生使壞地將手伸進莫武的衣服下襬裡，揉捏他的腰腹，再往上撫摸他結實的胸肌。

「唔……」莫武太習慣唐奕生的撫摸，身體得到暗示，一下子就有了反應，聲音克制不住地溢出唇邊。

莫武的身體不受控制地任唐奕生擺弄，心想，如果是為了這個理由，好像更應該買車才對。

他的上衣被唐奕生整片撩起，露出肌肉線條分明的上身，褲頭也被拉下，硬挺的性器在唐奕生的撩撥下流出晶瑩的前列腺液。

「嗯啊……」不知不覺莫武已整個人靠在唐奕生身上，任他為所欲為，幾乎忘了本來的目的。

唐奕生簡直愛死莫武這副沉迷在情慾裡的迷茫模樣。他將莫武的頭轉向自己，親吻他的唇，勾引他的舌和自己交纏，手掌握著他的性器，加快了捻動的速度，沒多久莫武就全身癱軟地洩在他的手裡。

唐奕生看著手上的精液。莫武的頭靠在唐奕生的肩上，不明所以地看著他，還沒反應過來，就看見唐奕生伸舌舔了一口手掌上的精液。

「你在幹麼？」莫武嚇得幾乎要跳起來，卻被唐奕生一手環住，動彈不得。

「試你的味道啊……」唐奕生咂嘴，像在思考味道有何不同，「不過，還是直接口出來的味道比較好。」

唐奕生瞇著眼，手上還沾著莫武的體液，上揚的嘴角看起來像在使壞。

他的模樣太過色情，讓莫武不爭氣地又硬了。

唐奕生將莫武放倒在沙發上，找來潤滑劑要幫他放鬆後穴，卻發現那裡早就一片淫潤柔軟。

「武哥，你又……」

未盡的話語含著調侃的意味，莫武用手臂捂住臉，羞得不敢看他。

他怎麼敢承認自己看到他和林郁青交談的畫面後，就一直存著誘惑他的心思，趁著洗澡時先在浴室裡放鬆過了。

唐奕生的手指毫無阻礙地伸了進去，將莫武的祕穴拓展到能容下三根手指的程度。

「武哥，你還記得我們的第一次嗎？」唐奕生愉快地在莫武耳邊輕聲道：「那時你也是像這樣，自己偷偷做好準備等我。」

唐奕生將手指抽了出來，換上自己的老二，在那淫潤的穴口磨蹭。龜頭輕易地鑽開洞口滑了進去，接著粗長的柱身也一口氣沒入。

「呃啊……」莫武忍不住弓起身子迎接那股刺激感，空虛的甬道瞬時被唐奕生填滿。

唐奕生輕輕地擺動胯下，看著紅潤的穴口吞吐他的巨物，腸壁內緊緻溫熱的觸感，令他舒服得頭皮發麻。

「你每次都說我太色、亂發情，但你知道嗎？」唐奕生壓下身體，讓自己進到最深處。他看著莫武意亂情迷的樣子，在他耳邊呢喃：「你每一次偷偷爲我準備好自己的樣子，才是最色情的。」

唐奕生感覺性器在裡面被用力夾緊了。莫武沒說話，手臂緊緊蓋在眼睛上，全身上下都透著緋櫻般的顏色，漂亮得惹人憐愛。

唐奕生雖然很想狠狠地衝刺，奮力搗弄他的穴口，讓他在身下嚶嚶哭泣，但一想到莫武因自己而吃醋的模樣，又感到一陣心軟憐惜，想好好地疼愛他身上的每個地方，讓他知道自己是被愛著的。

唐奕生忍著衝動，低頭親吻莫武，從豐厚的嘴唇，到剛硬的下頦。

莫武突起的喉結被唐奕生的舌頭挑逗得上下滾動。結實的胸肌上，兩點紅櫻被玩弄得凸起漲大，線條分明的腹肌隨著情慾的攀升而快速起伏。

莫武身上的每個地方都令他如此著迷，他應該要知道自己被他如此珍視。

「唔嗯……呃……」唐奕生不疾不徐的動作令莫武感到焦躁難安。

他的吻細細碎碎地在莫武身上點起無數火苗，燒得莫武不停扭動身體，想撲滅快將他的理智燃燒殆盡的火焰。

「……生、奕生，我想……嗯……快一點……操我……」欲求不滿的身體讓莫武難受至極，總覺得唐奕生又在變著法子折磨他。他放下手臂，淚眼汪汪地看著唐奕生，充滿情欲的呻吟逐漸變成小聲地哀求。

「幹！」埋在莫武體內的凶器又漲大了幾分，唐奕生將莫武的長腿放在自己肩上，抽出性器後再一口氣狠狠進入。

「啊！」莫武的身體用力弓了起來，快感一瞬間直上大腦，令他瘋狂。

唐奕生不給他喘息的時間，壓著他的長腿，大開大闔地前後動了起來。

「我本來想慢慢疼愛你……但你眞的太性感了，武哥。」唐奕生像被逼得失去理智的野獸，只懂得向原始的慾望屈服。

「啊啊啊……奕生，好爽……眞的……嗯，好爽……」莫武也被幹得瘋狂，早已忘了羞怯，只記得迎合唐奕生。

最後唐奕生深深埋入莫武體內，灑下灼熱，俯身在他的鎖骨上咬下自己的印記。

莫武在凌晨悠悠轉醒，身上紅斑點點，皆是昨夜瘋狂留下的痕跡。

唐奕生還在他身邊熟睡，莫武起身坐在床沿好一會，才到浴室準備盥洗。

但沒多久，他便驚慌失措地從浴室跑出來，跳到床上搖醒唐奕生。

唐奕生早被他的大動作吵醒，睡眼惺忪地看著莫武像失了聲音般，欲言又止。

「怎麼了？」唐奕生揚起嘴角，明知故問。

莫武試了兩三次才找回自己的聲音，舉起左手放在他眼前，「這、這是怎麼回事？」

左手無名指上被套了一只亮晃晃的銀戒，戒上有顆小小的碎鑽，瑩瑩爍爍。

唐奕生的笑容更大了，戒指是他偷偷訂做的。在沈德文的婚禮上，他看見了莫武對婚禮的憧憬，而且莫武穿著西裝走在紅毯上的畫面也一直在他腦中揮之不去。

婚禮過後，兩人將過往的心結解開，莫武那句「會跟你在一起」，更讓唐奕生覺得時機成熟，可以進到下一個階段。

唐奕生昨天就是因爲要拿訂制的戒指，所以才讓學妹載他一程，沒想到莫武會因此吃醋，但這也讓他確定莫武說想和自己在一起是眞的，這次他沒有選擇逃跑，而是打算留住他。

於是唐奕生更加確信現在是拿出戒指的時機。

「一樣的。」他舉起自己的左手在莫武面前晃了晃，無名指上同樣有枚鑽戒閃閃發光。

莫武瞪著他手上相同款式的戒指，思緒紛亂，完全說不出話來。

廢話，他當然看得出是一樣的，但……這究竟是怎麼回事？

一會，莫武的眼眶突然紅了，豆大的眼淚叭搭地掉了下來，嚇了唐奕生一跳。

「你不會是討厭到哭了吧？」唐奕生設想了很多情況，也想過莫武可能會喜極而泣，但就是沒料到他會無預警掉淚，而且臉上的表情完全不像是高興，倒像是有許多委屈累積著，現在一次爆發了。

唐奕生嚇得慌了手腳，趕忙接住他的眼淚。

「不是……我也……不知道……」莫武一邊尷尬地擦眼淚，一邊哽咽地回答。他明明是喜悅的，可是不知道爲什麼，在喜悅之前，更多無以名狀的情緒瞬間湧上，將他淹沒。

從小到大所經歷的一切，突然一幕幕翻湧到他面前，那些曾被壓抑的委屈、不敢奢求的渴望，被誤解、被利用、被背叛……那些曾被他認爲都過去了，已經放下了的情緒，突然就爆發了。

他就像迷路了一整天的小孩子，終於找到回家的路，那種委屈感忽地出現，讓他哭了出來。

「這是……」莫武吸著鼻子好不容易控制住情緒，眼淚不再落下。他小心翼翼地碰觸手上的戒指，聲音發顫，怕不小心就把這一刻碰碎了，「這是，我以爲的那個意思嗎？」

「不然還會有哪個意思？」唐奕生好氣又好笑地回答。

「眞的嗎？你確定？眞的、眞的是我？不是別人？」實在太難以置信，所以莫武忍不住一再確認。

因爲他的問題太過荒謬，唐奕生翻了下白眼才回答：「我們都在一起那麼久了，你跟我，這不是理所當然的嗎？」唐奕生用手指指了指莫武和自己。

從國中、高中……到現在，他們的人生幾乎有將近一半的時間都和對方在一起，早就離不開彼此，未來當然也是。

「可是……可是……」過往的自卑和現實在拉扯，莫武心裡總覺得不夠踏實。從來沒有人選擇他，所以他以爲自己是不值得被選擇的，可是緊接著，他又想到唐奕生和其他人不一樣，從以前到現在都是唐奕生把離開的他找回來。

唐奕生不一樣，當全世界都不要他時，只有唐奕生把他視若珍寶對待。

但是……

「可是什麼？」唐奕生問。

「可是……你從來沒說過你……」莫武愈說愈小聲，最後幾個字含在嘴裡幾乎消失不見。他一直都很在意兩人沒說出口的關係，但都到了這一步，眞的問出口又好像太過矯情，連自己都覺得尷尬。

「要我說什……」唐奕生沒聽清楚，但看見莫武扭捏又臉紅的模樣，頓時明白他的意思，瞬間紅了臉跳起來，換了一種口氣大聲道：「你小女生嗎？我都做得那麼明顯了，你還看不出來？還要我說嗎？」

唐奕生的話讓莫武的羞恥感一下子竄到頭皮上，他全身發紅發熱，氣得揍了唐奕生一拳。

「對啦！我就笨看不出來，很多事你不說我怎麼會知道？」新仇加舊恨一下子湧了上來，當年為了他和家裡斷絕關係的事不說，現在連他們是什麼關係也不說，莫武覺得自己被唐奕生看不起了，氣得轉身就想走。

「噢！」沒料到莫武會眞的下手打他，唐奕生捂著肚子，蜷縮在床上不停痛呼。他的哀嚎讓莫武遲疑地停下腳步，擔心地回頭查看。他明明有記得控制力道，怎麼還會那麼痛？難道是不小心打錯地方了嗎？

唐奕生趁機一把將莫武拉住，看著他誠懇地說：「對不起。」

莫武這才知道唐奕生是裝的，但想走的念頭過了，唐奕生也道歉了，他想了想，唐奕生都爲他付出了那麼多，自己卻因爲一句話和他計較，的確像個小孩在無理取鬧，想著都覺得羞愧。

「算了，其實說不說也沒那麼重要……」

莫武本想說自己不在乎，卻聽見唐奕生拉著他小小聲地說：「……喜歡你。」

唐奕生的耳朵和脖子都紅了，長那麼大似乎沒有哪一刻像現在一樣害羞過。即便他們什麼都向對方坦誠了，但要說出這一句話仍是無比困難。

「武哥，我很愛你。」

莫武愣住，他等這句話像是等了一輩子。

「我以為你懂，畢竟從以前到現在我也只跟你一個男生做過……」接著似是察覺這句話有語病，唐奕生又馬上補充：「女生也只有你一個！」

莫武馬上一個白眼瞪過去。

唐奕生笑了一下，用力地把人拉到懷裡，抓著莫武的手，輕撫他手上的戒指，「我是認真的，以前你總羨慕別人有家，現在你不需要去羨慕別人了，我跟你，就我們兩個，讓我成為你的家，好不好？」

有件事，唐奕生沒跟莫武說，因為他覺得那不是什麼值得一提的小事。

在莫武的判決確定後，他曾在街上遇見曹思康。

那時酒店街的鬥毆風波已漸漸在人們心中淡去，消失許久的曹思康又重新涉足各遊樂場所，像往常一樣大搖大擺地過日子，一點也沒有感到愧疚或良心不安。

唐奕生不敢相信，上前堵住曹思康的去路，他陰沉的臉色讓曹思康一見到就發怵，拔腿就跑。

唐奕生很快追了過去，在跑了一條街的距離後追上他，狠狠揪住他的領子將他按在牆上。

「資優生，你幹麼？」曹思康故意大聲斥喝，壯大自己的氣勢，眼神卻因唐奕生的舉動而驚懼不定。

「你爲什麼讓莫武爲你頂罪？你明明知道當時莫武只是去阻止你，爲什麼你沒跟警察承認是你做的？」唐奕生大聲地質問曹思康。儘管莫武的事已無法翻案，但他還是想知道平常和莫武稱兄道弟的人，爲什麼在重要的時刻反而將所有責任都推到莫武身上？

曹思康露出心虛的神情，支支吾吾地道：「我、我又不是傻了……那是要坐牢的啊！」

「你也知道要坐牢，那讓莫武去坐牢就可以？」唐奕生氣得更用力地抓著曹思康的領子，手臂上的青筋一條條浮現，「他對你那麼好！他把你當兄弟，你卻這麼對他？」

「我有什麼辦法嘛！我會怕啊！我怎麼知道事情會這麼嚴重……」曹思康被唐奕生這麼一吼，委屈地說：「何況我媽只有我一個兒子啊，我去坐牢她怎麼辦？」

唐奕生握緊拳頭，忍下朝曹思康臉上揮拳的衝動，又問：「那力哥呢？他不是對莫武很好嗎？怎麼就讓他去坐牢了？爲什麼你們沒有人出來幫莫武作證？」

他想知道爲什麼沒有一個人站出來幫莫武，他的好兄弟曹思康、他視爲恩人的力哥，爲什麼在他最需要幫助的時候，沒有人幫他說話？

「讓莫武頂罪是力哥的主意啊，我媽是店裡最資深的紅牌，力哥怎麼可能把我送進去？」

曹思康之所以有恃無恐，是因爲他有媽媽，有一個無論如何都可以讓他依靠的對象，而莫武什麼都沒有。

莫武曾羨慕唐奕生的家，而唐奕生卻對自己的家庭嗤之以鼻，他不曉得一個虛假的家庭，究竟有什麼好的？

他曾不能理解莫武依賴力哥的生活方式，明明知道對方是黑道，爲什麼還要死命巴結，說要報恩？

其實，那不過是因爲莫武渴望歸屬感，渴望被認同，渴望有個能爲他遮風避雨的地方。

別人生來就有，輕而易舉就能得到的東西，莫武求而不得，所以即便是那一點點，如飲鴆止渴的好，他也視若珍寶。

無依無靠的他，終究還是淪爲別人最先犧牲的對象。

「你們怎麼可以這樣對他？」唐奕生一拳打在曹思康臉上。他只要一想到莫武是什麼樣的心情被送進去，就心痛得無法言語。

因爲爹不疼娘不愛，所以活該這一生都被人欺負嗎？他明明是那麼用心、眞心地對待身邊的人，爲什麼卻沒有一個人站在他身邊，成爲他的依靠？

曹思康被打到踉蹌了幾步，扶著牆才站穩身子，呸了一口口水道：「光說我，你又幫了他什麼？」

曹思康的話像尖利的刺一樣扎進唐奕生的胸口，他說：「那天我們每個人都進了警局，就你一個人沒事，還不是因爲你家有錢有勢！你這麼厲害，幹麼不連他也一起救？」

曹思康說完，用力推了唐奕生一把就跑走了，留下唐奕生一個人失魂落魄。

他不想救嗎？他試了但他沒辦法。

那他跟曹思康又有什麼不同？他還不是什麼都幫不上莫武？

想起馮心薇偷偷安裝在他房裡的攝影機，唐奕生便想到，莫武會坐牢，他也是推了一把的幫凶。如果不是和他在一起，馮心薇不會盯上莫武，那莫武說不定就不會到酒店上班，不會遇到鬥毆事件，不會被判刑。

一直以來，唐奕生的人生都一帆風順，因此他自以為掌控了自己的人生，所以他叛逆任性、驕傲自信，但事實是，他也不過是靠著父母庇蔭才得以任性的雛鳥。

如果不離巢，他便會一直任由馮心薇擺布，生活在她布置好的環境裡，交著她認可的朋友，過著她安排的人生。

如果不壯大自己的羽翼，將來他如何過上自己選擇的人生，如何有能力給他愛的人一個遮風避雨的家？

恐怕他連愛一個人都無法選擇。

唐奕生這時才知道受人擺布的人生有多可怕。他的母親或許是為了他好，可同時也侷限了他的人生，而他並不想成為母親豢養的金絲雀。

他想……給莫武一個家，他還記得莫武眼裡流露出對家的渴望。他想成為莫武的依靠，讓他在被欺負時，可以不用忍氣吞聲。

唐奕生再也不想看見莫武眼裡出現不得不放棄的悲傷絕望，他希望莫武可以勇敢為自己爭取任何事。

所以在那之前，他必須先自立，擺脫這種被控制的人生之後，他才能隨心所欲，想愛誰就愛誰，想和誰在一起就和誰在一起，再也不須擔心需要經過誰的允許、誰的同意。

然後下次見面時，他想成爲某人的家，成爲某人最堅實的依靠。

而這年少時的承諾，終於在今日得以實現了。

✦

城市裡一台有點老舊的摩托車在馬路上奔馳，車上坐著兩個反差極大的男人。一個穿著鬆垮的T恤握著摩托車的把手，專心地遊走在車陣中，另一個則穿著西裝坐在後座，戴著和西裝不搭的半罩式安全帽，整個人貼在前座的人身上。

「啊，要再快一點喔，快來不及了！」坐在後座的唐奕生抬起左手，看了眼手腕上的手錶，故意在莫武眼前晃了一下，無名指上的銀光順勢落入莫武眼中。

莫武無暇欣賞那枚戒指，他專心地看著前方的路，氣急敗壞地道：「還不都是你害的！」

如果不是唐奕生出門前又抓著他做了一遍又一遍，他們怎麼會來不及！

急駛而過的風從莫武鬆垮的領口灌了進去，領口下布滿斑斑點點的紅痕，充滿旖旎的豔色。

「這次是你一直纏著我說還要。」唐奕生看著莫武身上的痕跡，露出饜足的笑容。

「那是、那是……」莫武羞紅了臉，說不出話來。

都怪氣氛太好，以爲天色還早，再加上唐奕生那句「我愛你」的情話威力太強，他才會一時昏頭，沉迷在情慾之中。

「所以這次是你的責任。」唐奕生對著莫武裸露在外的肩頸咬了一口。

莫武吃痛地縮了一下肩膀，不敢說什麼，認命地轉動把手，將油門又往下壓了壓，摩托車在速限內急馳而去。

八點三十五分，比平常晚了一點點，摩托車急停在地院前方。

「果然還是摩托車最方便，如果是開車的話，現在一定還塞在車陣中。」唐奕生脫掉安全帽，意有所指地對莫武眨了眨眼。

莫武臉上一紅，安靜地接過安全帽，將安全帽收進車廂。

唐奕生趁著這時利用後照鏡整理被壓亂的頭髮。

「你工作結束再打電話給我。」莫武說。

「好。」唐奕生漾起溫柔的笑意，對莫武點頭。

莫武忍不住又因一身西裝打扮的唐奕生而失神，尤其他今天的微笑特別溫柔，特別多情。

「學長！」他們的後方傳來林郁青充滿活力的聲音。

莫武和唐奕生同時看向她，林郁青快步走來，「學長早，難得你今天比較晚呢。」

「早，剛好早上比較忙一點。」唐奕生微笑回應，視線飄向莫武，眨了眨眼。

「咳。」莫武尷尬地輕咳一聲，偷偷瞪了他一眼。

林郁青好奇的眼神在兩人間轉來轉去，正想開口問時，突然被唐奕生左手上的銀光給閃了一下。

「啊！」林郁青指著唐奕生左手上的戒指，難掩激動的情緒，問：「學長，你昨天求婚成功啦？」

她沒想到昨天才載學長去拿戒指，今天就看到學長的好消息。

唐奕生聞言，笑著舉起手在林郁青前面炫耀了下，說：「對啊。」

「啊啊！恭喜！什麼時候能見見學長的未婚妻啊？」

「妳見到啦！」

「咦？」

唐奕生拉起莫武的左手，向林郁青展示一模一樣的婚戒，大方地向她介紹：「我未婚『妻』。」

林郁青驚訝地睜圓了眼睛，趕緊捂住嘴巴以免尖叫出聲。

莫武低下頭，紅暈布滿了整張臉，雖然很高興唐奕生公開他們的關係，但實在太羞恥了……

「對不起，我不知道你們……」林郁青話說到一半突然意識到不對，趕忙改口，真心誠意、高興地說：「不對，恭喜你們！真是太好了！」

莫武靦腆地接受林郁青的恭賀。

和唐奕生分別後，莫武騎著摩托車慢慢回家，一路上，他的目光不斷地被左手上的戒指吸引。戒指上那顆小小的碎鑽在陽光下流轉出七彩的光芒，一如小時候記憶裡那枚漂亮的戒指。

曾經他以為自己不值得擁有的東西，如今終於牢牢地套在他的手上。

全文完

番外一 同居後第一次H

唐奕生接莫武回家後，他們開始了像室友一樣的生活。白天唐奕生上課、上家教課，莫武就打掃、找工作。

唐奕生通常忙到快十點才回家，中間頂多回來吃個飯又出門。晚上回家後他又忙著寫報告和念書，和莫武每天僅有幾句話的交流。

唐奕生會問莫武今天做了什麼，有沒有缺什麼，莫武也會問唐奕生明天想吃什麼，什麼衣服該洗，什麼東西該丟。

就像他們只是普通的朋友一樣。

可畢竟兩人曾經有過親密接觸，同住後，莫武不免有過那方面的期待，只是唐奕生實在太忙，他們之間也一直沒有那樣的氣氛，所以莫武只能當作沒這回事。

他想，或許高中時的唐奕生只是一時興起，如今都過了兩年多了，自己也不是長得好看的人，他的頭髮在獄中幾乎被理成光頭，身材又高大，看起來就像流氓一樣，怎能勾起別人的性慾？

或許唐奕生會收留他不是因爲喜歡，只是基於同情或是對以前朋友的照顧。

這麼一想，莫武即使有那方面的想法，也不敢輕舉妄動，就怕不小心破壞了彼此現在的關係。

莫武覺得，就算退回普通朋友的身分也沒關係，他只要能待在他身邊就很好了。

莫武不知道的是，唐奕生也抱著同樣忐忑的心情。

兩年足以改變很多事，唐奕生如今已不再是有錢的少爺，他現在就是個普通人，必須自力更生，學著賺錢，學著如何節儉度日。

他不知道莫武會不會對他現在的樣子感到失望，也不知道莫武是不是還喜歡他。兩年的時間太長，長到可能改變一個人的感情。

他卑鄙地利用莫武剛出獄且舉目無親的狀況，讓莫武和他同居。他覺得莫武或許只是抱著感激之情和他住在一起，所以他也不敢像以前一樣隨意碰他。

沒關係，慢慢來吧。唐奕生想，既然都同居了，總有足夠的時間讓莫武像以前一樣喜歡上自己。

八坪的空間不大，塞了兩人的生活用品後，餘下的空間更少了。兩個大男人再怎麼小心，住在一起總免不了會碰到對方。況且兩人曾有過親密接觸，但凡一點點碰觸，就像星星之火一樣，在彼此心裡埋下燎原的火苗。

於是就在同居後的某個晚上，唐奕生難得沒工作留在家裡，和莫武一起吃了晚餐，看了部電影。電影的內容是什麼不重要，重要的是爲了看電影，他們靠得很近。

他們一人坐在床上，一人坐在床沿前，莫武的肩膀靠著唐奕生的大腿，唐奕生每次彎腰拿水、拿東西時，便會無可避免地碰到莫武。

唐奕生在家時穿得很休閒，領口鬆鬆垮垮的，每當他彎腰的時候，莫武就會不小心瞥見他的鎖骨，和一大片若隱若現的白皙胸膛。

唐奕生的臉從莫武鼻前輕輕擦過，身上的沐浴乳香氣混著體味竄進莫武的鼻中，和他體內的血液結合，引發某種特殊反應。

莫武很努力讓自己不要反應太大，專注在電影上，但螢幕上的畫面閃得飛快，他還來不及捕捉電影裡的劇情，注意力便被身旁的唐奕生吸引。

幾次之後，唐奕生也發現莫武的不對勁，莫武的臉異常紅潤，還一直拉緊衣服下襬遮住大腿。

他瞬間明白了什麼，帶著試探的意圖開始刻意貼近莫武，然後在某一次假裝低頭拿東西時，唇瓣輕輕地擦過莫武的臉頰。

莫武像觸電一樣，反射性地拉開距離，但唐奕生早已預料到他的動作，伸手扣住他的後腦勺不讓他退開。

唐奕生清冷的眼神像鎖定獵物的鷹，看準了莫武的唇親了上去。

這是一個期盼已久的吻，像久行沙漠之人終於得到水般，貪婪地索要。

莫武只愣了一下，很快地便在熟悉的吻中找到從前的熱情，積極地回應唐奕生。

身體還記得唐奕生給的訊號，莫武順勢被帶上床，兩人在床上吻得難分難捨。

寬鬆的衣服成了累贅，唐奕生略微冰涼的手從下襬鑽進去，撫摸莫武熾熱的肌膚。短褲下彼此硬挺的地方不時碰在一起，他們吻著彼此，手越發忙碌地褪去兩人之間礙事的衣褲。

彼此發脹的慾望緊貼在一起，就像兩年多前一樣，他們享受肌膚緊貼的快感，感受不同於自己手心的溫度，熱切地渴求彼此。兩年多的時間化成了烈火，焚燒他們的理智，一下子就將他們帶上快感的高峰，在彼此手中留下濃郁的白濁。

唐奕生頭靠著莫武的肩，呼出的熱氣打在莫武的臉上。

久違的重量壓在身上，熟悉的親密感又回來了。他們相視一笑，再次親吻彼此，撫摸對方的身體。

這次唐奕生沒有急躁地試探，而是溫柔地燃起對方的慾望，一次又一次，直到再也射不出任何東西，他們仍不斷地吻著對方。

這一晚雖然沒有做到最後，但他們打破了兩年的隔閡，更靠近了一些。

從這天之後，只要有機會，他們便會像從前一樣互相親吻、撫慰。

只是兩個人都已經不是當初懵懂無知的少年，單純的撫慰已滿足不了他們。莫武感覺得出來，唐奕生很想進去。

唐奕生偶爾會抓著自己的性器磨蹭他的穴口，但或許是曾經的失敗留下了陰影，他只會在穴口磨磨蹭蹭，沒有要求再更進一步。

每當兩人結束互相撫慰時，縱使早已射到沒東西可射，莫武卻仍會感覺一陣空虛，有股不滿足的感覺從下腹攀升到心裡。

在各種資訊方便取得的現代，他已經懂得男人間該如何做事前準備、如何做愛，但他的羞恥心讓他拉不下臉來告訴唐奕生，他早已準備好等他隨時進入。於是他只能偷偷將自己準備好，等待和唐奕生眞正做愛的那天。

幸好那天並沒有讓莫武等太久。

在他們開始互相撫慰的一個月後，兩人便跨出了那一步……

唐奕生的家教工作占據了他大部分的時間，爲了完成學校的報告、作業等等，他每個星期都會空下一天，用來處理學校的事務，而他和莫武也經常利用那一天盡情宣洩慾望。

這無言的默契讓莫武總是暗中期待，並早早做好準備。

今天也不例外，唐奕生在家趕這一星期累積的功課，他做事時很專注，忙起來幾乎聽不到任何聲音，莫武也不敢打擾他，在一旁安安靜靜地等他忙完。

沒想到唐奕生這一忙忙到將近十二點都沒和莫武說上話。當事情好不容易處理得告一段落時，唐奕生一回頭就見莫武早已撐不住周公的召喚，靠在床邊，頭一下一下地點著。

唐奕生不禁莞爾，走過去輕輕搖醒莫武，「武哥，去床上睡。」

莫武迷迷糊糊地醒來，想到他還在等唐奕生和他做那件事，下意識回道：「可是我們還沒……」聲音戛然而止，莫武突然意識到自己要說的話，嚇得立刻清醒，臉頰瞬間漲紅。

唐奕生會意過來，笑逐顏開，貼著莫武耳邊輕聲道：「原來你一直不睡是在等我啊……」他的手不安分地掀起莫武的衣服，一邊親吻他的臉頰，一邊將他帶到床上。

莫武雖然整個人窘到不行，但畢竟是期待了整晚的事，於是任由唐奕生拉著他的手去摸彼此興奮、硬挺的下身。

兩人的性器靠在一起，在手掌的包裹下摩擦，唐奕生的技巧極爲熟練，不時撫摸莫武的鈴口處，莫武沒撐多久就在他的捋動下繳械，但唐奕生還硬著，胯下不停地在他的性器上聳動著，像是離高潮的快感只差一步。

莫武想，或許是因爲自己的技巧不夠好，所以才沒辦法讓唐奕生和自己同時高潮，或許……他可以趁這個機會，試著和唐奕生做愛？

莫武心一橫，握著唐奕生硬挺的肉棒往下壓，主動用他溼潤的穴口含住唐奕生的龜頭。

唐奕生馬上發現莫武的用意，嚇得往後一退。

唐奕生突然的大動作讓莫武也嚇了一跳，他看著自己空蕩的掌心，和唐奕生緊張的表情，好不容易鼓起的勇氣瞬間被難堪取代。

「不、不是……武哥，你等等……」見莫武的臉色逐漸變得難看，唐奕生慌張了起來，趕忙解釋：「我不是不想……而是什麼準備也沒有，不能這樣直接來……我、我怕你受傷……」

「……有……準備。」

「什麼？」莫武的聲音太小，唐奕生聽不清楚。

「我說，」莫武壓下那股羞恥感，索性豁出去，大聲地說：「我有準備了！」

要不是看見莫武那紅得快滴血的臉，和微微顫抖的身體，唐奕生差點以爲他的準備是準備要去打架。

「你自己準備了？」唐奕生既驚訝又興奮，靠近莫武赤裸的身體，拉開他的大腿，使他露出最私密的地方。

粉紅色的肉穴呈現不尋常的溼潤感，唐奕生試著用手指往洞口微微施力，沒想到竟毫無阻礙地直達深處。

「唔嗯……」莫武忍下羞恥感和想要逃跑的衝動，隨著手指進入，他忍不住哼了聲，讓唐奕生更加興奮。

「好軟……你不會一整晚都是以這樣的狀態在等我吧？」唐奕生愈想愈興奮，底下的陰莖漲得發疼，但他怕莫武受傷，所以還是壓抑著慾望，沒有馬上插入，對著柔軟的肉穴探入第二根手指，試圖將它再撐開些。

雖然莫武有準備了，但對唐奕生來說裡面還是太窄了，他擔心這麼窄小的地方無法容下他的東西。

「呃……夠了，你別說了……」莫武已經覺得非常丟臉了，還被唐奕生明白地說出來，想死的心都有了。

「我很高興，我以爲你不會想做……」畢竟之前有過慘痛的失敗經驗，唐奕生怕莫武一輩子都不敢再嘗試，卻沒想到原來他的心思和自己一樣，令他又驚又喜。

「不想做的人是你吧？」莫武白了他一眼。唐奕生總是在洞口磨蹭，始終不肯進入，老是吊著他胃口的人明明是他。

「我怎麼會不想……」他想到都快瘋了！唐奕生從抽屜裡找出藏了許久的保險套

套上後，前端對著溼潤的洞口打轉，「可是武哥……真的可以嗎？」

都到這地步了，居然還問他可不可以？莫武羞憤難耐，用腳推著他的胸膛氣道：「愛插就插，不插就滾！」

唐奕生抓住他的腳，在小腿上咬了一口，「我是怕你後悔……」

「後悔個屁……呃啊！」莫武沒注意到唐奕生如豺狼虎豹般的目光，他才剛說完，唐奕生便挺身將肉棒深深插入，撐開窄小的甬道直達深處。

狹窄的入口被撐到極限，粗長的肉棒進入莫武從未被碰觸到的地方，痛楚大過於快感，讓莫武緊皺眉頭。他沒想到即使已經做了事前準備，真正被進入時還是會這麼痛。

「好緊……武哥，你很痛嗎？」唐奕生因看見莫武緊皺的眉頭而非常擔心，低頭檢查兩人的交合處，穴口的皺褶因肉棒的擠入而被撐平，雖然很紅，但因有事前準備而沒有出血。

莫武睜開眼看見唐奕生緊張的樣子，搖了搖頭，伸手勾住他的脖子將他拉向自己，「親我。」他想藉由唐奕生的吻轉移對疼痛的注意力。

兩人的結合處正火熱地漲痛，讓他切切實實地感受到他們在做愛的事實，雖然很痛，卻又無端升起一股喜悅感。

唐奕生聽從他的話，低頭吻他的唇。

莫武很喜歡唐奕生吻他，他的吻自帶一股香氣，令他沉迷。

在唐奕生的親吻中，疼痛漸漸化成灼熱的快感，侵蝕著他。

「武哥……你裡面好熱、好舒服……」

唐奕生在耳邊的呢喃令他羞恥，也令他高興，有誰能抗拒被喜歡的人熱切索求的感覺？

難怪大家喜歡做愛，這並不只是尋求高潮的快感而已，此刻還有情人般的細語呢喃，熱情的肌膚相擁，現在的他恍若被唐奕生深愛著。

他知道自己沒有資格得到唐奕生的愛，但若只是在這相擁的一瞬間，他應該可以稍微作夢吧？

莫武緊緊抱住唐奕生，肉穴也瞬間縮緊，像是要吃掉深埋在他體內的東西。

唐奕生頓時繃緊身體，被絞緊的快感衝上腦門，沒多久便在莫武體內盡數射出。

「太舒服了……」他擁抱莫武，低聲呢喃，身體還貪戀著剛剛的快感，捨不得離開。

「武哥，我好想再來一次……」唐奕生戀戀不捨地親吻莫武，但累極了的莫武精神已開始渙散，對他的話沒有任何反應。

唐奕生知道莫武習慣早睡，又是初次做愛，身體的疲勞已到達極限。雖然他現在極爲亢奮，但也只能按下再來一次的念頭。

他親了親莫武的額頭，乖乖地退出他的身體，沒有強求。

至少這是個好的開始，唐奕生想。如果當初他沒有毅然決然地離開家裡，就沒辦法像現在一樣和莫武安心相擁，雖然很辛苦，但他甘之如飴。

今後他也會更加努力，讓莫武留在他身旁。

番外二
旅行

「這個周末我們去旅行吧！」十二月底的某一天，唐奕生突然這麼說。

這時莫武剛脫離上一間黑心公司，正進入陳火言底下做學徒，每個月只領底薪，一切都還在適應中。

唐奕生因爲要重新調整生活步調而休學，爲了補上自己落後的課業進度以及準備畢業後的律師資格考，他辭退了許多家教課，只留下一定要帶到畢業的少數舊生，使得他們的經濟來源大幅縮減。

但幸好拿到上一間黑心公司的賠償，所以生活還算過得去，只是像旅行這種奢侈的事，莫武想都沒想過。

所以當唐奕生提出要旅行的事時，莫武感到不可思議。

「眞的要去嗎？去哪？」

「這麼冷的天氣，當然是去泡溫泉嘍！」唐奕生說。

「溫泉？要出國嗎？」莫武第一個想到的是電視上介紹過的日本溫泉，戶外溫泉搭上皚皚雪景，可眞是如夢似幻的地方。

不過……出國要花很多錢吧？他們哪來的錢？莫武皺眉陷入遲疑。

唐奕生噗哧地笑了，「為什麼說到溫泉就想到要出國呢？台灣也有溫泉啊！」

「啊？」莫武呆呆地張著嘴。

「老實說吧，我已經訂好了，這個周末，我們去北投玩兩天一夜！」

說白了，他只是告知，並沒有要給莫武商量的餘地。

莫武抓了抓頭，應了聲好。

從國中認識唐奕生到現在，他也慢慢明白唐奕生的個性，看起來理性、好商量的唐奕生，實際上卻是相當獨斷專行，通常不容許別人改變他決定好的事，就算遇到了阻礙，他也能想辦法說服別人，讓別人照他的話做。

像是同居的事，還有要他從上一家公司離職的事，都是在他還沒搞清楚的情況下，讓唐奕生獨斷決定。

但莫武也知道，唐奕生做這些決定都是為了他好。

像這次旅行的事也是，唐奕生或許是看出他對旅遊的嚮往，也知道他對於錢的擔憂，甚至照顧到他的心情，知道他覺得自己寄人籬下，不該提出太超過的要求，所以才會霸道地決定。

大概猜出唐奕生的想法後，他除了說好，也沒別的可說。

旅行的事就這樣定了下來。

✦

周末很快來臨，雖然年末要趕的工很多，但莫武還是硬著頭皮向陳火言要了一天休假，代價是之後他要一路無休，做到過年前。即使如此，莫武仍然覺得很值得。這是他和唐奕生第一次單獨旅行，也是他第一次去飯店過夜。

出發前一天，莫武像初次遠足的小學生一樣，興奮得睡不著，即使行李早早就準備好，他還是一直檢查包包，想著還有什麼東西沒帶。

在他第N次因爲睡不著而起床時，睏極了的唐奕生一個翻身將他壓住。

「睡覺！才兩天一夜的小旅行，能有多少東西要帶？你別再爬起來了，快睡！」唐奕生閉著眼說。

「可是……我是不是應該帶條自己的毛巾……我聽說飯店的毛巾都不是很乾淨……」莫武試圖起身，但唐奕生手腳都跨在他身上，他也不敢太用力掙脫。

「我訂的又不是評價很差的飯店，不會有那種事。」

「喔……」莫武這才認命地躺好，沒多久後又開始小小地掙扎，「我覺得我們是不是該多帶一套衣服什麼的？」

「不用帶那麼多東西啦！」唐奕生非常吃力地睜開眼，瞪著他威脅道：「你要是再不睡，我就要用別的方式讓你睡了！嘖，本來看在明天可能要走很多路的分上才放過你，你現在又這樣一直蹭我。」

莫武感受到一股來自下半身的危機感，立即僵住不敢再動，「好啦、好啦，我睡就是，你別亂來！」

他實在怕死了唐奕生的威脅，明明他什麼都沒做，唐奕生那個發情的種馬卻老是說他在勾引他，要他負責然後纏著他做個不停，做到他求饒，莫武覺得真是冤枉極了！

「哼！」唐奕生用鼻子哼了聲，不知道是滿意莫武的回答，還是不滿意他什麼都沒做。

他的鼻息全噴在莫武的脖子上，惹得莫武覺得有些癢，但唐奕生緊緊圈抱著他，他也不敢亂動，忍著忍著，眼皮漸漸沉重，不知不覺地睡去。

隔天一大早，天還濛濛亮著，他們就背著簡便的行李搭上了最早的一班火車，一路搖搖晃晃地前往台北。

一開始莫武還很興奮，但吃完早餐後，安靜、晃動的車廂，再加上昨夜沒睡好的疲倦，很快地便讓他昏昏欲睡。

再次睜開眼時，已經是唐奕生在搖晃他的肩膀，叫他下車的時候。

「你睡得可真沉……」唐奕生瞇著一雙帶笑的眼睛，動了動被莫武壓到痠麻的肩膀，促狹地看著滿臉尷尬的莫武。

「……你可以早點叫醒我。」莫武為了賠罪，背著兩人份的行李吶吶地說。

「看你睡得那麼香，我捨不得。」唐奕生一笑，莫武就知道這人又在逗他玩了。

莫武只能扁扁嘴，認了唐奕生的揶揄，轉移話題：「我們現在去飯店嗎？」

他只知道他們要來這裡泡溫泉而已，完全沒想過其他要做的事。

「你就這麼迫不及待想要白日宣淫嗎？」

唐奕生每次故意使壞時揚起的嘴角，都讓他嘴角邊的那顆小痣變得明顯，莫名有種性感。莫武盯著唐奕生的嘴角愣了愣，克制住想吻上那顆痣的衝動後，才突然反應過來，「什麼宣……不是啦！你怎麼、怎麼想到那裡去了！」莫武害羞得滿面通紅，手足無措。

即使已經有過無數次親密接觸，莫武仍然不太會將這種事掛在嘴邊，更遑論應付唐奕生的騷話。

「難道你不想嗎？我可是很期待回到飯店之後要做的事。…」唐奕生牽著莫武空著的那隻手，靠近他的耳邊一邊說，一邊吹氣。

這舉動把本來已經臉紅的莫武撩得更加害羞，紅暈蔓延到脖子以下至鎖骨附近。

「嗯？難道只有我一個人想嗎？」見莫武紅著臉不說話，唐奕生又更加放肆地用手指來回撫摸莫武的頸動脈附近。

唐奕生的語氣聽起來有點失望，撫摸他脖子的手又是如此撩人。莫武的喉結上下滾動了下，艱難地點頭說：「我也想。」

唐奕生在聽到回答後，放開了莫武的手，在莫武因掌中的空虛而覺得失落時，唐奕生開口笑道：「我也很想和你在飯店做愛做一整天，可惜，我們沒辦法那麼早入住。」

莫武一聽就知道自己又被唐奕生整了，尷尬地摀住臉，求饒道：「別鬧我了。」

「別那麼失望嘛！」唐奕生摸摸莫武的頭，安慰他。

「我才沒有！」莫武吼了回來。

唐奕生笑得樂不可支，好一會才捧著肚子說：「好啦，不鬧你，我們先找地方逛逛，傍晚再到飯店check in。」

他們搭乘捷運來到建國花市，莫武對於唐奕生第一站選擇的地點感到有些驚訝。

「爲什麼要來這裡？你對這個有興趣嗎？」

「怎麼可能！」

「那……」

「你不是在頂樓種了一堆雜草嗎？我才想說帶你來這裡，看能不能給你那堆雜草找個伴，添點什麼不一樣的。」

「什麼雜草……」莫武想抗議卻又說不出什麼話，只能弱弱地表達不滿。

唐奕生口中的雜草是莫武在前一陣子撿回來的植物，那時他和唐奕生因爲黑心公司的事吵架，他一氣之下離家，在路上茫然失措時，剛好看見了路邊被別人丟棄的盆栽。破掉的塑膠盆中，一株包著乾土的植物倒在地上，葉片因缺水而萎縮，看起來楚楚可憐。莫武不知怎地聯想到自己，他覺得自己跟那株被丟棄的植物一樣，都是沒有用的東西，失去了利用價值，被人拋了出來。

後來唐奕生來找他時，連那株植物也一起帶了回家。

從沒照顧過植物的莫武，只憑著早晚勤奮澆水，竟莫名其妙地救活了那不知名的植物。植物愈長愈茂盛，莫武幫它換了大盆後，它更加恣意地生長。由於只長葉不開花，淺綠色的葉片大且雜亂，因此被唐奕生戲稱是雜草。

莫武很寶貝這株如雜草似的植物，救活它並照顧它，讓它長到如此茂盛，帶給莫武很大的成就感。

後來莫武開始在陳火言底下工作後，也仍不忘每天照顧，甚至因爲它長得過於茂盛，還幫它分盆，現在頂樓上已經有七、八盆它的分身。

一片綠意看起來是很好，但也顯得過於單調乏味。

更重要的是，唐奕生看莫武照顧那株雜草照顧出興趣來的樣子，所以才猜想莫武或許會想要到花市看看。

其實莫武對園藝沒什麼興趣，只是對「雜草」有著特別的感情，所以才會認眞照顧，但既然唐奕生主動提議要來花市給「雜草」找伴，他也不反對。

建國花市位於高架橋下，占地寬廣，內有上百家攤位，上千株花草齊聚一堂，爭奇鬥豔，尤其年節將至，應景植物和裝飾品紅紅綠綠地點綴整個花市，看起來熱鬧繽紛，讓人目不暇給。

就算是本來沒興趣的唐奕生，也被這熱鬧的年節氣氛，和多樣不同品種、長相奇特的植物給吸引了注意力。

莫武興致盎然，和唐奕生併肩隨意地在各個攤位走走停停，看到特別漂亮的盆栽就停下來多看兩眼，等老闆上前招呼時，又擺擺手拉著唐奕生離開。

逛了將近一半的花市後，唐奕生終於受不了，問：「你就沒有中意的花嗎？」

「啊？」莫武這才想起唐奕生帶他來這裡，是爲了給家裡增添不一樣的植物。他撐著下巴非常爲難地說：「這邊的花草都很漂亮……」

「喜歡你可以多選幾個啊！」唐奕生大方地說，好像忘了他們並不寬裕。

莫武嚇一跳，趕緊搖手，「幹麼浪費錢？」

唐奕生講完也想到現實狀況，聽到莫武這麼說，便改口道：「一兩百元的植物還是買得起的，不用省這個錢！」

「不是這個問題……」莫武苦笑。

「那是什麼問題？我看剛剛有一個攤位的蘭花你好像很喜歡，爲什麼不要？」唐奕生挑眉。

見那張有著漂亮眉眼的臉向他靠近，莫武抵擋不住，向後退了一步，雙手抵在唐奕生胸前阻止他靠近，求饒道：「你別這樣……」

「我就想知道走了這大半條的花市，你居然一朵花也沒買，是什麼原因？」

啊？哪有這樣逼人花錢的？莫武在心裡苦笑。

「也沒什麼原因……」莫武環視周圍漂亮的奇花異草，抓了抓頭解釋：「就覺得……它們不需要我也能活得很好，那我幹麼把它們帶走？」

唐奕生一愣，沒料到會聽見這種理由，但是仔細一想，這確實很像莫武會說的話。他搖了搖頭，忍不住笑了，「你這是怎樣？不過就是買個植物，還非得要弱小的傢伙才能引起你的同情心，讓你把它們帶回家嗎？」

「……也不是這樣。」被唐奕生笑了之後，莫武尷尬得臉上一熱。

唐奕生倒是沒再說什麼，帶著莫武繼續逛花市。

沒多久，在經過某家擺滿綠色觀葉植物的攤位時，唐奕生突然覺得攤位上的某株植物特別眼熟。

聲。

「啊！是雜草！」他眼尖地認出那是自家頂樓雜草的兄弟，忍不住指著大叫一

莫武順著唐奕生手指的方向看去，也驚訝地道：「欸！真的耶！」

難得見到和雜草一樣的植物，兩人立即湊過去看。

雜草的葉片順著同一個方向生長，被打理得整整齊齊的，繁茂卻不凌亂，看起來特別舒心。唐奕生心想，難怪他第一眼沒有認出這是自家頂樓的雜草，這就好像一個整天邋遢的人突然穿上西裝、整理儀容一樣，變化太大了。

莫武和唐奕生一樣驚訝，原來雜草可以被整理得那麼漂亮，他是不是太過放任頂樓那群雜草了？莫武順著雜草往下看，盆栽上的立牌寫著「萬年青」。

原來雜草還有個滿有文藝氣息的名字，他好像過於草率地照顧雜草了？這一比較，讓莫武頓時覺得愧對家裡的雜草。

「你們要帶盆萬年青嗎？這個回去很好照顧的！」老闆見兩人站在萬年青前許久，便過來熱情招呼。

莫武趕緊搖頭，「這個我們家很多了。」

「是嗎？」老闆看起來有點失望，但仍不死心地道：「那要不要看看其他的？我們也有其他品種的……像這個，我們賣得很好……」老闆指了指身旁的盆栽，這株植物長到老闆的小腿處，葉子呈心型，有著羽狀的裂口。

唐奕生看了眼那盆植物上的立牌，上頭寫著「龜背芋」。他不置可否地看向莫武，如果莫武喜歡，買什麼都可以。

沒想到莫武看到植物的名稱，表情突然嚴肅起來，搖了搖頭低聲說：「名字太不吉利了。」

「嗯？」

「有龜會槓龜，又運氣背……這樣不行，你可是後年要準備考試的人，不能在家裡種這種東西。」莫武在唐奕生耳邊悄聲道。

唐奕生噗哧笑了出來，見莫武表情嚴肅，他還以爲他在想什麼嚴重的事，原來是迷信。

「如果是這樣的話，那選狀元紅不就一定得狀元？」唐奕生隨手指向角落一盆個子不高，枝葉又細，身上掛著零星幾串小巧紅色果實的植物。

莫武頓時眼睛放光地看向那盆狀元紅。它名字討喜，長出的紅色果實又惹人憐愛，莫武幾乎是一眼就愛上它。

唐奕生看出莫武的想法，得意地笑了笑，很快地讓老闆結帳，把狀元紅包了起來。

莫武珍惜地雙手抱著狀元紅，有些高興又有些不好意思地說：「總覺得好像買了很奢侈的東西。」

唐奕生彎了彎嘴角，好氣又好笑地說：「不過才三百塊的東西。」

如果是以前，這些錢唐奕生會眼睛眨也不眨地隨意揮霍，但現在三百元卻足以抵兩人一天的餐費，難怪莫武會覺得心疼。他眞希望能趕快考上律師執照，趕快賺錢讓日子好起來，讓莫武不會覺得三百元的東西是奢侈品……

唐奕生心裡轉著一團思緒，沒注意到莫武正用著溫柔似水的表情看著他。

「奕生，謝謝你，我會好好照顧它的！」

唐奕生一回神就撞進莫武那一汪春水似的溫柔裡，十二月的北風吹冷了外面的溫度，卻吹不冷兩顆爲彼此灼熱的心。

✦

飯店可以入住的時間是下午五點，逛完建國花市的兩人，坐上捷運淡水信義線前往淡水老街，打算邊逛邊吃點小吃當作午餐。

一路上莫武始終小心翼翼地捧著那盆狀元紅，生怕不小心磕著碰著。那盆狀元紅還只是棵小樹苗，不大，但拿著還是挺礙事的。唐奕生看不下去，一下車就打算要將狀元紅暫放在置物櫃裡。

「置物櫃？萬一把它悶壞了怎麼辦？」莫武立刻反對，把盆栽護得緊緊的，寶貝得很。

「才幾個小時，不會死啦！你雙手捧著它，等等我們還逛什麼街啊？」

「有什麼關係？它又不重！」

「但是它很礙事，你那麼緊張兮兮，我看了都難過！」

在唐奕生的堅持下，莫武最後還是妥協了，反正他無論如何都說不贏唐奕生那張律師嘴。

出了捷運站，兩人走到淡水老街。雖然被唐奕生說服，但莫武仍是一臉擔憂。

「放在置物櫃裡又不會被偷走，你不用那麼擔心吧？」唐奕生看莫武那張焦慮又依依不捨的臉，不知道的還以爲放在置物櫃裡的是他小孩。

莫武一臉糾結，明知道不會有事，還是忍不住擔心。

「你再這樣就枉費我們出來玩這一趟了！」唐奕生捏了捏莫武的臉，硬把他的嘴角捏成一個上揚的弧度。

「泥幹麼？好通！」莫武口齒不清地抗議。

唐奕生這才好心地放過他的臉，說：「走啦！我快餓死了！」

「好！」莫武摸了摸肚子，他們爲了趕一大早的車，早餐吃得早，又逛了一早上的花市，這會是眞的餓了。

「那你要吃什麼？」莫武習慣性地先問唐奕生。

「當然是吃那個啊！」唐奕生指著巷口轉角的一間老店，招牌上寫著「淡水阿給」。既然都到淡水老街了，當然要吃這裡的特色小吃啊！

「那是什麼？」莫武看著招牌感到疑惑。

「吃吃看不就知道了？」唐奕生故意不告訴莫武。

莫武聳肩，跟著唐奕生進到老店裡，兩人各點了一碗阿給和魚丸湯。

儘管同居一陣子了，莫武還是不習慣看到唐奕生坐在街邊小吃店的樣子。或許是以前的印象太過根深蒂固，他總覺得唐奕生就該生活在紅酒、美食、水晶杯的地方，而不是像個市井小民坐在街邊的小吃店。

唐奕生優雅地拆了筷套，連拿筷子的姿勢都十分端正，俐落地將碗裡的阿給切成方便入口的大小。即使在這種小吃店，他依然吃得像在高級餐廳一樣。

「看什麼？不餓嗎？」唐奕生吃了一口阿給後，才發現莫武正盯著他發愣。

「喔，沒、沒有啊！」莫武心虛地垂下頭，在唐奕生的注視下很快地拆了筷套，夾起阿給一口咬下。

「好燙！」莫武馬上被阿給內餡的湯汁燙到，痛得張嘴哈氣。

「水，含一下再吞。」唐奕生冷靜地將隨身帶的水壺遞給莫武，看著莫武把水喝下後，便伸手扳過他的下巴，要他張嘴讓自己看看。

「多喝兩口水吧。」

莫武乖乖地含著水，直到舌頭不再疼痛才吞下。

「小心點。」以防莫武再被燙到，唐奕生把自己切好的阿給拿給莫武，裡面的熱氣已散得差不多了。

莫武胡亂點頭，覺得自己有夠丟臉，居然看唐奕生看到分神，還被燙到，明明是天天見的臉啊，為什麼今天突然覺得特別不一樣？

莫武食不知味地吃完，那一點份量實在不夠兩個大男人吃飽，所以兩人又在淡水老街上買了一些小吃分食。

下午的淡水老街充斥著遊客，莫武和唐奕生擠在人群中。看著走在他們面前的一對男女，打扮甜美的女孩勾著男人的手臂，顯得小鳥依人，再看右前方，是一對手牽著手的男女朋友，再更前面一點的也是情侶，後面的也是……莫武這才突然驚覺今天有什麼和平常不一樣，路上幾乎都是情侶。

「今天是什麼日子？怎麼特別多情侶？」莫武湊到唐奕生耳邊悄聲問。

「聖誕節啊！」唐奕生嘴角一彎，這遲鈍的傢伙終於發現是什麼日子了嗎？

「那不是小孩子的節日嗎？」莫武從沒過過聖誕節。他以前總是很羨慕別的小孩能在聖誕節拿到禮物，但他連生活都快過不下去，又能期待什麼禮物？日子久了，對聖誕節的期待自然也淡了，現在早已不覺得這節日有什麼特殊。

「又不是只有小孩子才能過聖誕節！你不知道情侶也很愛聖誕節嗎？」

「爲什麼？」

爲什麼？這傢伙難道不知道聖誕節的意義嗎？唐奕生不太高興地回：「自己想。」

莫武不明所以，怎麼這樣就不高興了？他想不到原因，只好安靜下來，這時他的肩膀突然被人輕輕碰了一下，莫武轉頭才發現是剛剛走在他們前面的情侶。

打扮甜美的女生正拿著一台數位相機，對著莫武微笑問：「先生，可以請你幫我和我男朋友拍張照片嗎？」

「啊，好。」莫武沒多想便答應，向女孩問清楚使用方式後，拿起相機仔細調整畫面的大小。

畫面裡，男人摟著女孩的肩，女孩的頭靠在男人肩上，兩人笑得一臉幸福。莫武按下快門截取他們甜蜜的笑容，然後又依照女生的要求，換了背景再拍一次。

眞好！莫武盯著數位相機上兩人合影的照片，羨慕了起來，他也想和唐奕生這樣合照……

「先生，謝謝你喔！」女孩走過來向莫武拿回相機，打斷了莫武的思緒。

「喔，不客氣。」莫武被自己腦中竄出來的想法嚇了一跳，慌張地將相機還給她。

想什麼呢？居然想和唐奕生像情侶一樣拍照？這怎麼可能……莫武在心中暗自揮去這莫名的想像。

女孩似乎覺得讓莫武拍了那麼多張照片，有些不好意思，看了看莫武和站在一旁的唐奕生，主動詢問：「要不要我幫你和你朋友也拍一張？」

「啊？」莫武以為自己的想法被看穿，一臉驚慌地道：「不、不用了。」

唐奕生卻過來勾住莫武的肩，把手機交給女孩，「好啊，麻煩妳了！」

「什麼？」莫武被唐奕生的話嚇到，不自覺心跳加速。

那女孩因唐奕生向她說話而臉紅了，雖然有男朋友，但還是被唐奕生俊美的外形驚豔，連說話都不自覺變得小心翼翼。

「好的，那你、你們背景要選哪？」

「就……」唐奕生看了一下，勾著莫武的肩轉了個方向，「就幫我們以河岸為背景好了。」

和那對情侶一模一樣的姿勢，一模一樣的背景！莫武因為這層認知而瞬間漲紅了臉。

媽的，擺什麼情侶姿勢？他們、他們又不是那種關係！莫武尷尬地想，卻又不敢甩開唐奕生的手，他甚至不知道自己擺出了什麼表情，只知道眨眼間，照片就拍好了。

「謝謝妳。」唐奕生拿回手機，笑容滿面地看著上面的照片，「拍得不錯。」

女孩笑著揮揮手，牽著男朋友離開。

他們走後，莫武才回過神，靠近唐奕生要看拍好的照片。畫面裡，他和唐奕生就像剛剛那對情侶一樣，肩並肩地站著，只是他個頭高擺不出像女孩一樣小鳥依人的姿勢，還因爲緊張而表情僵硬。同樣的姿勢、背景，那對情侶拍起來就充滿粉紅色浪漫氛圍，他和唐奕生拍起來卻像是獵人展示抓到的熊一樣，氣氛天差地遠。

莫武再一次體認到他和唐奕生不相配的事實。

這件事他本來就知道了，爲何現在會突然覺得沮喪？莫武也不清楚。他看唐奕生興致高昂地直盯著手機畫面，側面輪廓看起來俊美漂亮，修長有型的手指在手機上滑動，讓人心動不已。

這樣的人幹麼不去交個女朋友，偏要和自己廝混在一起？莫武沒來由地感到一陣火氣。

唐奕生察覺到莫武的情緒，側頭看向他，「怎麼了？」

「沒、沒事。」莫武假裝對風景好奇，撇頭看向河岸邊，沒想到，一入目便是滿滿出雙入對、親密相依的情侶，差點沒閃瞎他的眼。

到底爲什麼聖誕節會有那麼多情侶啦？爲什麼大家都要選在這一天約會？等等……約會？莫武愣了下，轉頭看向對他搖晃手機待機畫面的唐奕生。

「你看，我把剛剛那張照片設成待機畫面，看起來不錯吧？」唐奕生一臉很滿意的樣子。

莫武因為剛剛發現到的事震驚不已，難道唐奕生突然說要旅行，是為了帶他來約、約、約……會？光想到「約會」兩個字代表的含意，就讓莫武全身血液衝上腦門，整張臉紅到像煮熟的章魚，還帶著熱氣。

唐奕生看著那張紅到快滴血的臉感到疑惑，不知道對方是想到了什麼，但他還是忍不住笑了出來，甚至壞心眼地靠近莫武耳邊，悄聲地說：「靠，還大白天你就在想色色的事喔？」

「才沒有！」莫武的臉更紅了。

「忍著點，飯店要五點才能進房，我也是忍得很辛苦呢。」唐奕生當沒聽見莫武的話，自顧自地露出忍耐得很辛苦的表情。

雖然知道唐奕生不會太安分，也早有會做那種事的心理準備，但突然被唐奕生這麼一點明，平常那些溫存旖旎的畫面倏然躍入腦海中……

這下莫武不只是臉紅而已，他想找個洞把自己埋了。

唐奕生沒打算放過莫武，繼續在他耳邊暗示：「還是你已經迫不及待了？」

「夠了，你閉嘴！」莫武咬牙切齒地瞪著唐奕生，卻沒什麼殺傷力，只是惹得唐奕生更加放肆地笑。

「你該不會已經在期待晚上的事吧？」唐奕生在莫武耳邊輕聲地說著曖昧的話語，手指趁機撫上莫武的後頸，「昨晚什麼都沒做，現在一定很想要吧？」

唐奕生的手指在莫武敏感的後頸上來回撫摸，帶給莫武無比的顫慄感，汗毛豎了起來，好似全身的神經都集中在後頸，專注地感知唐奕生手指撫摸的位置。

「唔嗯……」莫武像被電流穿過一樣，從喉嚨間發出小小聲的呻吟。

「幹，你的反應眞的愈來愈色了……」唐奕生嚇得縮回手，他本來只是想鬧鬧莫武，沒想到自己反而被莫武的反應給撩到。

眞是不得了，這男人怎麼全身上下都是性感帶似的，隨便碰一下都這麼撩人。

莫武沒好氣地瞪了他一眼，惱羞地向前大步走去。自己用這麼煽情的摸法摸他，還好意思怪他的反應？

「早知道你這麼色，我就應該訂那種隨時可以入住的旅館，這樣就不用等到五點才能……」唐奕生邊惋惜，邊追了上去。

「唐奕生，閉嘴！」眞是夠了！

✦

離開淡水老街後，他們便直奔新北投的飯店，由於入住時間未到，所以他們目前只能先寄放行李。

自從意識到唐奕生這趟旅行可能是帶他來約會之後，莫武突然就渾身不對勁了起來，甚至想不起自己早上是如何和唐奕生正常相處的。唐奕生現在的一舉一動在他眼裡都被無限放大，令他在意的不得了。

他們在約會？他們怎麼可能會是在約會？一般人約會的時候都會怎麼做？他的經驗值太少，除去高中幾次迫不得已必須和女生出去玩的工作，他大部分的休假時間都是和唐奕生在一起的，根本沒機會和誰約會。

因為太過在意，所以莫武一從置物櫃中拿回狀元紅後，就一直抱著不放。雙手捧著東西似乎帶給他某種程度的安全感，他可以不用特別去想要怎麼和唐奕生互動，但現在那盆狀元紅被唐奕生強制寄放在飯店裡了，就連身上的背包也被放在飯店，突然一身輕的莫武頓時感到不知所措。

「既然來了，我們就先去地熱谷那邊看看，然後再沿著北投公園到捷運站附近逛逛，吃完晚餐再回飯店？」唐奕生早已想好接下來的行程，一出飯店便指著路標說。

「好。」莫武點頭，他習慣順著唐奕生的安排，同時也因為太過在乎約會這件事而無法思考。

他平常都是怎麼和唐奕生相處的？為什麼套上「約會」這個詞後，做什麼都不對勁了？

他跟著唐奕生一路走馬看花來到地熱谷，藍綠色的湖水上瀰漫著終年不散的白霧，看起來仙氣裊裊，愈靠近湖邊愈能感覺到溫暖的火山地熱，空氣中飄散著特殊的硫磺氣味，獨特的自然景觀讓莫武一時忘了緊張不安，對眼前的風景感到新奇。

「哇！奕生，你看，好大片溫泉！」莫武倚著欄杆向湖面看去，摻著硫磺氣味的熱氣撲面而來。

「這溫泉的溫度將近一百度，可不是一般能泡的溫泉，你別傻傻地下去！」唐奕生斜倚著欄杆，嘴角輕揚，和莫武一同看著湖面上煙霧繚繞的夢幻景致。

「當我傻喔？那個水一直在冒泡，看著就很燙，而且欄杆那麼高，誰會跳下去啊？」

「就眞的發生過有人燙死的事啊……」唐奕生一臉神祕地輕聲說：「畢竟這裡的別名又叫地獄谷或鬼湖……」

「眞的假的？」莫武皺了一下眉頭，看著白煙飄渺的湖面，和逐漸暗下的天空，突然覺得眼前的景致不再像仙境了，而是慢慢轉換成詭譎恐怖的幽冥地府。

「嚇到了？」唐奕生發出一聲輕笑。

「唐奕生！你又在鬧我了？」莫武沒好氣地瞪了他一眼。

「哈哈哈……誰想得到你那麼大個會怕這種東西？」

「只是不喜歡，不是怕！」莫武低聲反駁。

唐奕生出奇不意地朝他伸出手，問：「會怕的話要不要牽著？」

莫武看著那隻手愣住了。他第一個反應不是牽住唐奕生，而是擔心地左右張望，雖然並沒有人特別看向他們，但莫武還是臉紅了。

唐奕生等不及，手放在莫武面前輕晃了下，他揚起笑容，露出嘴角下的那顆小痣。

莫武有點慌了，雖然更進一步的事都做過了，卻不知道爲什麼單純的牽手反而更讓他感到羞澀，不過如果他沒猜錯，他們應該是在約會，所以……可以牽手吧？

就在莫武一邊猶豫，一邊伸出手時，一對對情侶正好從他們身邊走過，他發現牽著手走的都是男女朋友。

漂亮的、美麗的、可愛的、嬌小的等等不同的女孩子，她們如同小鳥一樣依偎在男朋友身邊，她們精心修過指甲的手指穿過男友的指縫間，彼此交握。她們甜言軟語地說著最討喜的情話，每一個女孩都像是上天精心培育的花朵那樣惹人喜愛。

反觀自己，是個高大的男人，手也和唐奕生差不多大，他說話粗魯不懂撒嬌，他長相凶惡甚至還坐過牢……這樣的自己有什麼資格牽住唐奕生的手？

莫武的手停在半空中，唐奕生等得不耐煩，索性主動去拉他的手，卻在剛碰到莫武的手時，被莫武反射性地拍掉。

「啪」的一聲，沒控制好的力道拍出極大的聲響，拍得唐奕生滿臉錯愕，也嚇到莫武自己。

他只是想揮開唐奕生的手，並沒有想這麼用力地打他，但方才的情況看起來卻像是他狠心的拒絕。

「對……對不起！」

莫武急著道歉，唐奕生卻慢慢收回手，上揚的嘴角斂了起來，垂下眼看著被打紅的手背，表情漠然，對莫武的道歉恍若未聞。

他絕對是生氣了！莫武忐忑地想。怎麼可能不生氣？任誰被這樣拒絕都會生氣的吧？怎麼辦？今天的旅行是唐奕生特地規畫的，行程也都照著他喜歡的事情來安排，如此用心，而他卻不知感恩，還莫名其妙打了他的手……

莫武愈想愈慌，愈想愈內疚，偏偏除了對不起外，嘴笨的他也不知道該說什麼。

果然還是應該繼續道歉到他原諒為止吧？莫武再次開口想要道歉，「唐……」

「我們去吃飯吧！」唐奕生像是回過神一樣，忽而抬頭若無其事地打斷莫武的話。

「啊？」莫武的道歉凝在嘴裡，對於唐奕生態度的轉變感到無所適從。

「走吧。這裡快關門了。」唐奕生態度平常，卻讓莫武更加心慌。

不該是這樣的態度啊？這不像平常的唐奕生，可莫武又不知道該怎麼辦，他總不能要求唐奕生對他生氣吧？

唐奕生率先轉身離開，莫武跟在他後面，保持著一步的距離，他們之間的氣氛變得比剛到新北投時更加尷尬。

唐奕生愈是保持平常的態度，莫武就愈不知所措。

兩人最後選在捷運站附近的速食店吃晚餐，這間速食店是莫武的最愛，也是平常難得的奢侈消費，但他今天卻吃得食不知味。

這是今天最尷尬的一餐，兩個人分別藏著心事，表現得莫名客氣生疏。

吃完晚餐後，他們沿著北投公園走回飯店。遊客們大多會選擇在天還亮著的時候到這附近觀光，入夜後，除了居民和住客之外，沒什麼人會在這裡逗留，人一下子少了許多。北投公園除了靠捷運的廣場一帶還有一些人外，更裡面就幾乎不見人影，連路燈都沒幾盞。

唐奕生選擇穿過公園回飯店，那是最快的一條路。莫武安靜地跟著他走，因為路燈稀少，北投公園內呈現一片昏暗，雖然不至於看不見路，卻增添一股幽幽的氛圍。

一進公園，唐奕生便反常地沉默著，走得飛快。雖然從剛剛打手的事情後，兩人就沒說什麼話，但此刻卻安靜得讓人不安。

莫武整路都在揣測唐奕生的想法，他想，若是唐奕生真的生氣，平常不都是直接說出來？或變著法子懲罰他？為何這時是悶不吭聲，叫他忐忑難安。

莫武覺得唐奕生還不如罵一罵他，說他不知好歹什麼的，他還比較容易接受。大不了吵一架，或讓他打回來，他也沒關係。

他不怕吵架，但他怕唐奕生什麼都不說。

他沒有唐奕生聰明，他猜不到唐奕生的想法，這比什麼都可怕。

走在前頭的唐奕生在北投圖書館前的蓮花池停了下來，或許是火山地熱使得水池溫暖，淺淺的蓮花池上浮著小巧翠綠的蓮葉，居然還有一兩朵早發的花苞。

不過莫武沒那個心思欣賞，他一直在注意唐奕生，唐奕生一停下，他馬上跟著停下，緊張地看向唐奕生，像隻無措的小狗般盯著主人，卻不敢隨便靠近。

「啊——」唐奕生忽然發出好長一聲的嘆息，雙手懊惱地揪著自己的短髮，身子像滑落似地蹲下，嚇了莫武好大一跳。

「我是不是搞砸了？武哥？」

「什……什麼？」莫武以為自己聽錯，眨了眨眼，彎下身子靠近唐奕生。

唐奕生維持蹲下的姿勢，抬頭用那雙漂亮細長的眼盯著莫武，「我是不是讓你不高興了？」

莫武聽出唐奕生懊惱又自責的語氣，驚訝到說不出話來。

「唉，」唐奕生見莫武不說話，更加後悔地嘆氣，「我本來還想今天在你面前表現得好一點的說……」

「你、你在說什麼？」莫武好不容易從驚訝中回神，拿回了一點說話的能力。

「你不是在不高興嗎？我硬要牽你的手的時候。」唐奕生說。

「我不是，我沒有……」莫武急著否認。

「那是爲什麼打我？」唐奕生仰著臉看他，在黑暗中，他的眼睛像落了星星一樣閃閃發亮。

莫武覺得自己正落入某個陷阱中，有種說不上的危機感，但看著唐奕生的眼睛，他還是跳了進去。

「我不是故意的……對不起。」

「不喜歡牽手嗎？」

「不是……」莫武垂下眼，不想承認自己是自卑了，於是換個說法道：「剛剛人太多了……我不喜歡。」

唐奕生輕輕點頭，接受了這個說法，又再次朝他伸出手，問：「那現在呢？」

莫武看著那隻伸向他的手。

夜晚的公園四下無人，再也無法用人多來當作藉口。莫武猶豫了一瞬，慢慢將手放了上去。

唐奕生揚起笑容，緊抓住莫武的手掌，借力站了起來，「回飯店前先這樣牽著，可以吧？」

莫武感覺自己的心臟正急速地跳動，每一次看見唐奕生嘴角下的小痣時，他總是不受控制，瘋狂地湧現一股想要親吻他嘴角的慾望。

但這裡是外面，而且就算沒人，莫武也不敢主動親吻唐奕生。

「嗯。」他強壓心頭的蠢蠢欲動，輕輕地點頭。

唐奕生將他的手抓得很牢很緊。北部入冬後的天氣陰涼溼冷，氣溫很低，裸露在衣服外的肌膚被冷風吹得冰涼，但和唐奕生交握的手心卻很暖，暖到不像十二月的天氣，讓莫武的手心微微冒汗。

唐奕生牽著他繼續走，穿過公園後，飯店就在不遠的地方。

他們兩人都選擇放慢腳步，享受這一刻的親暱，像情侶般地在夜晚的公園散步。

雖然很喜歡，但莫武看著兩人交握的手，還是忍不住想，為什麼是他？明明唐奕生身邊有那麼多人，有那麼多聰明可愛的女孩子，就算他看不上，就算他眞的喜歡男生，他身邊也有與之匹配的，聰明、乾淨、漂亮的男生，爲什麼是他？爲什麼他牽的是他的手呢？

不管從哪方面來看，他和唐奕生都是天差地遠的兩個人，爲什麼他偏要將他留在身邊？他眞的有資格站在唐奕生身邊嗎？

冷風中，唐奕生的手是那麼的溫暖，在暗夜裡，他的眼睛是那麼明亮，成了指引他走出泥沼的光亮。他幫助出獄後的他，尋得安定的生活。

莫武多希望這個公園可以再大一點，他們的腳步再慢一點，這樣他們的手才可以牽得久一點，讓他不用面對現實中兩人身分上的差距。

但不管走得再慢，這一小段路仍舊給不了他們更多的時間，兩人一下子就走到外面的馬路上。有一批可能也是住在附近的遊客朝他們迎面而來，莫武很快地甩開唐奕生的手，兩人像普通朋友般和那批遊客擦肩而過。

唐奕生沒有說什麼，但莫武看著空蕩的手心，一瞬間覺得有些落寞。

只是牽了一下手再放開就有這種心情，那如果哪天眞的要和唐奕生分開，他又眞的能放得下嗎？莫武在心中問自己，卻給不出任何答案。光是想像這個問題就已叫他心痛難耐，更別說眞的發生以後會有多難捱。

莫武跟在唐奕生身後走進飯店，這是一間已經開業三十多年的老牌飯店，有重新整修裝潢過，內部還算新穎，只是因爲擴建加上改裝，所以動線有些複雜，他們領完行李和房間鑰匙後，還得在服務人員的帶領下才能找到自己的房間。

房間的裝潢是十年前流行過的樣式，架高的木地板，裝飾成分居多的木格窗，白色的花紋壁紙微微泛黃，一張白色雙人床在房間中央，旁邊就是浴廁。浴室很大，石砌的大浴池足以讓兩個大男人一起泡湯，甚至還綽綽有餘。

房間雖然不似現代化的大飯店新穎，但看起來有些老派的裝潢別有懷舊味道，尤其是浴室裡的大浴池更是讓莫武歡喜不已。

他們住的頂樓加蓋浴室很小，別說浴缸，就連淋浴的蓮蓬頭都是從洗手台上的水龍頭外接出來的，不但沒有乾溼分離，兩人甚至還無法同時使用這個空間。

所以莫武對於大浴室還是挺嚮往的。

「這房間好大，那個浴池我們可以一起洗！」莫武將房間裡裡外外看過一遍後，興奮地說。

方才那點落寞很快地被住飯店的興奮取代。自他有記憶以來，他還沒有和誰出去玩又住飯店過。

莫武像第一次出門玩的孩子一樣，對房間的一切感到新奇。

反觀唐奕生只是微微一笑，他和莫武相反，從小到大連國外的飯店都不知道去過幾間了，每次住的都是有星級的高級飯店，再奢侈華麗的飯店他都住過，早已過了對在外過夜會覺得新奇的年紀。

若是以前，他絕對不會出現在這裡，因爲這間飯店的等級不會是他爸媽的選擇，但如今他已經脫離父母的照顧，所以這間有點舊又便宜的飯店，是他在預算內所能訂到最好的地方。

幸好莫武還是很高興，對他來說這間飯店已經可以媲美一般人眼中所謂的星級飯店。他的興奮感染了唐奕生，唐奕生本來因爲不能訂更好的飯店而有點愧疚，但現在，他開始覺得這間飯店也很好。

「你喜歡就好。」唐奕生話才剛說完，莫武便突然撲了上來，在他唇角上親了一口，又充滿暗示地伸舌舔了一下。

唐奕生愣住了，對著莫武眨了眨眼，還有點反應不過來。

莫武平時連擁抱或親吻都要唐奕生想法子使壞脅迫才肯配合，他因爲害羞的關係，在性事上很少主動，從不願坦然地面對自己的情慾。他明明也很享受做愛，卻總是擺出一副強忍壓抑的表情，惹得唐奕生更加興奮，更想使壞欺負他。

但這樣害羞的莫武居然主動親了他？

「我們可以一起洗……」莫武親完很快就退開他的唇，忍著想逃跑的衝動對唐奕生發出了邀請。

唐奕生嘴角的小痣，莫武想親很久了，可是真的親下去後，又覺得羞恥感從腳底爬上來。想跑，但看到唐奕生慢慢揚起的嘴角又覺得心癢。

唐奕生舔了舔被親過的嘴角，有些興奮，他從早上就一直抑制的慾望被這一吻喚醒，有些蠢蠢欲動。聽見莫武的邀請後，他衝動地環抱他，將唇重重地壓了上去。

一整天了，從早上出門到現在，他早就想好好地吻莫武，卻礙於想給他一個美好的約會而一直忍耐，否則他早把人拖進暗巷，或者隨便找個便宜的旅館，照平常的模式把他操到下不了床。

但現在，約會結束，是可以好好享用聖誕大餐的時候了。

唐奕生按捺不住積壓多時的慾望，邊親邊拉開莫武的褲子，熟門熟路地將手往下探。

「等、等一下……」莫武抓住他們的唇分開的空檔，擋下唐奕生不安分的手。

唐奕生漂亮的眉毛立時擰了起來。

「你……你讓我……去準備一下……」莫武忍著羞恥，小小聲地說。說完話，他脖子以上的地方全紅了起來。

不管做多少次，事前準備這件事說出來還是讓他覺得羞恥難耐。

「我幫你？」唐奕生躍躍欲試。

「不要！」莫武想也不想直接拒絕，自己做就已經夠羞恥了，他沒辦法想像讓唐奕生幫忙的情況。

唐奕生不禁莞爾，靠近莫武的耳朵，輕聲說：「武哥，每次想像你爲了我準備的樣子，都讓我好興奮……」

莫武無言地看著他，過了一會才說：「你這個變態……」

如果不是變態怎麼會對他這樣一個既不可愛又不性感的男生發情？

「還不都你害的……誰叫武哥你這麼性感……」唐奕生很快地在莫武嘴上親了一口，才放他進浴室裡。

一會，當浴室門再打開時，裡面已是蒸氣瀰漫的狀態。

「你連水都放好了？」

「嗯，不是說……一起洗嗎？」莫武下身圍著浴巾，赤裸的上半身被熱氣蒸出一層薄汗，溼滑的皮膚透出令人垂涎的粉紅。

唐奕生忍不住靠近莫武，低頭在莫武的肩頭上咬了一口。

「幹麼？」那一口不痛，卻讓莫武的身體變得僵直，注意力集中在被咬的地方，傳來又麻又熱的感覺。

「我快忍不住了……」唐奕生迅速地將自己身上的衣服全部脫掉，對著莫武赤裸的上身又親又咬。

莫武沒敢亂動，唐奕生的親吻很快地挑起他的情慾，讓他忍不住從喉間發出低低的呻吟。

唐奕生有些急躁，但也不能怪他，畢竟美食當前，又忍耐了一整天，任誰都會急不可耐。

他著急地拉開莫武下身的浴巾，手掌在富滿彈性的臀瓣上搓揉，將莫武的下半身和自己奮起的慾望貼合。

「可以先來一次嗎？」勃發的慾望蠢蠢欲動，一下一下地和莫武的下身碰撞在一起。唐奕生低啞的聲音聽起來像在懇求他的同意。

莫武差點抗拒不了地點頭，旋即又像想起什麼似地推開他。

「等等……」莫武將唐奕生推到浴池旁，讓他坐在石砌的浴池邊上。

唐奕生一臉困惑，下一刻便看見莫武跪在他身前，張嘴將他立起的性器含了進去。

「嘶……」突然的刺激讓唐奕生忍不住仰起頭，倒抽了口氣。

因爲害羞，莫武很少主動做這種事，但這場約會，卻讓今晚的他變得主動積極，他不僅將唐奕生的性器含進去，還努力地用舌頭舔弄、討好。唐奕生的那裡太大，即使莫武勉力呑下，還是露了半截在外，莫武只好用手幫忙，盡心服侍唐奕生。

「武哥……你眞的太棒了……我……我要射了！」

莫武難得乖巧又色情的樣子，在視覺和觸覺上刺激著唐奕生，他根本忍不了多久就繳械投降。濃稠的精液噴發進莫武嘴裡，莫武沒想到他那麼快，即使唐奕生已經警告過他，他還是沒反應過來，直到嘗到又腥又甜的味道時才嚇了一跳。

他本來下意識地想吐掉，但抬眼看見唐奕生舒服得閉上眼的樣子後，他感到微微興奮，索性繼續含著唐奕生的分身，直到它全部射完，慢慢變軟爲止。

高潮過後的唐奕生，在短暫的空白後乍然回神，抱歉地盯著莫武。

「啊，對不起，你吐掉了嗎？」

莫武向他張嘴伸了一下舌頭，說：「都吞掉了。」

「你不是不喜歡嗎？」唐奕生露出無可奈何的笑容。

「是不喜歡。」味道很奇怪，莫武覺得沒有人會喜歡那種東西，「但看你很爽的樣子，所以沒關係。」

他主動做了平常不會做的事，就是爲了讓唐奕生開心。他都帶他出來過夜約會了，他也該回報他。

莫武的話讓剛射完的唐奕生覺得下身又微硬了起來。他俯下身親著莫武剛毅的眉眼，低聲道：「武哥，你這麼寵我，我會得寸進尺喔。」

這又算哪門子的寵？莫武心想，只是這點程度而已，根本不及唐奕生爲他做的十分之一，這傢伙也太容易滿足了吧？

想到這些，莫武心裡越發酸疼，忍不住說道：「我會怕你得寸進尺嗎？」

如果他有能力，他巴不得什麼都給唐奕生。

「你說的，那我就不客氣嘍。」唐奕生把莫武帶進浴池裡，在溫泉裡上下愛撫莫武的身體。

莫武被他撩起了情慾，從他的話中聽出一絲危險的味道，此刻他被唐奕生圈在懷中，想逃也來不及。

何況他一點也沒有想逃走的念頭。

唐奕生揉捏莫武飽滿的胸部，手指像撥弦一樣彈弄小巧的乳珠，讓它挺立充血，呈現誘人的紅。

「唔嗯……」雖然做過很多次，但莫武還是很不習慣被玩弄乳頭，本沒有什麼感覺的胸部在一次次的愛撫中，漸漸有了奇怪的感受，麻麻癢癢，好像和下腹的慾望產生連結。他在每一次的撫弄中越發克制不住自己的反應，羞恥到想要逃走，卻又只能拚命忍耐。

唐奕生最喜歡莫武這對結實豐滿的胸部，當他逗弄他的乳頭，看著他羞恥又難耐的表情時，總會出現一股奇妙的施虐感。

「武哥喜歡我玩你胸部，對吧？」唐奕生的嘴貼了上去，緊吮其中一邊乳頭，用牙齒輕輕磨著小小的凸起，再用舌頭緩緩畫圓，吸、拉、勾、吻後，再換另一邊，如此反覆讓莫武開始覺得受不了。

「不要再玩了……」莫武的聲音隱隱帶著哭腔，已受不了這樣的挑逗刺激，他下意識地拱起身體，朝唐奕生磨蹭。一雙乳頭被吸得紅腫充血，顯得楚楚可憐。

溫泉水被莫武晃動的身體弄得蕩漾，水面下勃發的慾望再也無法克制，唐奕生的手指早已在水中撐開柔軟的穴口，進入、攪動。溫熱的泉水隨著他的動作灌入甬道，帶給莫武一陣溫熱感。

「唔……水進來了……」莫武皺著眉頭，輕聲控訴。

唐奕生惡劣地抬起莫武的臀部，腫脹多時的巨物頂在穴口磨蹭，接著朝穴口緩緩插入。

「唔啊……」莫武微微地仰起頭，發出長長的呻吟，像是在迎合他的進入，也像是滿足地嘆息。

唐奕生享受著慢慢進入莫武的過程，習慣在做愛時忍住聲音的莫武，只有在他剛進入時會克制不住自己的聲音。

直到那窄小的地方終於完全吞下他的巨大時，唐奕生才開始肆意地動了起來。

水花愈濺愈高，水底下的動作也越發激烈。唐奕生像是要吃掉莫武一樣，每一下都狠狠地插到最深處。

莫武被插得失神，深處敏感的地方一直被摩擦，惹得他渾身顫慄。抑不住的呻吟聲不斷地從唇邊溢出，壯碩的身體被頂得一上一下，如風浪中無助的小船，只能隨著大浪搖晃，因浪潮而恐懼。

「奕生……慢點……唔……」莫武的腰被唐奕生扣住，逃不了他猛烈的侵掠，只能雙手緊扣在唐奕生肩上，咬著唇忍耐一波強過一波的激烈快感。胯間立起的性器在兩人的腹部間搖盪摩擦，增添刺激。

唐奕生不僅沒有理會莫武的請求，反而還狠狠地往裡一頂。

突如其來的快感讓莫武仰起頭，身體僵直了一下，隨即一邊顫抖，一邊在水中噴出白濁的液體。

唐奕生把人拉了起來，讓莫武雙手扶著牆背對著他，趁莫武還在失神之際，再一次深深挺入。

「啊……」莫武腰一軟，整個人險些滑下去，唐奕生眼明手快地扶住他，下面的凶器仍埋在莫武體內，只是不敢妄動。

莫武一手撐著牆，一手抓著唐奕生的手，無力地喘息，回頭又嗔又怨地瞪了唐奕生一眼。

那一眼讓深埋在莫武體內的凶器突然跳了一下，壯大了幾分。

「你別這樣看我啊，武哥。」唐奕生環抱莫武的腰，低頭在他耳邊輕輕地說。

「我才剛射完……你別……啊！」莫武回頭只是想叫唐奕生給他時間喘口氣，沒想到唐奕生竟猛然加快動作。

「武哥……你好美……」唐奕生一邊加快挺腰的速度，一邊撫摸莫武矯健的背肌。

「鬼扯什麼？我又不是女生……」莫武邊喘氣邊皺眉反駁。像他這樣一個粗糙的男人，怎配得上「美」這個字。

唐奕生的手輕輕滑過莫武的背，再低頭從後頸一路吻到肩胛。莫武不會知道，自己在唐奕生眼中是多麼美麗性感，那線條分明的背部結實有力，凸出的肩胛骨如同山巒起伏，腰窩處如河谷凹陷，整個背部就像世間最美的景致。

泡過溫泉的肌膚柔軟滑膩，令唐奕生愛不釋手。他的陰莖在莫武體內一下一下地攪動，他愛看莫武背部的肌肉因快感而繃緊的樣子，幾個用力的挺入後，唐奕生猛地將性器拔出，快速捋動莖身，大量的精液瞬間噴出，噴灑在莫武背上。

莫武蜜色的肌膚上布滿醒目的白色，像大地落下了初雪般。唐奕生伸手抹了抹，白色沒入泥裡看不見了，他的東西就像是透過肌膚被莫武吸收、融合了一樣。唐奕生心裡一陣滿足，卻弄得莫武一身黏膩。

兩人拔起落水塞排水，走出浴池後，拿起蓮蓬頭沖洗身體，用沐浴精再洗過一遍。

出了浴室，身體都還沒完全擦乾，莫武就被唐奕生推倒在床上，再一次點燃了情慾。

剛做過的穴口還非常柔軟，這次唐奕生戴上套子，拉開莫武的雙腳，緩慢地進入他的身體。

莫武哼了聲，順從地接納他的進入。一個高大又硬氣的男人，在床上，在唐奕生面前總是這麼地乖巧聽話，爲他展開最隱密的地方，任他擺弄姿勢，任他爲所欲爲。

這叫人如何不心神蕩漾，如何不傾心瘋狂？

「武哥，張嘴。」

「嗯？」莫武搞不清楚狀況，卻仍順從地張開嘴。

唐奕生含住莫武的嘴，舌頭長驅直入，占領內部。粗大的性器塞滿莫武的體內，這次他不急著抽插，而是緩緩地磨著莫武體內敏感的地方，慢慢地進出。

唐奕生不斷深吻莫武，一遍又一遍，貪婪卻不急躁。他要點燃莫武的情慾，要細細品味他的身體，在每一寸每一個地方，都留下他的痕跡。

終於，莫武被他的細磨慢捻惹得受不了，哼哼唧唧地發出不滿的聲音。

太慢了，他下身的慾望漲得發疼，體內的東西塞滿整個甬道，唐奕生時不時地碰到他的敏感點，卻又總是輕輕滑過，像在隔靴搔癢一樣，不給個痛快。

莫武急了，他疼得難受，睜著充滿慾望的眼睛看著唐奕生，卻又恥於開口求他，只能自己偷偷地加快擺動腰部的速度，期望那東西能用力地撞在敏感點上，給他更激烈的快感。

這樣的小動作，唐奕生自然發現了。他微微一笑，嘴角的小痣又跑了出來，顯得特別壞又特別招眼。

莫武怕看到他這樣笑，但又特別喜歡他這樣笑。

那笑明擺著就是在謀劃欺負他，偏偏他又無法抗拒，無從抗拒，怎能抗拒？那是唐奕生啊！從以前他就無法拒絕他的要求，現在又陷得更深了。

唐奕生扣住莫武的腰，使他無法繼續扭動，接著俯身壓向他，舔吻他的耳廓。

「奕生……不要這樣……嗯啊……難過……」莫武覺得很癢，想要躲開時，卻發現他無處可躲。他的身體敏感不已，開始顫抖，只能斷斷續續地求饒。

「我想慢慢來啊，武哥，你怎麼可以自己動呢？」唐奕生在他耳邊輕輕呼氣。

「可是我難受……嗯……奕生……」莫武眼裡含著水氣，熱度從耳根蔓延至全身，慾望仍在攀升。

即使被唐奕生壓著，莫武仍不安分地扭動，「呃啊……我想射……」

他見唐奕生不動，就想伸手捋動陰莖，希望能從這不上不下的情況中解脫。

唐奕生抓住他不安分的手，故意朝裡面用力地頂了頂，「不要急啊……還沒有到射的時候……」

「不要了……啊啊……不要這樣……」莫武搖頭，被想高潮的慾望燒得難受，說話的聲音帶著些許哭腔。

唐奕生還在折磨他，埋在他體內的巨物時而加速抽插給予刺激，時而又慢了下來，讓莫武在頂峰的邊緣來來回回。

莫武簡直要瘋了，性器繃到極點，前端滲出了水，滴滴答答地落在腹部上。

人在情緒高漲時，似乎都會有想落淚的衝動，不管是高興或是悲傷，但莫武第一次知道，原來磨人的快感即將達到極致時，也會有想哭的衝動。

眼淚積在眼眶中即將盈滿落下，莫武趕緊抬起手臂擋住臉。他不想讓唐奕生看見他居然因爲這折磨人的快感而哭泣，這會顯得他太過沒用。

「武哥，你幹麼把臉擋起來？」唐奕生沒發現莫武快要哭出來的模樣，只覺得奇怪，伸手想將他的手拉下來。

「不要！」莫武嚴嚴實實地擋著臉不讓唐奕生看見。

「不要什麼？為什麼不讓我看你的臉？」唐奕生覺得奇怪又好笑，莫武第一次像這樣把臉擋起來，讓他更加好奇，執意要將他的手拉開。

「不要，嗚……不要看……」莫武悶著的聲音從手臂下傳出，這不但沒有成功阻止唐奕生，反而還讓唐奕生開始擔心，更用力地拉著他的手臂。

其實論力氣，唐奕生是贏不過莫武的，但莫武從來就不會和唐奕生較眞，所以唐奕生強硬地要拉開他的手臂時，莫武也沒有盡全力反抗，最後還是向唐奕生屈服，讓唐奕生拉開他的手臂。

「你……」一看見莫武滿臉淚痕的模樣，唐奕生便愣住了。

莫武的眼淚止不住地一直往外流，沒了遮掩後，他只好閉上眼睛，弱弱地喊了句：「嗚……不要看……」

怎麼可能不看？唐奕生沒想到他就這樣把人操哭了。哭得臉上都是淚水的莫武看起來特別煽情，讓唐奕生底下的傢伙馬上被哭硬了幾分。

「對不起，武哥，我忍不住了……」

莫武感覺到體內的傢伙變大了，還來不及反應，臀部就被唐奕生抬起，猛烈抽插了起來。

「啊啊……等等……」突然到來的快感讓莫武忍不住喊叫，一下子就被插到腦中一片空白，如過電一般。發脹多時的陰莖終於得到解放，倏地噴出大量的精液。

積壓已久的精液噴得老遠，有一些濺到莫武臉上。莫武爽到短暫地失神，接著後知後覺地發現快感還未停止，體內的凶器還在不斷地往他的深處頂撞，每一下都撞在他極為敏感的地方。

「啊啊……不行、不行……不要了……奕生……不要了……」莫武爽到忍不住搖頭，眼淚不停落下，哭得枕頭上都溼了一塊。他的大腦一陣發麻，無法思考，全身只剩下無盡的快感。

唐奕生無視莫武的哀求，又或者說莫武的哀求讓唐奕生更為興奮。他狠狠地將身下的巨物鑿進莫武體內的最深處，用著像是要將他操壞的速度，一下一下地讓性器進入甬道內。

莫武嚇壞了，他從未體驗過這樣的快感，他的身體彷彿不再屬於他。莫武緊緊抓住唐奕生的手臂，指甲掐進他的肉裡，哭喊著：「不要了，奕生……好可怕，我不要了……」

唐奕生恍若未聞，加快了速度。莫武在唐奕生的衝刺下突然一陣痙攣，哭著被送上自己從未到達過的高峰，性器一陣緊繃射出大量且透明無味，像水一樣的液體。

唐奕生也在後穴的一陣用力絞縮下繳械，大量的精液射進了套子裡。

唐奕生射完的時候，莫武的身體還在高潮的狀態，立起的陰莖還未消下去，正一顫一顫地吐著稀薄得像水一樣的精液。

「武哥，你被我操尿了……」唐奕生新奇地摸著莫武腹部上殘留的水漬，滿足地笑道。

莫武這次失神了很久，等唐奕生說完話，開始親他臉頰時，他才緩緩回過神。他不敢相信自己居然尿了出來，莫武嗚咽一聲，躲開唐奕生的親吻，他現在只想將頭埋進枕頭裡，然後再也不出來。

好丟臉！他怎麼會這樣？

唐奕生因莫武的反應而笑了，心裡滿是憐愛與快樂。他硬是將莫武的臉從枕頭中挖出來，不停地落下滿滿的親吻。

「你好可愛，武哥……」

全世界大概只有唐奕生這樣的變態會覺得一個失禁的男人很可愛，莫武心想。但不可否認的是，他焦躁的內心的確從這句話和唐奕生落下的親吻中得到安撫。

最後他們休息了好一會才進浴室洗澡，不小心在浴室裡又做了一次。

等到洗完出來，將床鋪簡單整理過後，已經是大半夜了。累極的莫武早已撐不住昏睡過去，唐奕生做完剩下的清潔後，回到床上看著莫武的睡臉，又摸又親了一會，才終於滿足地將人擁入懷中，沉沉睡去。

✦

隔天兩人一覺睡到快要退房才起床，下樓簡單地吃完早餐後便退房。

此時時間已經將近十二點，他們背著行李走出飯店，再慢慢地往捷運站的方向走。途經文創市集，兩人逛了一會，在經過一間販賣手工飾品的攤位時，莫武停下腳步。

「在看什麼？」唐奕生順著莫武的目光看去，是一對對精巧的手工耳環。

「我們也有男生可以戴的耳環喔，要不要看看？」攤主是一名嬌小可愛的年輕女生，見兩人在攤位前停下腳步，馬上熱情地招呼。

莫武沒有接話，只是盯著攤位上的耳環，認眞地思考。

莫武現在雖然沒有戴耳環，但耳洞一直都在。唐奕生看了眼莫武空空的耳朵，想起他高中時有戴過耳環，不過那時的耳飾現在早已遺失。

他們重逢之後，唐奕生就沒見過莫武戴耳環。其實莫武戴耳環的樣子很好看，他自己就是看了莫武的耳飾後，才學他給自己打了耳洞，現在耳朵上還戴著小小的耳鑽。

「你想要嗎？我送你？」唐奕生問。莫武現在的工作環境也不適合戴太高調的耳環，但如果是攤位上小小的金色耳環應該還是可以。

莫武輕輕地搖頭，轉身看著唐奕生，欲言又止了一會，才支支吾吾地說：「奕生，我問你……如果……如果說……」

「說什麼？」唐奕生感到困惑，催促莫武趕快說下去。只是買個耳環犯不著吞吞吐吐的吧？

莫武看著他，深吸了一口氣後才將心裡所想的話說出來：「如果我買耳環送你，你會戴嗎？」

唐奕生愣了一下，這什麼問題？這問題有必要這麼慎重地問嗎？不管他送他什麼東西，他當然都會珍惜地使用，還需要問嗎？

莫武問完臉就紅了，根本不敢看唐奕生，似乎覺得這問題問得過於大膽了些。此時唐奕生瞥見攤主的表情，像是聽到什麼不得了的事一樣，雙眼放光，特別興奮的樣子。他再看了看莫武空空的耳垂，和攤位上成對的耳飾……一瞬間，唐奕生明白了什麼。

「你想跟我戴一對的嗎？」唐奕生輕聲問。

心事被拆穿，莫武顯得有點慌張，但冷靜了一會後，他微微地點了下頭。

他想起昨天看到的情侶們，他們的相處是那麼的自然，那麼的坦然，那麼的大膽，那麼的……令人羨慕。

他不清楚自己和唐奕生現在是什麼關係，將來的事他也不敢想，只是在這一刻，他想擁有一個他和唐奕生是在一起的證明。

戴一對的耳環或許並不能代表什麼，但若有人能注意到他們戴的是一對的，並聯想到他們也是一對的……那該多麼令人高興？莫武忍不住在心裡偷偷地想。

但他不確定唐奕生是否願意和他戴一對的耳環，畢竟唐奕生有自己的耳環了。他也不知道唐奕生有沒有看出他的小心思，如果他看出他的目的了，又是否還會願意和他戴同一對？

「好啊。」唐奕生見莫武點頭，爽快地拆下自己一邊的耳鑽，道：「你要送的，你來選適合我們的耳環。」

唐奕生見攤主捂著嘴巴驚呼，又見莫武一臉驚喜。

「你們要戴的話，我、我推薦你們這幾款！」攤主手腳俐落地拿出三五對簡單樣式的耳環，讓莫武挑選。

莫武喜孜孜地和攤主討論了一會，決定選其中一款半圓形的金色耳環。攤主看起來比莫武還開心，主動給他們打了折扣。

見莫武結完帳，唐奕生主動靠近莫武，說：「幫我戴。」

「咦？」莫武愣了下，趕緊拆下其中一隻耳環，小心翼翼地幫唐奕生戴上。

唐奕生側著臉朝莫武靠近，莫武近距離地欣賞唐奕生，驚嘆他毫無瑕疵的美貌。

唐奕生的睫毛很長，如蝴蝶羽翼輕顫，白皙的耳朵形狀漂亮，像陶瓷一樣讓人不敢隨便碰觸，就怕不小心碰壞了，磕著了。

莫武顫抖著手，動作無比輕柔地將耳環扣好。

才剛戴好，唐奕生就迫不及待地左右搖擺，問：「好看嗎？」

金色的耳環在唐奕生的右耳上招搖地閃動，莫武怔怔地看著點頭，「好看，很好看！」

「我也幫你。」唐奕生拿起另一隻耳環，招手讓莫武靠近。

莫武微彎著身子靠向唐奕生，被唐奕生碰觸的左耳頓時感到好熱、好燙。

他垂著眼不敢看唐奕生，這時才突然意識到自己提出了多大膽的要求。他居然和唐奕生戴同一對耳環……他瘋了吧？

莫武悄悄抬頭，看到唐奕生的笑臉，和耳垂上那隻閃閃發亮的耳環時，心裡又感到一絲竊喜。

攤主激動到快昏了過去，今天也太幸福了，居然剛開市就嗑到了糖。

唐奕生和莫武要離開時，女孩送上了名片，說以後找她買飾品，她一定都給折扣，還祝他們要幸福久久。

唐奕生笑著接受她的祝福，莫武則是覺得挺不好意思，有種祕密被發現的感覺。

「下次再帶你到別的地方玩。」上火車前，唐奕生主動牽起莫武的手。

下次嗎？什麼時候開始，他居然可以理所當然地期待和唐奕生的下一次？

莫武看著唐奕生，心裡湧上一股暖意，這份安心感只有唐奕生能給他。能夠在平凡的日子裡，期待和唐奕生約定好的以後，這對前半生都在各個住所輾轉流浪的莫武而言是多麼難得的事。

莫武回握唐奕生的手，輕輕地點頭，「好，但我們現在趕快回家吧。」那個夏熱冬冷、浴室小得要死、沒有電梯的頂加小套房，卻是莫武第一次可以稱爲「家」的地方。

才出來旅行一天半，他就已經開始想念那個地方，想念他在頂樓種的雜草。他想趕緊帶它的朋友回去，和它作伴。

「好。」唐奕生的手指在莫武的手心裡蹭了蹭，「我們回家。」

番外三
酒醉

那天莫武難得喝酒喝到不省人事。

因爲童年的關係，他外出聚餐遇到喝酒的場合向來都很節制，雖不至於滴酒不沾，但一定淺嘗輒止。即便在工地的同事、師傅個個都是酒豪，他也從不放縱。

但那天是莫武向陳火言公開他和唐奕生是同志伴侶的日子，陳火言對莫武而言是亦師亦父的角色，而陳火言待莫武也一向視如己出，能夠向最重要的長輩坦承性向和介紹自己的伴侶，並獲得祝福，對莫武來說是一件很重要的事。

所以當陳火言爲了這件事說要請客，帶莫武去聚餐慶祝時，他一個高興，不小心就喝多了。

唐奕生接到通知趕去接人時，莫武早已癱在桌上。

「啊啊……抱歉，沒有注意，讓他喝多了！」陳火言看著眼前瘦弱的年輕人，有點懷疑地問：「你能帶他回去嗎？」

「可以。」多虧平時有在偷偷健身，唐奕生毫不費力地將壯碩的莫武扶起。

陳火言瞇著眼睛滿意地笑了，他滿面通紅地拍拍唐奕生的手臂，說了句意味深長的話：「莫武就拜託你了，要好好照顧他啊！」

「我會的。」唐奕生看了眼靠在他肩頭睡著的莫武，臉上泛起溫柔的笑意。

那是任誰看了都會爲之動容的深情。

唐奕生將莫武帶回小公寓，這間將近四十年的公寓在莫武的整修下已煥然一新，他不僅重新拉皮，管線也全部換過，砌牆粉刷都是自己來，裝潢雖然簡單樸實，卻堅固耐用，是內行人都會讚賞的品質。

「武哥，到家了啊。」唐奕生搖了搖莫武，但莫武只是咕噥一聲，倒頭躺在沙發又繼續睡。

「還沒醒啊……」唐奕生無奈地搖頭，他第一次看莫武醉成這樣，或許他該慶幸莫武喝醉後不會發酒瘋，只是安靜地睡覺。

但他也不能放任莫武一身酒臭睡在沙發上，他們的沙發不大，莫武那麼大個的人睡在這裡隔天醒來一定不舒服。

無奈之下，唐奕生只好先扶著他，幫他擦澡、換上睡衣，一整套弄下來搞得自己氣喘吁吁、滿頭大汗。

唐奕生把莫武搬到床上蓋好被子後，看著他泛紅、毫無防備的睡臉，頓時有些心癢難耐。

「虧明天放假……」他有些失望地自言自語，伸手摸了摸莫武的頭後，自己也進浴室洗掉滿身的汗味，順便澆熄剛萌芽的慾望。

當他洗好走出來時，便被坐在床上的莫武嚇了一跳。

「武哥，你怎麼醒了？」唐奕生以爲他不舒服，急忙走到他身邊。

莫武神情呆滯了好一會，才將目光慢慢地轉到唐奕生身上，接著露出超大的笑容，「嘿嘿……」

唐奕生一看就知道莫武還沒完全清醒，只好哄道：「武哥，很晚了，要不要睡了？」

莫武沒有回應，只是看著唐奕生一直笑，露出十分著迷的表情。

「武哥，你一直看著我做什麼？」唐奕生被看得莫名其妙。

「因爲你很漂亮啊！」莫武說得理所當然，眼睛直直盯著他，目光一刻也捨不得離開。

唐奕生知道自己長得很好看，但當莫武這麼直接地說出口時，他還是窘了一下。

「謝謝你，別看了，趕快睡覺。」唐奕生把莫武壓回床上，自己則躺在他的身邊。雖然明天放假，但他也不能對喝醉的莫武做什麼，不如早點睡覺。

莫武乖乖地躺下，但眼神卻亮晶晶的，一點也沒有想睡的樣子。

「幹麼不睡啊？」唐奕生伸手蓋住莫武的眼睛。

莫武撥開他的手，「你很好看，我想一直看。」

「你每天都在看啊！」唐奕生被他看得好氣又好笑，忙了一整晚還以爲可以睡了，沒想到莫武竟選在這時候起來發酒瘋。

「可是看不夠……」莫武不只看，還伸手輕輕碰了碰唐奕生的臉，「眞的好漂亮，好好看，我從沒看過這麼好看的人……」

莫武像怕碰壞藝術品似地，力道放得很輕，弄得唐奕生的臉很癢，忍不住閃躲。莫武以爲他不喜歡，嚇得趕緊收回手。

唐奕生伸手將他的手拉回來，放在自己的臉上，「想摸你就盡情摸啊，力道不用那麼輕，我會癢。」

「不行，會弄壞！」莫武怕得直搖頭，用力地將手抽回。

「我沒那麼脆弱……你看！」唐奕生把莫武的手拉了過來，主動將臉頰湊到他掌心裡磨蹭，「看，沒事的。」

掌心傳來的柔軟觸感讓莫武驚豔，但他隨即又一臉擔心地道：「你會被我弄髒的……」

唐奕生簡直氣笑了，這是把他當成什麼了？

但看在莫武十分認眞的模樣，他又不忍和他計較，跟一個喝醉的人是要計較什麼？唐奕生耐著性子道：「弄髒就弄髒，那有什麼關係？反正我是你的，你想做什麼都可以……」

莫武的眼睛亮了起來，「我的？」

「對，你的……」唐奕生神情認眞地點了點頭，說：「你忘了嗎？我已經跟你求婚了。」

「我的？」莫武像得到玩具的孩子般開心，不停地撫摸唐奕生的臉和脖子。

唐奕生本來不想對一個喝醉酒的人出手，但莫武一直摸他，實在令他心癢難耐。

忍忍吧！武哥喝醉了根本不知道自己在做什麼，唐奕生心想。

他不想對一個神智不清的人亂來，即使他知道莫武愛他愛到允許他對他做任何事，但正因如此，他更要讓自己保持理性，他不想成爲被性慾控制的禽獸。

突然，莫武拉起被子將唐奕生整個人緊緊蓋住，悶得他快喘不過氣。

他趕緊拉下被子，問：「武哥，你幹麼？」

「把你藏起來！」莫武固執地將被子往上拉，再次將唐奕生整個人包了起來。

「這樣好熱！」唐奕生又一次掙脫，對莫武的行爲感到一頭霧水，「爲什麼要把我藏起來？」

「因爲你太好看了，要藏起來，不然會被別人偷走……」莫武皺眉，一臉焦慮，卻也沒有再拿被子蓋在唐奕生身上。

唐奕生以爲他放棄了，沒想到又見莫武從床上爬起來，在房間裡四處遊走，像是在找尋最好的藏匿位置。

他一下子看床底，一下子又打開衣櫃……

唐奕生實在受不了了，爬下床阻止他，「你不用擔心我會被別人偷走，我是人耶，又不是東西……」

莫武瞇起眼睛看著他，下一秒將他抱起，想把他塞進衣櫥裡藏起來。

「武哥，不要！放我下來！」唐奕生嚇得大叫。

莫武依言放下他，一臉委屈。

唐奕生捨不得莫武難過，明知道他在發酒瘋，還是忍不住開口安慰：「你別那麼難過的樣子，我是你的，哪也不會去，根本不用藏起來。如果你眞的擔心，那把我藏在你身邊不就得了？」

這本來只是一句玩笑話，沒想到莫武一聽眼睛整個亮了起來，「好主意！」

莫武在唐奕生還沒反應過來前，就撩起上衣，將唐奕生的頭按在他的胸口上，再用衣服蓋起來。

「藏起來就不會被別人拿走了！」莫武用力地將唐奕生抱入懷中。

唐奕生根本沒想到莫武會來這招，他的臉瞬間被埋入莫武的胸部中。被結實的胸部夾著，他幸福得差點死掉。

唐奕生本來覺得喝醉酒的人沒什麼判斷能力，所以不想勉強莫武，但是……靠！莫武居然直接讓他靠在胸口上，他再忍下去就眞的禽獸不如了！

唐奕生順勢拉高莫武的衣服，對他上下其手，舔吻他小巧的乳頭，讓莫武忍不住發出微弱的呻吟。

「想不想把我藏得更確實點？比如說藏到你身體裡？」唐奕生撫摸莫武的小腹，在上面來回磨蹭。

莫武有點按捺不住，身體被唐奕生點起了火，但喝了酒的神智卻跟不上，渾身熱得難受，卻不清楚自己究竟渴望什麼。當唐奕生撫摸他時，他下意識地扭動身體，讓自己更貼合於他。

「想……」莫武輕輕地點了頭，「我要怎麼做？」

「讓我進去裡面不就行了？」唐奕生的手指伸到莫武的臀縫裡，很快地找到穴口，手指一根根探入翻攪。

「啊呃……」莫武忍不住發出高亢的呻吟，帶著水光的眼神看著唐奕生說：「好。」

唐奕生立即把莫武推回床上，脫掉他的衣服和褲子。

在他脫下自己的褲子時，莫武已經張開雙腿，用手掰開臀瓣，露出粉色的穴口，對著唐奕生誘惑道：「趕快進來！」

太過衝擊的畫面讓唐奕生差點喪失僅剩的理智。

幹！他一定是酒醒了！一個喝醉的人怎會做出如此赤裸又大膽的邀請？

唐奕生匆忙地打開床邊的小櫃子，拿出保險套和潤滑劑。他的下身硬到快要爆炸，現在只想趕快插進莫武體內柔軟的地方，盡情地磨蹭。

不知是因爲酒還是因爲自己大膽的行徑，莫武從臉至肩頸都呈現一片緋紅，看起來特別誘人。被掰開的穴口粉紅溼潤，一開一合，像是在叫唐奕生快點進入。

唐奕生套上保險套並塗了一半的潤滑劑在上面，接著將剩下的另一半灌進莫武的穴裡，用手指仔細地塗抹。

唐奕生的動作極其溫柔，但莫武已急不可耐，頻頻地挪動屁股蹭著他的手指，催促道：「快點。」

誘惑的言語擊潰唐奕生最後的一絲理智，慾望的野獸破閘而出，他抓著莫武的腰窩讓自己深深地進入幽深的穴內。

「啊……」猛烈的動作讓莫武幾乎快要尖叫，感覺肉穴被狠狠撐開，有點痛卻又很滿足。

因為喝了酒的關係，莫武體內比平常要更炙熱，溼軟的腸壁緊緊地吸附住唐奕生，在每一次抽開之時都顯得依依不捨。

「這真的是……」強烈的快感衝上腦門，唐奕生咬牙，頭抵在莫武的肩頸間，不得不放慢抽插的速度，以免一下就射了。

莫武感覺唐奕生慢了下來，那粗大的東西埋在他的體內動得極慢，緩緩地擦過前列腺，帶來的快感不夠強烈，卻更彰顯他的存在，彷彿正在體內描繪他的形狀。

「藏起來了……」莫武伸手按著小腹的位置，似乎也按住在裡面的他，滿足地道：「藏在裡面就是我的了……」

今天跟陳火言公開他和唐奕生的關係後，莫武突然有一種踏實的感覺。他再也不用遮遮掩掩隱藏對唐奕生的愛意，也不需要戰戰兢兢地擔心他和唐奕生的關係何時會結束。他們向身邊的人公開了彼此的存在，也得到身邊的人的認同。

對莫武而言，這更像是在向大家宣告，唐奕生是他的，是他的東西，他的人……從小到大，莫武從沒擁有過一樣完全屬於他的東西，也沒擁有過一段長久不變的關係，但現在他什麼都有了。

唐奕生是他的，他也是唐奕生的。

莫武笑得很甜，甜到唐奕生都快融化在他的體內。

唐奕生忍不住罵了一聲髒話，然後抓著莫武的頭用力地親了上去。他含住莫武帶著笑的唇，用力吸吮，莫武的舌頭像蜜，怎麼吃都吃不夠。

莫武配合地張開嘴任他攫取。他們的唇舌激烈交纏，捨不得分開，彷彿要一直親到天荒地老似的。

「是你的……都是你的。」像是要證明這句話一樣，唐奕生猛烈地抽插，將性器完全沒入莫武體內，不留一絲餘地。

「啊啊……好舒服……啊……」莫武忘情地呻吟。

唐奕生使力讓每一下都頂至深處，敏感的前列腺不斷地被衝撞、刺激，強烈的快感沿著脊椎直衝而上，令莫武的大腦一片空白，沒多久就受不了刺激，陰莖用力地顫抖，噴出大量白濁的精液，後穴也跟著絞緊，令唐奕生一陣酥麻，再也忍不住，抱著莫武用力一挺，在他體內全部射了出來。

唐奕生抱著莫武喘息，陰莖還在莫武的體內捨不得出來。

莫武從高潮的餘韻中回過神，看著頭靠在他肩上的唐奕生，額髮落下，眼角微紅泛著春意，模樣勾人，怎麼看怎麼漂亮。他居然能擁有這麼帥氣好看的一個人？好喜歡，喜歡到要滿出來的程度。

「奕生，我眞的好喜歡你。」以往總是放在心裡的喜歡終於脫口而出，因爲他知道唐奕生會珍重地接下他的喜歡，不會輕賤他的心意。

他是他的，他好喜歡、好喜歡他，喜歡很久很久了……

唐奕生聽了一愣，眼淚差點奪眶而出。他一直都知道莫武喜歡他，可是他從來沒聽他說過，就算在床上被操到失去理智也是緊咬著嘴唇。

他知道莫武缺乏安全感，也知道他對於兩人間的未來抱著悲觀的想法。

莫武從前失去過太多人，所以便以爲自己就像個隨處可見的物品，任誰都不會珍惜他。對莫武而言，被拋棄才是理所當然，所以愈是重視、喜歡的人，他愈是不敢和對方建立關係，就怕有一天失去的時候，會太過傷心。

所以唐奕生才努力地向莫武證明，他是會珍惜他的人，不會輕易放棄他們之間的關係。就算莫武一直不敢說喜歡他，他也不急，覺得時間會證明一切，反正他知道他愛他，說不說也沒那麼重要。

然而，當莫武第一次將「喜歡」說出口時，唐奕生忽然覺得，他等這句喜歡等了好久。

原來他並不是不在乎。

「嗯。」他親了親莫武的臉，再親他的眼、他的唇，然後靠在他耳邊說：「我也是，我也好愛好愛你……」

愛情令人沉溺，性也是。

因此當他們完全清醒的時候，已經是第二天下午的事了。

莫武一身縱慾後的痕跡，都是唐奕生不知節制造成的，但這都不算什麼，重點是，莫武清楚地記得自己前一晚說過的話、做過的事……

「唐奕生……」莫武捂著臉，欲哭無淚地說：「你把昨晚的事都忘了吧！」

「不要，我喜歡你把我藏起來……」唐奕生使壞地笑著，像隻狐狸一樣壞心眼。

莫武發誓，他再也不會喝醉了！

番外四　日後

傍晚，莫武下工回家，快到家時看見公寓前停了一台高級轎車，車旁站著一個穿著西裝、長相端正的男人。

見男人不停地朝他們的院子裡張望，莫武快步上前，擔心這個人對他們家有什麼不良意圖。

「你有什麼事嗎？」

雖然是禮貌的詢問，但莫武魁梧的身材和粗獷的長相還是讓那名穿著西裝的男子嚇了一跳。

「你……」男人打量了莫武一會，又看了眼公寓，遲疑地問：「你認識住在這裡的人嗎？」

「這裡是我家。」莫武回答。

男人露出驚訝的神情，顯然這不是他預期的答案。他舉棋不定地看向車內，深黑的隔熱車窗後似乎還坐著其他人。

莫武心裡的疑惑更深了，這個人不認識他，難道是來找唐奕生的嗎？但唐奕生從來就不會帶他不認識的人來家裡，更別說現在這個時間，他和唐奕生都不在家。

那麼他們到底是誰？

莫武的疑問很快就得到了解答。

後座的車窗降下來，裡面坐著一位打扮高貴的女人，精緻無瑕的容貌和唐奕生有幾分神似。

莫武一眼就認出那是唐奕生的媽媽。

她怎麼會出現在這裡？莫武心裡頓時掀起驚濤駭浪，雖然他答應過唐奕生，如果再見到他的母親，他一定不會逃走，但他沒想到這一天這麼快就到了。

他完全沒有心理準備會在這時見到馮心薇啊！

馮心薇沒有下車，卻已經認出了莫武，開口就問：「唐奕生不在嗎？」

她依舊是高高在上的語氣，看著莫武的目光冷淡且帶著一點輕蔑，一如十多年前的初見，只是莫武已非昔日敏感、尖銳的少年，在驚慌過去後，他很快就冷靜下來，禮貌地應對。

「奕生最近有個大案子要忙，今晚可能不會回來。」

「是嗎？他一直都這麼忙嗎？」

礙於兩人尷尬的關係和身分，彼此心照不宣地避開對對方的稱呼。馮心薇的話意有所指，但莫武聽不出來，只是老實地回道：「他最近比較忙，但也不是常常不回來。」

「接那種小案子能賺錢嗎？」馮心薇哼了聲，恨鐵不成鋼，「我以為他多有能耐，當年跟我吵架，說要離開我自立，結果現在窩在不知名的律師事務所內接這種賺不了錢的案子？」

「奕生不是爲了賺錢才當律師的。」莫武皺起眉頭，見不得有人說唐奕生不好，但因爲眼前的人是唐奕生的媽媽，他只好克制自己的怒氣，回道：「他當律師是爲了幫助別人，請不要以錢來衡量他的能力！」

馮心薇微微詫異，當年面對她完全不敢吭聲的少年，現在竟敢對她回嘴？她冷冷地看著莫武，回道：「幫助人？做這種小案子能幫助什麼人？以前我盡心盡力栽培他當醫生，如果他照我的規劃去做，他現在能救更多人，還能得到更高的名氣和地位，而不是在這種地方，當個無名的小律師。」

「奕生並不是……」

「叭！」

莫武正想反駁，便被一旁的喇叭聲打斷了話。

馮心薇的車子太大台，妨礙了車輛出入，穿著西裝像是祕書的男子向後方的車主道歉後，又回來和馮心薇說了幾句話。

馮心薇不情願地點頭，看著莫武說：「上車，這裡不是說話的地方。」

她頤指氣使地命令莫武上車，也不問莫武是否有空。

祕書打開副駕駛座的車門請他上車，莫武雖然有點不情願，但他還是順從地坐了進去。

馮心薇沒有說他們要去哪，莫武在車上忐忑不安，思索馮心薇找他的目的，車內凝滯的氣氛令人難以呼吸。

車子約莫開了二十分鐘後，駛進市內有名的大飯店，馮心薇下車後，飯店的迎賓人員立即熱情迎上。

「幫我安排個可以安靜談事情的地方。」馮心薇說。

迎賓人員立即帶他們到飯店附設的咖啡廳內，選了一個靜僻的角落，並送上開水和紙巾。

馮心薇向服務生要了養生花茶，並擅自幫莫武點了美式咖啡。

在餐點還未送上前，馮心薇冷眼觀察莫武，她本以爲像莫武這樣的水泥工，肯定沒進過五星級飯店，打算等著看莫武露出驚嘆震撼的神情，想讓他澈底感受貧富間的差距。可沒想到莫武打從一進來便是一副處之泰然的樣子，對於飯店內奢華的裝潢和高貴的擺飾，更像是習以爲常般，懶得多瞧一眼。

她不知道的是，雖然莫武只是個泥作師傅，但這些年來和他往來的人中，就有不少身家顯赫的大老闆找他來這間飯店談工作，因此莫武對這裡並不陌生。

馮心薇在打量他的同時，莫武同樣也在觀察她，歲月相當厚待馮心薇，這十多年的時光幾乎沒在她身上留下痕跡，她看起來依舊美豔如昔，讓莫武不禁想像唐奕生在十幾二十年後也依然保持俊美外表的樣子。

馮心薇一直等到服務生送完餐後，才慢慢地開口：「你和奕生在一起多久了？」

莫武想了想，回道：「十一年了。」

馮心薇表情冷淡，看不出喜怒。她端起杯子優雅地喝了口花茶，過了一會才說：「這表示奕生離開我也這麼多年了。」

她的話不輕不重，卻像隻重錘一樣砸在莫武心上。

莫武心一沉，隨即慎重地低下頭道：「對不起……」

他認爲，不論過去種種是非，她總歸是唐奕生的母親，而他是讓他們母子分離多年的原因，這句道歉是他應給的。

馮心薇默不作聲，讓莫武不知道她在想什麼。他抬頭看了她一眼，又道：「但奕生這幾年都過得很好，您可以不用擔心……」

「那樣叫過得好嗎？」馮心薇不屑地哼了聲，「住在那麼老舊的房子裡，屈就在不知名的律師事務所底下，爲了賺一點錢而忙到身體都不顧……你知道我以前都是怎麼照顧他的嗎？」

馮心薇一一細數過去她爲唐奕生做的事。唐奕生身體不好，她是如何帶他訪遍名醫，如何照顧他的飲食，爲了唐奕生的學業，她請了多少家教老師，爲了唐奕生的前程，她多早前就開始爲他累積人脈、鋪路……

莫武一怔，想起剛認識唐奕生時，當時他出入有名車接送，吃的是最頂級的食材，住的是光一層樓就比他們現在的公寓大上兩三倍的別墅。

他怎麼會不知道唐奕生以前和現在的生活差別有多大？

說到累了，馮心薇喝下一口花茶潤潤喉，又道：「當年他說不想再過著事事被我安排的人生，想離家自立，我也讓他去了……」

馮心薇將當年唐奕生離家的衝突簡化成少年想獨立生活，也刻意省略了唐奕生向她出櫃的事，對她來說，那都是她想抹滅掉的污點。

「雖然現在他沒有如我期望的成為一個醫生，但如果律師是他的志向的話，身為母親的我，也會好好支持他……」

莫武不知道馮心薇找他來，對他說這些話是什麼意思，但他找不到可以插嘴的機會，只好安靜地聽著。

馮心薇忽然注意到莫武左手上的戒指，眼神一閃，像是看透了什麼，露出有些輕蔑的笑容。

莫武見馮心薇的神情突然變化，同時也注意到她的視線落在他的戒指上。

「啊，這個是……」他像是突然被人發現祕密般地感到害羞尷尬，下意識就想遮住戒指，卻被馮心薇誤會成另一種意思。

「看來你也有論及婚嫁的對象了。」馮心薇了然地微笑，像是勝券在握一樣。固執守舊的馮心薇，顯然不知道男人和男人現在也能結婚，因此她更不會想到，莫武的結婚對象是唐奕生。

「呃……是。」莫武愣了愣，有些不自在地承認。

「既然你有對象了，那麼你也該勸勸奕生回家了吧？他留在那裡沒有好處，還會妨礙你和你對象在一起，不是嗎？」馮心薇自以為是地說：「我已經安排好資源，為他開一間他自己的事務所，也幫他找好人才，讓他可以輕鬆地掛名顧問律師，不用這麼辛苦地打訴訟。」

「至於你，我也不會虧待，我會給你一筆錢，當作是你和你對象的結婚賀禮。」

「呃……」莫武睜大了眼睛，一時間啞口無言。

✦

唐奕生近來頗爲煩躁，他看著桌上堆疊如山的卷宗、檔案，腦袋發疼。

這些都是最近備受矚目的詐騙案件，詐騙集團的成員有二、三十人，除了幾位核心人物外，大部分的成員都是未成年，而他是這個案件的辯護律師。

今天在處理案件時，唐奕生才發現，詐騙集團的核心人物之中居然有他認識的人——曹思康。

曹思康從以前就喜歡投機取巧、賣弄小聰明。莫武被關的時候，曹思康還在力哥身邊賣乖弄俏，後來因爲警方掃蕩黑道，使得力哥失勢，曹思康才離開了他們老家，另尋出路。

現在看來曹思康從未離開黑道的圈子，如今因詐騙而被逮捕。

曹思康目前被暫時收押在看守所中，唐奕生今天爲了案件而和他有了短暫的會面。

曹思康涉及的案子很多，加上又是幕後主使之一，很有可能會被重判，面對好幾年的牢獄之災。

對於這樣的結果，唐奕生並不予以同情，但他煩惱的是該不該將見到曹思康的事告訴莫武。

就各方面來說，他沒必要讓莫武知道曹思康的事，沒必要讓莫武和曹思康那種人再次糾纏在一起。但他也知道，曹思康對莫武來說是特別的人，畢竟在他認識莫武之前，曹思康是跟在莫武身邊最久的人，他媽媽也對莫武有恩，對莫武來說，曹思康不僅是朋友，更像是家人。

所以唐奕生雖然不喜歡他，也不想要他和莫武有交集，但如果瞞著莫武這件事，他又會有些良心不安。

畢竟決定見或不見，選擇權應該在莫武身上，而不是由他來決定。他不想打著「爲他好」的名義控制莫武。

他一直在避免自己成爲像馮心薇那樣的人，尤其是對自己最親密的伴侶。每個人都應該是獨立思考的個體，他們相愛並互相尊重，沒有誰應該按照誰的安排過日子。

唐奕生嘆了口氣，雖然理智告訴他應該這麼做，但要不出手干涉眞的好難。

因爲一直糾結在這件事上，導致他雖然留在辦公室加班，卻一件正事也沒做。不如早點下班算了，唐奕生心想。他打開手機傳了封訊息給莫武。

唐奕生：我準備要下班了。

唐奕生看著手機等了一下，平常對他的訊息總是秒讀秒回的莫武，難得沒有馬上回應，甚至還沒點開他的訊息。

唐奕生覺得奇怪，看了看時間，這個時候武哥應該早就回家了，爲什麼沒看到他的訊息？

五分鐘後，就在唐奕生考慮是否想其他方法回家時，莫武終於回了訊息。

莫武：等我三十分鐘，我去接你。

三十分鐘？從家裡到事務所明明只要十五分鐘的車程，唐奕生想不透莫武為何要拖那麼晚？

唐奕生：還是我自己回去？

莫武：太晚，公車不好等，等我過去就好，對不起。

唐奕生回了個「知道了」的貼圖，沒想到莫武過了兩分鐘才讀取。在忙什麼呢？唐奕生覺得奇怪，平常如果有事晚到，莫武一定會告訴他，偏偏這次什麼解釋都沒有。

唐奕生想破頭也不知道為什麼，想著可能是自己多疑了，曹思康的出現讓他變得疑神疑鬼。

為了轉移注意力，他打算趁著莫武來之前，乖乖地整理案件資料。

三十分鐘後，唐奕生準時下樓，見莫武已經站在大樓外，頂著入夜後的冷風等他。唐奕生心裡那一點不悅立即煙消雲散，邁著大步朝莫武過去，捨不得浪費一分一秒。

莫武一直在看著大門，因此唐奕生才一走出來，他便快步上前，將手上的圍巾圍在唐奕生的脖子上。

「還沒冬天耶……」脖子上的圍巾熱呼呼的，還能感受到莫武剛才抱在手上的溫度。唐奕生被圍巾包得嚴嚴實實，連口鼻都被圍了起來，他趕緊把圍巾拉下來一點，覺得自己一下子就被煨出一層薄汗。

「可是已經秋天了，晚上很冷。」莫武幫他調整了圍巾的位置，沒有打算讓他把圍巾拿掉。

「拜託，我沒那麼弱不禁風。」唐奕生搖頭，因莫武保護過度的舉動而感到好笑。

「不要吹到風比較好。」莫武仍是堅持。

唐奕生是沒有到弱不禁風，但只要身體勞累加上天氣變化，很容易一直咳嗽，雖然沒有嚴重到引發氣喘，卻還是讓莫武擔心。

莫武牽起唐奕生的手，走向停在不遠處的白色小廂型車，幫他打開副駕駛座的門。

唐奕生坐上車，車子的後車廂雖擺滿莫武工作用的器具，但車子內部卻仍乾淨整齊，被打理得幾乎不見一點灰塵。

莫武坐進駕駛座發動車子，平穩地開往回家的路上。

「你晚餐吃了嗎？回去的路上要順路買點東西嗎？」莫武關心地問，這是他每次接唐奕生都會問的問題。

唐奕生脫下圍巾回答：「有隨便吃了，現在不餓。」

「那回去餓了我再煮點什麼給你吧。」

「好，但你不要煮太多……」唐奕生想到上次讓莫武煮宵夜，莫武卻在大半夜裡煮出一桌菜的糗事。

「上次是因爲你剛出差回來，我一時沒算好分量……」莫武尷尬地抓了抓鼻子解釋。

唐奕生只不過出差三天兩夜，莫武卻像是隔了很久不見一樣，滿腦子只想著準備唐奕生喜歡吃的東西，結果不知不覺變出一整桌菜。

唐奕生想起當時洗完澡出來，看到滿桌子菜時的驚訝，忍不住笑了起來。他知道，那滿桌子的菜都是莫武在乎他的證明。

等唐奕生笑完，車子也差不多開到家裡附近。莫武將車子駛進公寓附近的月租停車場，又將圍巾重新圍上唐奕生的脖子，接著才和他一起下車。

乘著夜色，兩人並肩往家的方向走去。

沿途中不知道是誰家的金木犀開了花，空氣裡有淡淡的花香，入夜後的舊社區十分安靜，路邊停滿了摩托車，迫使兩人必須走在車道上，但因為是住宅區，八點以後很少有車會開進巷弄內，所以即使走在路中間也還算安全。

一路上莫武和唐奕生誰都沒開口，只是肩碰肩、手碰手，偶爾轉頭相視一笑，在從停車場到家裡的路程中，感受屬於他們彼此安靜又自在的幸福。

這一段路不長，走個一兩分鐘就到了。穿過院子進了門，唐奕生脫掉外套和圍巾，向莫武問出擱在心上的問題。

「你今天在忙什麼？」

莫武正忙著收唐奕生脫下的外套，聞言後動作一滯，一副難以啟齒的樣子。

唐奕生一看就知道有問題。

「發生什麼事了？」唐奕生又問。

莫武有些猶豫，不知道該不該把馮心薇找他的事跟唐奕生說，但看唐奕生沉下臉，莫武就知道自己想瞞也瞞不住，遲早會被他套話套出來，想了想還是老實交代了。

「你媽媽下午來過這裡。」

唐奕生臉色大變，抓緊莫武的手問：「她來我們家？她來幹麼？」

「她沒有進來，只有在門口。」莫武輕拍唐奕生的手，讓他不用緊張，然後拉著唐奕生坐到沙發上，安撫道：「她沒幹麼，只是問了我一些事而已。」

唐奕生的臉色變得難看，他才不相信馮心薇只是單純問點事。早在兩三個月前，他就接到了馮心薇的電話，馮心薇希望他能回家，還說未來會用他的名字開一間大型律師事務所，並請他當醫院的法律顧問，此外她認識的那些有錢有勢的人，都會和他簽下聘任合約，等於他什麼都不用做就可以快速又輕鬆地賺錢，還可以累積名聲。

但他全部拒絕了。

那些不是靠自己努力爭取來的東西，他一點都不想要，因為他深刻地明白靠別人所得到的好處，將來有一天都會成為自己的弱點。

他不是不能原諒當年馮心薇對他和莫武做的事，他明白那是出於一個母親的擔心，但原諒和重新接受她是兩回事，他無論如何都不會再回到被馮心薇安排好的人生之中。

馮心薇之後又打了兩三通電話來，但都被他拒絕了，他還以為她已經放棄這件事，沒想到她竟直接找上門來，甚至還找上莫武？

唐奕生上下打量莫武的表情，想從他身上看出一點端倪，「她跟你說了什麼？你不會信了她的話，說什麼『爲我好』要跟我分手之類的吧？」

莫武啞然失笑，一會才道：「怎麼會？我不是答應過你了嗎？」

無論如何，我都會跟你在一起。

這是他親口說過的話，怎麼會忘記？

唐奕生這才放鬆了一點，但眼神仍充滿緊張，「所以呢？她不可能什麼都沒說吧？她有說什麼會讓你心裡有疙瘩的話嗎？武哥，你一定要老實告訴我，不要放在心裡。」

莫武總算知道，只要是和他有關的事，都會讓唐奕生方寸大亂。他愣了一會才笑道：「你是把你媽媽當成什麼？你對我就這麼沒信心嗎？」

「要不要我說說你以前做過的事？」唐奕生睇起眼看著他。往事歷歷在目，要不要數數是哪些事造成他現在的不安？

莫武害怕地制止他，「你眞的不用擔心，你媽是希望我們分開沒錯，但我也老實告訴她，我們結婚了。」

莫武的思緒回到下午和馮心薇的對話，當她自顧自地說完對唐奕生未來的安排後，莫武才終於找到機會插話，告訴她：「您似乎誤會了，我的對象是唐奕生，自始至終只有他一個人，還有，我們已經登記結婚了。」

這一次，莫武大方地向馮心薇露出手上的婚戒，「這是我和他的結婚戒指。」

「荒謬！」馮心薇瞪大了眼睛不敢置信，她既震驚又憤怒，用力地拍桌。所有的禮儀、教養全被她拋在腦後，她大聲地質疑道：「你們兩個男人怎麼結得了婚？怎麼能結婚？」

莫武沒有被她的憤怒嚇到，只是平靜地回答：「是真的，現在同性已經可以結婚了，所以我們先去登記，下個月會請朋友來見證我們的婚禮，您……要過來嗎？」

唐奕生原本安靜地聽著莫武詳細敘述和馮心薇的對話，聽見這一段後忍不住打岔，困惑地問：「等等……你不只告訴我媽我們結婚了，你還邀請她來參加我們的婚禮？」

雖說是婚禮，但其實只是簡單地邀請身邊的朋友來聚一聚，並不是什麼隆重正式的場合，畢竟兩人個性低調，也不喜歡受人矚目。

「嗯，我邀請她了。」莫武點頭，認真地說：「畢竟她是你媽媽，不管她對我的看法是什麼，這麼重要的事還是應該邀請她，讓她知道。」

「你也太大度了吧……」難道你都忘了我媽對你做過什麼嗎？唐奕生本來想這麼說，但想了想又覺得莫武的個性就是這樣，無言了好一會才問：「那她怎麼說？」

馮心薇當然是拒絕了，她甚至氣到渾身發抖，拿起桌上的水杯往莫武身上潑，指著莫武的鼻子大罵：「你、你們……怎麼敢……」

馮心薇的動靜太大，服務生想來關切，但都被她的祕書攔了下來。

「兩個男人怎麼可以結婚？我絕對不贊成！奕生怎麼可以不經過我的同意擅自和你這種人結婚？我一定反對到底，絕對不會認同你們的事！你們最好取消登記，否則……否則我……」馮心薇一時想不到自己能怎麼阻止，她赫然發現自己平常用的手段在他們面前完全沒有用。

莫武平靜地抹去臉上的水珠，態度平和，語氣堅定地道：「奕生和我都成年了，不管您認不認同我們，我們結婚都不需要任何人的同意。」

馮心薇說不出話來，她很生氣，一時之間卻無從反駁，只能怔怔地看著莫武往下說。

「還有，奕生在現在的事務所做得很開心，因爲這間事務所所長是奕生尊敬的學長開的，他們有同樣的理念，要幫助更多弱勢的人。」莫武爲唐奕生感到驕傲，眼裡閃著光繼續說：「奕生並不是爲了賺錢而當律師，他是爲了幫助像以前的我那樣誤入歧途的人而成爲律師，所以就算您要幫他開事務所，給他介紹更輕鬆的工作，他都不會答應的。」

馮心薇猛然站了起來，一臉挫敗，胸口因憤怒而劇烈起伏，「既然這樣，那我也沒什麼話好說，我不會認同你們的事，婚禮我也不會參加，我就看你們的婚姻能撐多久！」

說完，也不等莫武回答，馮心薇便跺了跺腳，憤怒地和祕書一起離開。

莫武把桌上冷掉的美式咖啡一口喝完後，才低聲地說：「一輩子。」然後自己忍不住笑了。

唐奕生聽完莫武的轉述後，愣了許久才回過神，問：「你眞的跟我媽這麼說？」

「嗯。」莫武笑著點頭。

以前莫武覺得像馮心薇那樣的大人是令人害怕的存在，因爲他們能左右他的一切，他們帶著偏見的眼神害他在成長的路上磕磕絆絆，但現在的他不一樣了。

或許是因為自己成長成有力量的大人了，再看到馮心薇，他只覺得她不過是個普通人，自己當初怎麼會怕她怕到不敢說話？

不過莫武不敢告訴唐奕生他被潑水的事，他就是因為趕著回家換衣服，才沒能馬上去接他。

唐奕生吐出長長的一口氣，完全放鬆下來，扶著額角搖頭，感覺有些荒謬，「眞是……都那麼久了，她到底來幹麼？」

他想不通，當年大吵之後，他和馮心薇間的決裂可說是鬧到人盡皆知，兩人都是高傲的性子，因此這些年誰也沒先向誰低頭。

唐奕生輾轉從老家那得到馮心薇的消息，知道她接替外祖父的位置後，事業做得有聲有色，也知道她近幾年有了新的對象，可還是將唐元實視為眼中釘，這些年一直暗中和唐元實爭奪醫院的實權。

唐奕生覺得馮心薇即使沒有他也過得很好，他不懂她怎麼會突然找他，沒有成為醫生的他對馮心薇來說應該一點用處也沒有。

看唐奕生納悶的樣子，莫武笑了笑，回答：「大概是想你了吧。」

唐奕生露出難以置信的表情，「怎麼可能？」

「畢竟她是你媽，她今天跟我見面時都在說你小時候的事。」莫武想起馮心薇在說自己是如何用心照顧唐奕生時，臉上充滿了眞誠和慈愛。莫武對媽媽的記憶並不多，可是當他看到為唐奕生著想的馮心薇時，竟有一點羨慕唐奕生。

「那是她想搏取你的同情，讓你愧疚。」唐奕生一聽就知道他母親是存著什麼心思向莫武說這番話，「她先讓你愧疚，接下來再勸你主動離開，不是嗎？」

「她或許是這樣打算，但是……」莫武想了一下，回道：「我覺得那也是因爲她愛你。」

「我知道她愛我，但我不能接受她干涉我的人生。」唐奕生伸手環抱莫武，嘀咕道：「而且我不希望你和她有太多接觸。」

「你就這麼不相信我啊？」莫武拍著唐奕生的背，笑著問。

「不是不相信，但……」唐奕生頓了下，想起自己今天在煩惱的事，他到底該不該跟莫武說曹思康的事？

唐奕生看著莫武不同於以往自卑、自棄的神情，想到他今天面對馮心薇時，堅決地表達和他在一起的決心。

或許是時候了，現在的莫武就算和曹思康見面，也不會有所動搖。

唐奕生鬆開抱著莫武的手，說：「我也有一件事要告訴你。」

他就能說的部分告訴莫武他在看守所裡遇見曹思康的事。

「武哥，如果之後你想見曹思康的話，我……」他想說他可以試著安排，在曹思康服刑之前讓莫武見見他。

莫武搖了搖頭，「我們現在已經是不同路的人，沒有必要再見面。」

曹思康象徵的是他年少尋求認同的過往，那個時候他沒有太多選擇，願意和他來往的只有像曹思康那一類的人，因此有些事他明知道是錯的，卻因爲不想失去容身之所而硬著頭皮去做。

現在的他已經沒有必要這樣做了，唐奕生打開了他的眼界，成了他最堅實的家，讓他有了許多選擇，所以他也沒必要讓自己繼續和不好的人在一起。

唐奕生愣了一會才知道，他完全沒有必要因爲這件事，而煩惱整個下午。他搖頭，忍不住笑出聲，對於莫武的事他總是會想得太多，但其實兩個人現在已經站在同一個高度上在看這個世界。

他親了親莫武的臉。莫武被他親得有點癢，下意識閃躲，卻又被唐奕生雙手捧住臉頰，對準雙唇親了下去。

這一吻吻得有些過火，莫武不知不覺被壓倒在沙發上，上衣被撩起一半，唐奕生不安分的手在他身上肆虐。當這個吻結束時，兩人眼裡都有被點燃的火花。

「進房間吧。」莫武輕聲邀請。

聞言，唐奕生彎起嘴角。

夜，還很長，這一生，還很久。

後記
感謝一路相伴的你們

大家好，我是無聊種子，感謝閱讀完這個故事的你，很高興這個故事可以出版成書！

唐奕生和莫武的故事始於二〇二二年，我當時手邊正在寫一本靈異故事，準備參賽。我不擅長寫靈異，所以寫得很累很想嗑點糖，又剛好和朋友聊到自己很喜歡不良少年的題材，於是一邊寫靈異文，一邊架設了這部作品的大綱，不過我當時並沒有馬上寫完它，而是拖到了隔年，參加POPO華文創作大賞時，才終於完成這部作品。

下筆之初其實並不順利，明明這個故事已經在我腦中轉了幾千回，寫的時候卻仍有種情節拖沓、寫不到重點的感覺。後來和朋友聊過之後才痛下決心重新編排劇情，把原有的文字砍掉重練，變成如今的模樣。

雖然砍掉四萬多字真的很痛，而且那時距離截止日期已經沒剩多少時間，趕稿趕到非常緊張，但幸好是已經想了很久的故事，唐奕生和莫武對我來說熟悉得和朋友一樣，所以最後才能如期完成。也幸虧自己當時勇於大刀闊斧，這個故事才能以最好的面貌呈現給各位。

我很喜歡他們兩人的故事，可能沒有什麼大起大落的劇情，但對我來說他們眞實得宛如隨時可能出現在身邊的人，而我有幸透過這個故事，分享他們一部分的人生，雖然故事結束在這裡，但他們的人生卻還在繼續。

我一直很捨不得和他們說再見，常常想著他們的日常點滴，也會分享在ＩＧ上，在這裡也偷偷分享一個在ＩＧ上發布過的日常給大家。

〈關於吃飯〉

莫武很喜歡看唐奕生吃飯的樣子，即使是在路邊攤吃飯，唐奕生也能吃出五星級餐廳的高級感，這都歸功於他良好的出身和家教。

唐奕生也很喜歡看莫武吃飯的樣子，莫武吃飯時就像老一輩說的，很有福相，任何食物被他一吃，看起來都特別美味，所以唐奕生很喜歡帶莫武到處吃東西，有一種餵食寵物的萌感。

莫武的同事和老闆一致認爲莫武是他們之中吃相最好看的，像他們這樣的工人，吃飯只管吃飽就行了，沒人像莫武那樣講究。

陳火言說莫武拿筷子的姿勢是他看過最標準的，實在不知道以莫武的出身，到底會是誰教他拿筷子的方式？

林郁青則是從沒見過像唐奕生一樣，用餐姿勢標準優雅，吃相卻豪邁奔放的人。每次中午和唐奕生一起用餐，她飯盒才打開，對面的人就已經用餐完畢在收拾了（誇飾），害她每次都吃得很趕，懷疑是不是自己動作太慢。到底是誰讓唐奕生崩壞成這樣子？

直到有一天陳火言和林郁青終於有機會和唐奕生、莫武這對夫夫一起用餐，他們長久以來的疑問才終於得到解答。

人家說「近朱者赤，近墨者黑」，果然是有道理的。在一起久的兩個人，各方面都愈來愈相似。

希望你們喜歡他們的故事，希望這個故事能帶給你們一段小小的幸福時間。

最後感謝當時給予建議的朋友們，還有比賽期間閱讀故事的讀者們，因爲有你們才能誕生出這樣一個故事。也感謝POPO平台所給予的機會，讓這個故事可以被大家認識。

謝謝看到這裡的你們，歡迎來POPO找我玩，看看更多的故事。

期許每個看故事的你們都能幸福。

無聊種子

國家圖書館出版品預行編目資料

對他別有居心／無聊種子著. -- 初版. -- 臺北市：POPO原創出版，城邦原創股份有限公司出版：英屬蓋曼群島商家庭傳媒股份有限公司城邦分公司發行, 2024.06
面； 公分. --
ISBN 978-626-7455-18-0（平裝）

863.57 113007827

對他別有居心

作　　者／無聊種子
責任編輯／鄭啟樺　行銷業務／林政杰　版　　權／李婷雯

內容運營組長／李曉芳
副總經理／陳靜芬
總 經 理／黃淑貞
發 行 人／何飛鵬
法律顧問／元禾法律事務所　王子文律師
出　　版／POPO原創出版
城邦原創股份有限公司
台北市南港區昆陽街 16 號 4 樓
電話：(02) 2509-5506　傳真：(02) 2500-1933
email：service@popo.tw
發　　行／英屬蓋曼群島商家庭傳媒股份有限公司城邦分公司
聯絡地址：台北市南港區昆陽街 16 號 8 樓
書虫客服服務專線：(02) 25007718・(02) 25007719
24小時傳真服務：(02) 25001990・(02) 25001991
服務時間：週一至週五09:30-12:00・13:30-17:00
郵撥帳號：19863813　戶名：書虫股份有限公司
讀者服務信箱 email：service@readingclub.com.tw
城邦讀書花園網址：www.cite.com.tw
香港發行所／城邦（香港）出版集團有限公司
地址：香港九龍土瓜灣土瓜灣道86號順聯工業大廈6樓A室
email：hkcite@biznetvigator.com
電話：(852) 25086231　傳真：(852) 25789337
馬新發行所／城邦（馬新）出版集團 Cité(M)Sdn. Bhd.
41, Jalan Radin Anum, Bandar Baru Sri Petaling,
57000 Kuala Lumpur, Malaysia.
電話：(603) 90563833　傳真：(603) 90576622
email：services@cite.my

封面插畫／ALOKI
封面設計／也津
電腦排版／游淑萍
印　　刷／漾格科技股份有限公司
經 銷 商／聯合發行股份有限公司
電話：(02)2917-8022　傳真：(02)2911-0053

■ 2024 年6月初版　Printed in Taiwan

定價／350元

ISBN 978-626-7455-18-0